J. M. G. Le Clézio

Mondo
et autres histoires

Gallimard

J. M. G. Le Clézio est né à Nice le 13 avril 1940 ; il est originaire d'une famille de Bretagne émigrée à l'île Maurice au xviiie siècle.

Grand voyageur, J. M. G. Le Clézio n'a jamais cessé d'écrire depuis l'âge de sept ou huit ans : poèmes, contes, récits, nouvelles, dont aucun n'avait été publié avant *Le procès-verbal*, son premier roman paru en septembre 1963 et qui obtint le prix Renaudot. Son œuvre compte aujourd'hui une trentaine de volumes. En 1980, il a reçu le Grand Prix Paul-Morand décerné par l'Académie française pour son roman *Désert*.

Il a reçu le prix Nobel de littérature en 2008.

« Hé quoi ! Vous demeurez à Bagdad, et vous ignorez que c'est ici la demeure du Seigneur Sindbad le Marin, de ce fameux voyageur qui a parcouru toutes les mers que le soleil éclaire ? »

Histoire de Sindbad le Marin

Mondo

Personne n'aurait pu dire d'où venait Mondo. Il était arrivé un jour, par hasard, ici dans notre ville, sans qu'on s'en aperçoive, et puis on s'était habitué à lui. C'était un garçon d'une dizaine d'années, avec un visage tout rond et tranquille, et de beaux yeux noirs un peu obliques. Mais c'était surtout ses cheveux qu'on remarquait, des cheveux brun cendré qui changeaient de couleur selon la lumière, et qui paraissaient presque gris à la tombée de la nuit.

On ne savait rien de sa famille, ni de sa maison. Peut-être qu'il n'en avait pas. Toujours, quand on ne s'y attendait pas, quand on ne pensait pas à lui, il apparaissait au coin d'une rue, près de la plage, ou sur la place du marché. Il marchait seul, l'air décidé, en regardant autour de lui. Il était habillé tous les jours de la même façon, un pantalon bleu en denim, des chaussures de tennis, et un T-shirt vert un peu trop grand pour lui.

Quand il arrivait vers vous, il vous regardait bien en face, il souriait, et ses yeux étroits devenaient deux fentes brillantes. C'était sa façon de saluer. Quand il y avait quelqu'un qui lui plaisait, il l'arrêtait et lui demandait tout simplement :

« Est-ce que vous voulez m'adopter ? »

Et avant que les gens soient revenus de leur surprise, il était déjà loin.

Qu'est-ce qu'il était venu faire ici, dans cette ville ? Peut-être qu'il était arrivé après avoir voyagé longtemps dans la soute d'un cargo, ou dans le dernier wagon d'un train de marchandises qui avait roulé lentement à travers le pays, jour après jour, nuit après nuit. Peut-être qu'il avait décidé de s'arrêter, quand il avait vu le soleil et la mer, les villas blanches et les jardins de palmiers. Ce qui est certain, c'est qu'il venait de très loin, de l'autre côté des montagnes, de l'autre côté de la mer. Rien qu'à le voir, on savait qu'il n'était pas d'ici, et qu'il avait vu beaucoup de pays. Il avait ce regard noir et brillant, cette peau couleur de cuivre, et cette démarche légère, silencieuse, un peu de travers, comme les chiens. Il avait surtout une élégance et une assurance que les enfants n'ont pas d'ordinaire à cet âge, et il aimait poser des questions étranges qui ressemblaient à des devinettes. Pourtant, il ne savait pas lire ni écrire.

Quand il est arrivé ici, dans notre ville, c'était avant l'été. Il faisait déjà très chaud, et il y avait chaque soir plusieurs incendies sur les collines. Le matin, le ciel était invariablement bleu, tendu, lisse, sans un nuage. Le vent soufflait de la mer, un vent sec et chaud qui desséchait la terre et attisait les feux. C'était un jour de marché. Mondo est arrivé sur la place, et il a commencé à circuler entre les camionnettes bleues des maraîchers. Tout de suite il a trouvé du travail, parce que les maraîchers ont toujours besoin d'aide pour décharger leurs cageots.

Mondo travaillait pour une camionnette, puis, quand il avait fini, on lui donnait quelques pièces et il allait voir une autre camionnette. Les gens du marché

le connaissaient bien. Il venait sur la place de bonne
heure, pour être sûr d'être engagé, et quand les
camionnettes bleues commençaient à arriver, les gens
le voyaient et criaient son nom :

« Mondo ! Oh Mondo ! »

Quand le marché était fini, Mondo aimait bien
glaner. Il se faufilait entre les étals, et il ramassait ce
qui était tombé par terre, des pommes, des oranges,
des dattes. Il y avait d'autres enfants qui cherchaient,
et aussi des vieux qui remplissaient leurs sacs avec des
feuilles de salade et des pommes de terre. Les marchands aimaient bien Mondo, ils ne lui disaient jamais
rien. Quelquefois, la grosse marchande de fruits qui
s'appelait Rosa lui donnait des pommes ou des bana-
nes qu'elle prenait sur son étal. Il y avait beaucoup de
bruit sur la place, et les guêpes volaient au-dessus des
tas de dattes et de raisins secs.

Mondo restait sur la place jusqu'à ce que les camionnettes bleues soient reparties. Il attendait l'arroseur
public qui était son ami. C'était un grand homme
maigre habillé d'un survêtement bleu marine. Mondo
aimait bien le regarder manier sa lance, mais il ne lui
parlait jamais. L'arroseur public dirigeait le jet d'eau
sur les ordures et les faisait courir devant lui comme
des bêtes, et il y avait un nuage de gouttes qui montait
dans l'air. Ça faisait un bruit d'orage et de tonnerre,
l'eau fusait sur la chaussée et on voyait des arcs-en-ciel
légers au-dessus des voitures arrêtées. C'était pour cela
que Mondo était l'ami de l'arroseur. Il aimait les
gouttes fines qui s'envolaient, qui retombaient comme
la pluie sur les carrosseries et sur les pare-brise.
L'arroseur public aimait bien Mondo, lui aussi, mais il
ne lui parlait pas. D'ailleurs, ils n'auraient pas pu se
dire grand-chose à cause du bruit de la lance. Mondo
regardait le long tuyau noir qui tressautait comme un

serpent. Il avait très envie d'essayer d'arroser, lui aussi, mais il n'osait pas demander à l'arroseur de lui prêter sa lance. Et puis, peut-être qu'il n'aurait pas eu la force de rester debout, parce que le jet d'eau était très puissant.

Mondo restait sur la place jusqu'à ce que l'arroseur public ait fini d'arroser. Les gouttes fines tombaient sur son visage et mouillaient ses cheveux, et c'était comme une brume fraîche qui faisait du bien. Quand l'arroseur public avait fini, il démontait son tuyau et il s'en allait ailleurs. Alors il y avait toujours des gens qui arrivaient et qui regardaient la chaussée mouillée en disant :

« Tiens ? Il a plu ? »

Après, Mondo partait voir la mer, les collines qui brûlaient, ou bien il allait à la recherche de ses autres amis.

A cette époque-là, il n'habitait vraiment nulle part. Il dormait dans des cachettes, du côté de la plage, ou même plus loin, dans les rochers blancs à la sortie de la ville. C'étaient de bonnes cachettes où personne n'aurait pu le trouver. Les policiers et les gens de l'Assistance n'aiment pas que les enfants vivent comme cela, en liberté, mangeant n'importe quoi et dormant n'importe où. Mais Mondo était malin, il savait quand on le cherchait et il ne se montrait pas.

Quand il n'y avait pas de danger, il se promenait toute la journée dans la ville, en regardant ce qui se passait. Il aimait bien se promener sans but, tourner au coin d'une rue, puis d'une autre, prendre un raccourci, s'arrêter un peu dans un jardin, repartir. Quand il voyait quelqu'un qui lui plaisait, il allait vers lui, et il lui disait tranquillement :

« Bonjour. Est-ce que vous ne voulez pas m'adopter ? »

Il y avait des gens qui auraient bien voulu, parce que Mondo avait l'air gentil, avec sa tête ronde et ses yeux brillants. Mais c'était difficile. Les gens ne pouvaient pas l'adopter comme cela, tout de suite. Ils commençaient à lui poser des questions, son âge, son nom, son adresse, où étaient ses parents, et Mondo n'aimait pas beaucoup ces questions-là. Il répondait :

« Je ne sais pas, je ne sais pas. »

Et il s'en allait en courant.

Mondo avait trouvé beaucoup d'amis, rien qu'en marchant dans les rues. Mais il ne parlait pas à tout le monde. Ce n'étaient pas des amis pour parler, ou pour jouer. C'étaient des amis pour saluer au passage, très vite, avec un clin d'œil, ou pour faire un signe de la main, au loin, de l'autre côté de la rue. C'étaient des amis aussi pour manger, comme la dame boulangère qui lui donnait tous les jours un morceau de pain. Elle avait un vieux visage rose, très régulier et très lisse comme une statue italienne. Elle était toujours habillée de noir et ses cheveux blancs tressés étaient coiffés en chignon. Elle avait d'ailleurs un nom italien, elle s'appelait Ida, et Mondo aimait bien entrer dans son magasin. Quelquefois il travaillait pour elle, il allait porter du pain chez les commerçants du voisinage. Quand il revenait, elle coupait une grosse tranche dans un pain rond et elle la lui tendait, enveloppée dans du papier transparent. Mondo ne lui avait jamais demandé de l'adopter, peut-être parce qu'il l'aimait vraiment bien et que ça l'intimidait.

Mondo marchait lentement vers la mer en mangeant le morceau de pain. Il le cassait par petits bouts, pour le faire durer, et il marchait et mangeait sans se presser. Il paraît qu'il vivait surtout de pain, à cette époque-là. Tout de même il gardait quelques miettes pour donner à des amies mouettes.

Il y avait beaucoup de rues, des places, un jardin public, avant de sentir l'odeur de la mer. D'un coup, elle arrivait dans le vent, avec le bruit monotone des vagues.

A l'extrémité du jardin, il y avait un kiosque à journaux. Mondo s'arrêtait et choisissait un illustré. Il hésitait entre plusieurs histoires d'Akim, et finalement il achetait une histoire de Kit Carson. Mondo choisissait Kit Carson à cause du dessin qui le représentait vêtu de sa fameuse veste à lanières. Puis il cherchait un banc pour lire l'illustré. Ce n'était pas facile, parce qu'il fallait que sur le banc il y ait quelqu'un qui puisse lire les paroles de l'histoire de Kit Carson. Juste avant midi, c'était la bonne heure, parce qu'à ce moment-là il y avait toujours plus ou moins des retraités des Postes qui fumaient leur cigarette en s'ennuyant. Quand Mondo en avait trouvé un, il s'asseyait à côté de lui sur le banc, et il regardait les images en écoutant l'histoire. Un Indien debout les bras croisés devant Kit Carson disait :

« Dix lunes ont passé et mon peuple est à bout. Qu'on déterre la hache des Anciens ! »

Kit Carson levait la main.

« N'écoute pas ta colère, Cheval Fou. Bientôt on te rendra justice. »

« C'est trop tard », disait Cheval Fou. « Vois ! »

Il montrait les guerriers massés au bas de la colline.

« Mon peuple a trop attendu. La guerre va commencer, et vous mourrez, et toi aussi tu mourras, Kit Carson ! »

Les guerriers obéissaient à l'ordre de Cheval Fou, mais Kit Carson les renversait d'un coup de poing et s'échappait sur son cheval. Il se retournait encore et il criait à Cheval Fou :

« Je reviendrai, et on te rendra justice ! »

Quand Mondo avait entendu l'histoire de Kit Carson, il reprenait l'illustré et il remerciait le retraité.

« Au revoir ! » disait le retraité.

« Au revoir ! » disait Mondo.

Mondo marchait vite jusqu'à la jetée qui avance au milieu de la mer. Mondo regardait un instant la mer, en serrant les paupières pour ne pas être ébloui par les reflets du soleil. Le ciel était très bleu, sans nuages, et les vagues courtes étincelaient.

Mondo descendait le petit escalier qui conduit aux brisants. Il aimait beaucoup cet endroit. La digue de pierre était très longue, bordée de gros blocs de ciment rectangulaires. Au bout de la digue, il y avait le phare. Les oiseaux de mer glissaient dans le vent, planaient, tournaient lentement en poussant des gémissements d'enfant. Ils volaient au-dessus de Mondo, ils frôlaient sa tête et l'appelaient. Mondo jetait les miettes de pain le plus haut qu'il pouvait, et les oiseaux de mer les attrapaient au vol.

Mondo aimait marcher ici, sur les brisants. Il sautait d'un bloc à l'autre, en regardant la mer. Il sentait le vent qui appuyait sur sa joue droite, qui tirait ses cheveux de côté. Le soleil était très chaud, malgré le vent. Les vagues cognaient sur la base des blocs de ciment en faisant jaillir les embruns dans la lumière.

De temps en temps, Mondo s'arrêtait pour regarder la côte. Elle était loin déjà, une bande brune semée de petits parallélépipèdes blancs. Au-dessus des maisons, les collines étaient grises et vertes. La fumée des incendies montait par endroits, faisait une tache bizarre dans le ciel. Mais on ne voyait pas de flammes.

« Il faudra que j'aille voir là-bas », disait Mondo.

Il pensait aux grandes flammes rouges qui dévoraient les buissons et les forêts de chênes-lièges. Il pensait aussi aux camions des sapeurs-pompiers arrêtés dans les chemins, parce qu'il aimait beaucoup les camions rouges.

A l'ouest, il y avait aussi comme un incendie sur la mer, mais c'était seulement le reflet du soleil. Mondo restait immobile et il sentait les petites flammes des reflets qui dansaient sur ses paupières, puis il continuait son chemin, en sautant sur les brise-lames.

Mondo connaissait bien tous les blocs de ciment, ils avaient l'air de gros animaux endormis, à moitié dans l'eau, en train de chauffer leurs dos larges au soleil. Ils portaient de drôles de signes gravés sur leurs dos, des taches brunes, rouges, des coquillages incrustés dans le ciment. A la base des brise-lames, là où la mer battait, le goémon vert faisait un tapis, et il y avait des populations de mollusques aux coquilles blanches. Mondo connaissait surtout un bloc de ciment, presque au bout de la digue. C'était là qu'il allait toujours s'asseoir, et c'était lui qu'il préférait. C'était un bloc un peu incliné, mais pas trop, et son ciment était usé, très doux. Mondo s'installait sur lui, il s'asseyait en tailleur, et il lui parlait un peu, à voix basse, pour lui dire bonjour. Quelquefois il lui racontait même des histoires pour le distraire, parce qu'il devait sûrement s'ennuyer un peu, à rester là tout le temps, sans pouvoir partir. Alors il lui parlait de voyages, de bateaux et de mer, bien sûr, et puis de ces grands cétacés qui dérivent lentement d'un pôle à l'autre. Le brise-lames ne disait rien, ne bougeait pas, mais il aimait bien les histoires que lui racontait Mondo. C'était sûrement pour ça qu'il était si doux.

Mondo restait longtemps assis sur son brise-lames, à regarder les étincelles sur la mer et à écouter le bruit des vagues. Quand le soleil était plus chaud, vers la fin de l'après-midi, il s'allongeait en chien de fusil, la joue contre le ciment tiède, et il dormait un peu.

C'est un de ces après-midi-là qu'il avait fait la connaissance de Giordan le Pêcheur. Mondo avait entendu à travers le ciment le bruit de pas de quelqu'un qui marchait sur les brise-lames. Il s'était redressé, prêt à aller se cacher, mais il avait vu cet homme d'une cinquantaine d'années qui portait une longue gaule sur son épaule, et il n'avait pas eu peur de lui. L'homme était venu jusqu'à la dalle voisine et il avait fait un petit signe amical avec la main.

« Qu'est-ce que tu fais là ? »

Il s'était installé sur le brise-lames, et il avait sorti de son sac de toile cirée toutes sortes de fils et d'hameçons. Quand il avait commencé à pêcher, Mondo était venu à côté de lui, sur le brise-lames, et il avait regardé le pêcheur préparer les hameçons. Le pêcheur lui montrait comment on appâte, puis comment on lance, lentement d'abord, et de plus en plus fort à mesure que la ligne se dévide. Il avait prêté sa gaule à Mondo, pour qu'il apprenne à tourner le moulinet d'un geste continu, en balançant un peu la gaule de gauche à droite.

Mondo aimait bien Giordan le Pêcheur, parce qu'il ne lui avait jamais rien demandé. Il avait un visage rougi par le soleil, marqué de rides profondes, et deux petits yeux d'un vert intense qui surprenaient.

Il pêchait longtemps sur le brise-lames, jusqu'à ce que le soleil soit tout près de l'horizon. Giordan ne parlait pas beaucoup, sans doute pour ne pas faire peur aux poissons, mais il riait chaque fois qu'il ramenait une prise. Il décrochait la mâchoire du poisson avec des gestes nets et précis, et il mettait sa capture dans le sac en toile cirée. De temps en temps, Mondo allait chercher pour lui des crabes gris pour appâter sa ligne. Il descendait au pied des brise-lames, et il guettait entre les touffes d'algues. Quand la vague se retirait, les petits crabes gris sortaient, et Mondo les attrapait à la main. Giordan le Pêcheur les brisait sur la dalle de ciment et les découpait avec un petit canif rouillé.

Un jour, pas très loin en mer, ils avaient vu un grand cargo noir qui glissait sans bruit.

« Comment s'appelle-t-il ? » demandait Mondo.

Giordan le Pêcheur mettait sa main en visière et plissait ses yeux.

« *Erythrea* », disait-il ; puis il s'étonnait un peu : « Tu n'as pas de bons yeux. »

« Ce n'est pas cela », disait Mondo. « Je ne sais pas lire. »

« Ah bon ? » disait Giordan.

Ils regardaient longuement le cargo qui passait.

« Qu'est-ce que ça veut dire, le nom du bateau ? » demandait Mondo.

« Erythrea ? C'est un nom de pays, sur la côte d'Afrique, sur la mer Rouge. »

« C'est un joli nom », disait Mondo. « Ça doit être un beau pays. »

Mondo réfléchissait un instant.

« Et la mer là-bas s'appelle la mer Rouge ? »

Giordan le Pêcheur riait :

« Tu crois que là-bas la mer est vraiment rouge ? »

« Je ne sais pas », disait Mondo.

« Quand le soleil se couche, la mer devient rouge, c'est vrai. Mais elle s'appelle comme ça à cause des hommes qui vivaient là autrefois. »

Mondo regardait le cargo qui s'éloignait.

« Il va sûrement là-bas, vers l'Afrique. »

« C'est loin », disait Giordan le Pêcheur. « Il fait très chaud là-bas, il y a beaucoup de soleil et la côte est comme le désert. »

« Il y a des palmiers ? »

« Oui, et des plages de sable très longues. Dans la

journée, la mer est très bleue, il y a beaucoup de petits bateaux de pêche avec des voiles en forme d'aile, ils naviguent le long de la côte, de village en village. »

« Alors on peut rester assis sur la plage et regarder passer les bateaux ? On reste assis à l'ombre, et on se raconte des histoires en regardant les bateaux sur la mer ? »

« Les hommmes travaillent, ils réparent les filets et ils clouent des plaques de zinc sur la coque des bateaux échoués dans le sable. Les enfants vont chercher des brindilles sèches et ils allument des feux sur la plage pour faire chauffer la poix qui sert à colmater les fissures des bateaux. »

Giordan le Pêcheur ne regardait plus sa ligne maintenant. Il regardait au loin, vers l'horizon, comme s'il cherchait à voir vraiment tout cela.

« Il y a des requins dans la mer Rouge ? »

« Oui, il y en a toujours un ou deux qui suivent les bateaux, mais les gens sont habitués, ils n'y font pas attention. »

« Ils ne sont pas méchants ? »

« Les requins sont comme les renards, tu sais. Ils sont toujours à la recherche des ordures qui tombent à l'eau, de quelque chose à chaparder. Mais ils ne sont pas méchants. »

« Ça doit être grand, la mer Rouge », disait Mondo.

« Oui, c'est très grand... Il y a beaucoup de villes sur les côtes, des ports qui ont de drôles de noms... Ballul, Barasali, Debba... Massawa, c'est une grande ville toute blanche. Les bateaux vont loin le long de la côte, ils naviguent pendant des jours et des nuits, ils naviguent vers le nord, jusqu'à Ras Kasar, ou bien ils vont vers les îles, à Dahlak Kebir, dans l'archipel des Nora, quelquefois même jusqu'aux îles Farasan, de l'autre côté de la mer. »

Mondo aimait beaucoup les îles.

« Oh oui, il y a beaucoup d'îles, des îles avec des rochers rouges et des plages de sable, et sur les îles il y a des palmiers ! »

« A la saison des pluies, il y a des tempêtes, le vent souffle si fort qu'il déracine les palmiers et qu'il enlève le toit des maisons. »

« Les bateaux font naufrage ? »

« Non, les gens restent chez eux, à l'abri, personne ne sort en mer. »

« Mais ça ne dure pas longtemps. »

« Sur une petite île, il y a un pêcheur avec toute sa famille. Ils vivent dans une maison en feuilles de palmier, au bord de la plage. Le fils aîné du pêcheur est déjà grand, il doit avoir ton âge. Il va sur le bateau avec son père, et il jette les filets dans la mer. Quand il les retire, ils sont remplis de poissons. Il aime beaucoup partir avec son père sur le bateau, il est fort et il sait déjà bien manœuvrer la voile pour prendre le vent. Quand il fait beau et que la mer est calme, le pêcheur emmène toute sa famille, ils vont voir des parents et des amis dans les îles voisines, et ils reviennent le soir. »

« Le bateau avance tout seul, sans faire de bruit, et la mer Rouge est toute rouge parce que c'est le coucher de soleil. »

Pendant qu'ils parlaient, le cargo *Erythrea* avait fait un grand virage sur la mer. Le bateau-pilote revenait en tanguant sur le sillage, et le cargo donnait juste un coup de sirène bref pour dire au revoir.

« Quand est-ce que vous irez là-bas, vous aussi ? » demandait Mondo.

« En Afrique, sur la mer Rouge ? » Giordan le Pêcheur riait. « Je ne peux pas aller là-bas, je dois rester ici, sur la digue. »

« Pourquoi ? »

Il cherchait une réponse.

« Parce que... Parce que moi, je suis un marin qui n'a pas de bateau. »

Puis il recommençait à regarder sa gaule.

Quand le soleil était tout près de l'horizon, Giordan le Pêcheur posait la gaule à plat sur la dalle de ciment, et il sortait de la poche de sa veste un sandwich. Il en donnait la moitié à Mondo et ils mangeaient ensemble en regardant les reflets du soleil sur la mer.

Mondo s'en allait avant la nuit, pour chercher une cachette où dormir.

« Au revoir ! » disait Mondo.

« Au revoir ! » disait Giordan. Quand Mondo était un peu éloigné, il lui criait :

« Reviens me voir ! Je t'apprendrai à lire. Ce n'est pas difficile. »

Il restait à pêcher jusqu'à ce qu'il fasse tout à fait nuit et que le phare commence à envoyer ses signaux réguliers, toutes les quatre secondes.

Tout ça était très bien, mais il fallait faire attention au Ciapacan. Chaque matin, quand le jour se levait, la camionnette grise aux fenêtres grillagées circulait lentement dans les rues de la ville, sans faire de bruit, au ras des trottoirs. Elle rôdait dans les rues encore endormies et brumeuses, à la recherche des chiens et des enfants perdus.

Mondo l'avait aperçue un jour, alors qu'il venait de quitter sa cachette du bord de mer et qu'il traversait un jardin. La camionnette s'était arrêtée à quelques mètres devant lui, et il avait eu juste le temps de se blottir derrière un buisson. Il avait vu la porte arrière s'ouvrir et deux hommes habillés en survêtements gris étaient descendus. Ils portaient deux grands sacs de toile et des cordes. Ils avaient commencé à chercher dans les allées du jardin, et Mondo avait entendu leurs paroles quand ils étaient passés à côté du buisson.

« Il est parti par là. »

« Tu l'as vu ? »

« Oui, il ne doit pas être loin. »

Les deux hommes en gris s'étaient éloignés, chacun dans une direction, et Mondo était resté immobile derrière le buisson, presque sans respirer. Un instant plus tard, il y avait eu un drôle de cri rauque qui s'était étouffé, puis à nouveau le silence. Quand les deux hommes étaient revenus, Mondo avait vu qu'ils portaient quelque chose dans un des sacs. Ils avaient chargé le sac à l'arrière de la camionnette, et Mondo avait entendu encore ces cris aigus qui faisaient mal aux oreilles. C'était un chien qu'on avait enfermé dans le sac. La camionnette grise était repartie sans se presser, avait disparu derrière les arbres du jardin. Quelqu'un qui passait par là avait dit à Mondo que c'était le Ciapacan qui enlève les chiens qui n'ont pas de maître ; il avait regardé attentivement Mondo, et il avait ajouté, pour lui faire peur, que la camionnette emmenait quelquefois aussi les enfants qui se promenaient au lieu d'aller à l'école. Depuis ce jour, Mondo surveillait tout le temps, sur les côtés, et même derrière lui, pour être sûr de voir venir la camionnette grise.

Aux heures où les enfants sortaient de l'école, ou bien les jours de fête, Mondo savait qu'il n'y avait rien à craindre. C'était quand il y avait peu de monde dans les rues, tôt le matin ou à la tombée de la nuit, qu'il fallait faire attention. C'est peut-être pour cela que Mondo trottait un peu de travers, comme les chiens.

A cette époque-là il avait fait la connaissance du Gitan, du Cosaque et de leur vieil ami Dadi. C'étaient les noms qu'on leur avait donnés, ici dans notre ville, parce qu'on ne savait pas leurs vrais noms. Le Gitan n'était pas gitan, mais on l'appelait comme cela à cause de son teint basané, de ses cheveux très noirs et de son profil d'aigle ; mais il devait sans doute son surnom au fait qu'il habitait dans une vieille Hotchkiss noire garée sur l'esplanade et qu'il gagnait sa vie en faisant des tours de prestidigitation. Le Cosaque, lui, c'était un homme étrange, de type mongol, qui était toujours coiffé d'un gros bonnet de fourrure qui lui donnait l'air d'un ours. Il jouait de l'accordéon devant les terrasses des cafés, la nuit surtout, parce que dans la journée il était complètement ivre.

Mais celui que Mondo préférait, c'était le vieux Dadi. Un jour qu'il marchait le long de la plage, il l'avait vu assis par terre sur une feuille de journal. Le vieil homme se chauffait au soleil sans faire attention aux gens qui passaient devant lui. Mondo avait été intrigué par une petite valise en carton bouilli jaune percée de trous que le vieux Dadi avait posée par terre, à côté de lui, sur une autre feuille de journal. Dadi avait l'air doux et tranquille, et Mondo n'avait pas du tout peur de lui. Il s'était approché pour regarder la valise jaune, et il avait demandé à Dadi :

« Qu'est-ce qu'il y a dans votre valise ? »

L'homme avait ouvert un peu les yeux. Sans rien dire, il avait pris la valise sur ses genoux et il avait entrouvert le couvercle. Il souriait d'un air mystérieux en passant sa main sous le couvercle, puis en sortant un couple de colombes.

« Elles sont très belles », avait dit Mondo. « Comment s'appellent-elles ? »

Dadi lissait les plumes des oiseaux, puis les approchait de ses joues.

« Lui, c'est Pilou, et elle, c'est Zoé. »

Il tenait les colombes dans ses mains, il les caressait très doucement contre son visage. Il regardait au loin, avec ses yeux humides et clairs qui ne voyaient pas bien.

Mondo avait caressé doucement la tête des colombes. La lumière du soleil les éblouissait, et elles voulaient rentrer dans leur valise. Dadi leur parlait à voix basse pour les calmer, puis il les enfermait de nouveau sous le couvercle.

« Elles sont très belles », avait répété Mondo. Et il était parti, tandis que l'homme fermait les yeux et continuait à dormir assis sur son journal.

Quand la nuit tombait, Mondo allait voir Dadi sur l'esplanade. Il travaillait avec le Gitan et le Cosaque pour la représentation publique, c'est-à-dire qu'il était assis un peu à l'écart avec sa valise jaune pendant que le Gitan jouait du banjo et que le Cosaque parlait avec sa grosse voix pour attirer les badauds. Le Gitan jouait vite, en regardant bouger ses doigts, et en chantonnant. Son visage sombre brillait dans la lumière des réverbères.

Mondo se mettait au premier rang des spectateurs, et il saluait Dadi. Maintenant, le Gitan commençait la représentation. Debout devant les spectateurs, il sortait des mouchoirs de toutes les couleurs de son poing fermé, avec une rapidité incroyable. Les mouchoirs légers tombaient par terre, et Mondo devait les ramasser au fur et à mesure. C'était son travail. Puis le Gitan sortait toutes sortes d'objets bizarres de sa main, des clés, des bagues, des crayons, des images, des balles de ping-pong et même des cigarettes allumées qu'il distribuait aux gens. Il faisait cela si vite qu'on n'avait pas le temps de voir bouger ses mains. Les gens riaient et applaudissaient, et les pièces de monnaie commençaient à tomber par terre.

« Petit, aide-nous à ramasser les pièces », disait le Cosaque.

Les mains du Gitan prenaient un œuf, l'enveloppaient dans un mouchoir rouge, puis s'arrêtaient une seconde.

« At... tention ! »

Les mains frappaient l'une contre l'autre. Quand elles dénouaient le mouchoir, l'œuf avait disparu. Les gens applaudissaient encore plus fort, et Mondo ramassait d'autres pièces qu'il mettait dans une boîte de fer.

Quand il n'y avait plus de pièces, Mondo s'asseyait sur ses talons et regardait à nouveau les mains du Gitan. Elles bougeaient vite, comme si elles étaient indépendantes. Le Gitan sortait d'autres œufs de sa main fermée, puis les faisait disparaître entre ses mains, d'un coup. A chaque fois qu'un œuf allait disparaître, il regardait Mondo en faisant un clin d'œil.

« Hop! Hop! »

Mais ce que le Gitan savait faire de plus beau, c'est quand il prenait deux œufs très blancs qui venaient dans ses mains sans qu'on comprenne comment ; il les enveloppait dans deux grands mouchoirs rouge et jaune, puis il levait ses bras en l'air et restait un moment sans bouger. Tout le monde le regardait alors en retenant son souffle.

« At... tention! »

Le Gitan baissait les bras en dépliant les mouchoirs, et deux colombes blanches sortaient des mouchoirs et volaient au-dessus de sa tête avant d'aller se percher sur les épaules du vieux Dadi.

Les gens criaient :

« Oh! »

et ils applaudissaient très fort et jetaient une grosse pluie de pièces.

Quand la représentation était finie, le Gitan allait acheter des sandwiches et de la bière, et tout le monde allait s'asseoir sur le marchepied de la vieille Hotchkiss noire.

« Tu m'as bien aidé, petit », disait le Gitan à Mondo.

Le Cosaque buvait la bière et s'exclamait très fort :

« C'est ton fils, Gitan ? »

« Non, c'est mon ami Mondo. »

« Alors, à ta santé, mon ami Mondo! »

Il était déjà un peu ivre.

« Est-ce que tu sais jouer de la musique ? »

« Non monsieur », disait Mondo.

Le Cosaque éclatait de rire.

« Non monsieur ! Non monsieur ! » Il répétait ça en criant, mais Mondo ne comprenait pas ce qui le faisait rire.

Ensuite le Cosaque prenait son petit accordéon et il commençait à jouer. Ce n'était pas vraiment de la musique qu'il faisait, c'était une suite de sons étranges et monotones, qui descendaient et montaient, tantôt vite, tantôt doucement. Le Cosaque jouait en frappant du pied sur le sol, et il chantait avec sa voix grave en répétant tout le temps les mêmes syllabes.

« Ay, ay, yaya, yaya, ayaya, yaya, ayaya, yaya, ay, ay ! » Il chantait et jouait de l'accordéon, en se balançant, et Mondo pensait qu'il avait vraiment l'air d'un gros ours.

Les gens qui passaient s'arrêtaient un instant pour le regarder, ils riaient un peu et continuaient leur chemin.

Plus tard, quand la nuit était tout à fait noire, le Cosaque cessait de jouer, et il s'asseyait sur le marche-pied de la Hotchkiss à côté du Gitan. Ils allumaient des cigarettes de tabac noir qui sentait fort et ils parlaient en buvant d'autres canettes de bière. Ils parlaient de choses lointaines que Mondo ne comprenait pas bien, des souvenirs de guerre et de voyage. Quelquefois le vieux Dadi parlait aussi, et Mondo écoutait ses paroles, parce qu'il était surtout question d'oiseaux, de colombes et de pigeons voyageurs. Dadi racontait avec sa voix douce, un peu essoufflée, les histoires de ces oiseaux qui volaient longtemps au-dessus de la campagne, quand la terre glissait sous eux avec ses rivières en méandres, les petits arbres plantés le long des routes

pareilles à des rubans noirs, les maisons aux toits
rouges et gris, les fermes entourées de champs de
toutes les couleurs, les prairies, les collines, les montagnes qui ressemblaient à des tas de cailloux. Le petit
homme racontait aussi comment les oiseaux revenaient toujours vers leur maison, en lisant sur le
paysage comme sur une carte, ou bien en naviguant
aux étoiles, comme les marins et les aviateurs. Les
maisons des oiseaux étaient semblables à des tours,
mais il n'y avait pas de porte, simplement des fenêtres
étroites juste sous le toit. Quand il faisait chaud, on
entendait les roucoulements qui montaient des tours,
et on savait que les oiseaux étaient revenus.

Mondo écoutait la voix de Dadi, il voyait la braise
des cigarettes qui luisait dans la nuit. Autour de
l'esplanade, les autos roulaient en faisant un bruit
doux comme l'eau, et les lumières des maisons s'éteignaient une à une. Il était très tard, et Mondo sentait sa
vue qui se brouillait parce qu'il allait s'endormir. Alors
le Gitan l'envoyait se coucher sur la banquette arrière
de la Hotchkiss, et c'est là qu'il passait la nuit. Le vieux
Dadi rentrait chez lui, mais le Gitan et le Cosaque ne
dormaient pas. Ils restaient assis sur le marchepied de
la voiture, jusqu'au matin, comme cela, à boire, à
fumer, et à parler.

Mondo aimait bien faire ceci : il s'asseyait sur la plage, les bras autour de ses genoux, et il regardait le soleil se lever. A quatre heures cinquante le ciel était pur et gris, avec seulement quelques nuages de vapeur au-dessus de la mer. Le soleil n'apparaissait pas tout de suite, mais Mondo sentait son arrivée, de l'autre côté de l'horizon, quand il montait lentement comme une flamme qui s'allume. Il y avait d'abord une auréole pâle qui élargissait sa tache dans l'air, et on sentait au fond de soi cette vibration bizarre qui faisait trembler l'horizon, comme s'il y avait un effort. Alors le disque apparaissait au-dessus de l'eau, jetait un faisceau de lumière droit dans les yeux, et la mer et la terre semblaient de la même couleur. Un instant après venaient les premières couleurs, les premières ombres. Mais les réverbères de la ville restaient allumés, avec leur lumière pâle et fatiguée, parce qu'on n'était pas encore très sûr que le jour commençait.

Mondo regardait le soleil qui montait au-dessus de la mer. Il chantonnait pour lui tout seul, en balançant sa tête et son buste, il répétait le chant du Cosaque :

« Ayaya, yaya, yayaya, yaya... »

Il n'y avait personne sur la plage, seulement quelques mouettes qui flottaient sur la mer. L'eau était très transparente, grise, bleue et rose, et les cailloux étaient très blancs.

Mondo pensait au jour qui se levait aussi dans la mer, pour les poissons et pour les crabes. Peut-être qu'au fond de l'eau, tout devenait rose et clair comme à la surface de la terre ? Les poissons se réveillaient et bougeaient lentement sous leur ciel pareil à un miroir, ils étaient heureux au milieu des milliers de soleils qui dansaient, et les hippocampes montaient le long des tiges d'algues pour mieux voir la lumière nouvelle. Même les coquilles entrouvraient leurs valves pour laisser entrer le jour. Mondo pensait beaucoup à eux, et il regardait les vagues lentes qui tombaient sur les cailloux de la plage en allumant des étincelles.

Quand le soleil était un peu plus haut, Mondo se mettait debout, parce qu'il avait froid. Il ôtait ses habits. L'eau de la mer était plus douce et plus tiède que l'air, et Mondo se plongeait jusqu'au cou. Il penchait son visage, il ouvrait ses yeux dans l'eau pour voir le fond. Il entendait le crissement fragile des vagues qui déferlaient, et cela faisait une musique qu'on ne connaît pas sur la terre.

Mondo restait longtemps dans l'eau, jusqu'à ce que ses doigts deviennent blancs et que ses jambes se mettent à trembler. Alors il retournait s'asseoir sur la plage, le dos contre le mur de soutien de la route, et il attendait les yeux fermés que la chaleur du soleil enveloppe son corps.

Au-dessus de la ville, les collines semblaient plus proches. La belle lumière éclairait les arbres et les façades blanches des villas, et Mondo disait encore :

« Il faudra que j'aille voir ça. »

Puis il se rhabillait et quittait la plage.

C'était un jour de fête, et il n'y avait rien à craindre

du Ciapacan. Les jours de fête, les chiens et les enfants
pouvaient vagabonder librement dans les rues.

L'ennui, c'est que tout était fermé. Les marchands ne
venaient pas vendre leurs légumes, les boulangeries
avaient leur rideau de fer baissé. Mondo avait faim. En
passant devant la boutique d'un glacier qui s'appelait
La Boule de Neige, il avait acheté un cornet de glace à
la vanille, et il la mangeait en marchant dans les rues.

Maintenant, le soleil éclairait bien les trottoirs. Mais
les gens ne se montraient pas. Ils devaient être fatigués. De temps en temps, quelqu'un venait, et Mondo
le saluait, mais on le regardait avec étonnement parce
qu'il avait les cheveux et les cils blanchis par le sel et le
visage bruni par le soleil. Peut-être que les gens le
prenaient pour un mendiant.

Mondo regardait les vitrines des magasins en
léchant sa glace. Au fond d'une vitrine où la lumière
était allumée, il y avait un grand lit en bois rouge, avec
des draps et un oreiller à fleurs, comme si quelqu'un
allait s'y coucher et dormir. Un peu plus loin, il y avait
une vitrine remplie de cuisinières très blanches, et une
rôtissoire où tournait lentement un poulet en carton.
Tout cela était bizarre. Sous la porte d'un magasin,
Mondo avait trouvé un journal illustré, et il s'était
assis sur un banc pour le lire.

Le journal racontait une histoire avec des photos en
couleurs qui montraient une belle femme blonde en
train de faire la cuisine et de jouer avec ses enfants.
C'était une longue histoire, et Mondo la lisait à haute
voix, en approchant les photos de ses yeux pour que les
couleurs se mélangent.

« Le garçon s'appelle Jacques et la fille s'appelle
Camille. Leur maman est dans la cuisine et elle fait
toutes sortes de bonnes choses à manger, du pain, du
poulet rôti, des gâteaux. Elle leur a demandé : qu'est-

ce que vous voulez manger de bon aujourd'hui ? Faisnous une grande tarte aux fraises, s'il te plaît, a dit Jacques. Mais leur maman a dit qu'il n'y avait pas de fraises, il n'y avait que des pommes. Alors Camille et Jacques ont pelé les pommes et les ont coupées en petits morceaux, et leur maman a fait la tarte. Elle fait cuire la tarte dans le four. Ça sent très bon dans toute la maison. Quand la tarte est cuite, leur maman la met sur la table et la coupe en tranches. Jacques et Camille mangent la bonne tarte en buvant du chocolat chaud. Ensuite ils disent : jamais on n'avait mangé une tarte aussi bonne ! »

Quand Mondo avait fini de lire l'histoire, il cachait le journal illustré dans un buisson du jardin, pour la relire plus tard. Il aurait bien voulu acheter un autre illustré, une histoire d'Akim dans la jungle, par exemple, mais le marchand de journaux était fermé.

Au centre du jardin, il y avait un retraité des Postes qui dormait sur un banc. A côté du retraité, sur le banc, il y avait un journal déplié et un chapeau.

Quand le soleil montait dans le ciel, la lumière était plus douce. Les autos commençaient à circuler dans les rues en klaxonnant. A l'autre bout du jardin, près de la sortie, un petit garçon jouait avec un tricycle rouge. Mondo s'arrêtait à côté de lui.

« Il est à toi ? » demandait-il.

« Oui », disait le petit garçon.

« Tu me le prêtes ? »

Le petit garçon serrait le guidon de toutes ses forces.

« Non ! Non ! Va-t'en ! »

« Comment il s'appelle, ton vélo ? »

Le petit garçon baissait la tête sans répondre, puis il disait très vite :

« Mini. »

« Il est très beau », disait Mondo.

Il regardait encore un peu le tricycle, le cadre peint en rouge, la selle noire, le guidon et les garde-boue chromés. Il faisait marcher la sonnette une ou deux fois, mais le petit garçon l'écartait et s'en allait en pédalant.

Sur la place du marché, il n'y avait pas grand monde. Les gens allaient à la messe par petits groupes, ou bien se promenaient vers la mer. C'était les jours de fête que Mondo aurait bien voulu rencontrer quelqu'un pour lui demander :

« Est-ce que vous voulez m'adopter ? »

Mais peut-être que ces jours-là, personne ne l'aurait entendu.

Mondo entrait dans les halls des immeubles, au hasard. Il s'arrêtait pour regarder les boîtes aux lettres vides, et les tableaux d'incendie. Il pressait sur le bouton de la minuterie, et il écoutait un instant le tic-tac, jusqu'à ce que la lumière s'éteigne. Au fond du hall, il y avait les premières marches des escaliers, la rampe de bois ciré, et un grand miroir terne encadré par des statues de plâtre. Mondo avait envie de faire un tour en ascenseur, mais il n'osait pas, parce que c'est défendu de laisser les enfants jouer avec l'ascenseur.

Une jeune femme entrait dans l'immeuble. Elle était belle, avec des cheveux châtains ondulés et une robe claire qui bruissait autour d'elle. Elle sentait bon.

Mondo était sorti de l'encoignure de la porte, et elle avait sursauté.

« Qu'est-ce que tu veux ? »

« Est-ce que je peux monter dans l'ascenseur avec vous ? »

La jeune femme souriait gentiment.

« Bien sûr, voyons ! Viens ! »

L'ascenseur bougeait un peu sous les pieds comme un bateau.

« Où est-ce que tu vas ? »

« Tout à fait en haut. »

« Au sixième ? Moi aussi. »

L'ascenseur montait doucement. Mondo regardait à travers les vitres les plafonds qui reculaient. Les portes vibraient, et à chaque étage on entendait un drôle de claquement. On entendait aussi les câbles siffler dans la cage de l'ascenseur.

« Tu habites ici ? »

La jeune femme regardait Mondo avec curiosité.

« Non madame. »

« Tu vas voir des amis ? »

« Non madame, je me promène. »

« Ah ? »

La jeune femme regardait toujours Mondo. Elle avait de grands yeux calmes et doux, un peu humides. Elle avait ouvert son sac à main et elle avait donné à Mondo un bonbon enveloppé dans du papier transparent.

Mondo regardait les étages passer très lentement.

« C'est haut, comme en avion », disait Mondo.

« Tu es déjà allé en avion ? »

« Oh non, madame, pas encore. Ça doit être bien. »

La jeune femme riait un peu.

« Ça va plus vite que l'ascenseur, tu sais ! »

« Ça va plus haut aussi ! »

« Oui, beaucoup plus haut ! »

L'ascenseur était arrivé avec un gémissement, et une secousse. La jeune femme sortait.

« Tu descends ? »

« Non », disait Mondo ; « je vais retourner en bas tout de suite. »

« Ah oui ? Comme tu veux. Pour redescendre, tu appuies sur l'avant-dernier bouton, là. Fais attention à ne pas toucher au bouton rouge, c'est la sonnette d'alarme. »

Avant de refermer la porte, elle souriait encore.

« Bon voyage ! »

« Au revoir ! » disait Mondo.

Quand il était sorti de l'immeuble, Mondo avait vu que le soleil était haut dans le ciel, presque à sa place de midi. Les journées passaient vite, du matin jusqu'au soir. Si on n'y prenait pas garde, elles s'en allaient plus vite encore. C'est pour cela que les gens étaient toujours si pressés. Ils se dépêchaient de faire tout ce qu'ils avaient à faire avant que le soleil ne redescende.

À midi, les gens marchaient à grandes enjambées dans les rues de la ville. Ils sortaient des maisons, montaient dans les autos, claquaient les portières. Mondo aurait bien voulu leur dire : « Attendez ! Attendez-moi ! » Mais personne ne faisait attention à lui.

Comme son cœur battait trop vite et trop fort, lui aussi, Mondo s'arrêtait dans les coins. Il restait immobile, les bras croisés, et il regardait la foule qui avançait dans la rue. Ils n'avaient plus l'air fatigué comme au matin. Ils marchaient vite, en faisant du bruit avec leurs pieds, en parlant et en riant très fort.

Au milieu d'eux, une vieille femme progressait lentement sur le trottoir, le dos courbé, sans voir personne. Son sac à provisions était rempli de nourriture, et il pesait si lourd qu'il touchait le sol à chaque pas. Mondo s'approchait d'elle et l'aidait à porter son sac. Il entendait la respiration de la vieille femme qui soufflait un peu derrière lui.

La vieille femme s'était arrêtée devant la porte d'un immeuble gris, et Mondo avait monté l'escalier avec elle. Il pensait que la vieille femme était peut-être sa grand-mère, ou bien sa tante, mais il ne lui parlait pas, parce qu'elle était un peu sourde. La vieille femme avait ouvert une porte, au quatrième étage, et elle était allée dans sa cuisine pour couper une tranche de pain d'épice rassis. Elle l'avait donnée à Mondo, et il avait vu que sa main tremblait beaucoup. Sa voix aussi tremblait quand elle avait dit :

« Dieu te bénisse. »

Un peu plus loin, dans la rue, Mondo sentait qu'il devenait très petit. Il marchait au ras du mur, et les gens autour de lui devenaient hauts comme des arbres, avec des visages lointains, comme les balcons des immeubles. Mondo se faufilait parmi tous ces géants, qui faisaient des enjambées considérables. Il évitait des femmes hautes comme des tours d'église, vêtues d'immenses robes à pois, et des hommes larges comme des falaises, vêtus de complets bleus et de chemises blanches. C'était peut-être la lumière du jour qui causait cela, la lumière qui agrandit les choses et raccourcit les ombres. Mondo se glissait au milieu d'eux, et seuls ceux qui regardent vers le bas pouvaient le voir. Il n'avait pas peur, sauf de temps en temps pour traverser les rues. Mais il cherchait quelqu'un, partout dans la ville, dans les jardins, sur la plage. Il ne savait pas très bien qui il cherchait, ni pourquoi, mais quelqu'un, comme cela, simplement pour lui dire très vite et tout de suite après lire la réponse dans ses yeux :

« Est-ce que vous voulez bien m'adopter ? »

C'est environ à cette époque-là que Mondo avait rencontré Thi Chin, quand les journées étaient belles et les nuits longues et chaudes. Mondo était sorti de sa cachette du soir, à la base de la digue. Le vent tiède soufflait de la terre, le vent sec qui rend les cheveux électriques et fait brûler les forêts de chênes-lièges. Sur les collines, au-dessus de la ville, Mondo voyait une grande fumée blanche qui s'étalait dans le ciel.

Mondo avait regardé un moment les collines éclairées par le soleil, et il avait pris le chemin qui conduit vers elles. C'était un chemin sinueux, qui se transformait de loin en loin en escaliers avec de larges marches de ciment quadrillé. De chaque côté du chemin, il y avait des caniveaux remplis de feuilles mortes et de bouts de papier.

Mondo aimait bien monter les escaliers. Ils zigzaguaient à travers la colline, sans se presser, comme s'ils allaient nulle part. Tout le long du chemin, il y avait de hauts murs de pierre surmontés de tessons de bouteille, de sorte qu'on ne savait pas où on était. Mondo montait lentement les marches en regardant s'il n'y avait rien d'intéressant dans les caniveaux.

Quelquefois on trouvait une pièce de monnaie, un clou rouillé, une image, ou un fruit bizarre.

Plus on montait, plus la ville devenait plate, avec tous les rectangles des immeubles et les lignes droites des rues où bougeaient les autos rouges et bleues. La mer aussi devenait plate, sous la colline, elle brillait comme une plaque de fer-blanc. Mondo se retournait de temps en temps pour regarder tout cela entre les branches des arbres et par-dessus les murs des villas.

Il n'y avait personne dans les escaliers, sauf une fois, un gros chat tigré tapi dans le caniveau, qui mangeait des restes de viande dans une boîte de conserve rouillée. Le chat s'était aplati, les oreilles rabattues, et il avait regardé Mondo avec ses pupilles arrondies dans ses yeux jaunes.

Mondo était passé à côté de lui sans rien dire. Il avait senti les pupilles noires qui continuaient à le regarder, jusqu'à ce qu'il ait tourné au virage.

Mondo montait sans faire de bruit. Il posait ses pieds très doucement, en évitant les brindilles et les graines, il glissait très silencieusement, comme une ombre.

Cet escalier n'était pas très raisonnable. Tantôt il était raide, avec de petites marches courtes et hautes qui essoufflaient. Tantôt il était paresseux, il s'étirait lentement entre les propriétés et les terrains vagues. Parfois même il avait l'air de vouloir redescendre.

Mondo n'était pas pressé. Il avançait en zigzaguant lui aussi, d'un mur à l'autre. Il s'arrêtait pour regarder dans les caniveaux, ou pour arracher des feuilles aux arbres. Il prenait une feuille de poivrier et il l'écrasait entre ses doigts pour sentir l'odeur qui pique le nez et les yeux. Il cueillait les fleurs du chèvrefeuille et il suçait la petite goutte sucrée qui perle à sa base du calice. Ou bien il faisait de la musique avec une lame d'herbe pressée contre ses lèvres.

Mondo aimait bien marcher ici, tout seul, à travers la colline. A mesure qu'il montait, la lumière du soleil devenait de plus en plus jaune, douce, comme si elle sortait des feuilles des plantes et des pierres des vieux murs. La lumière avait imprégné la terre pendant le jour, et maintenant elle sortait, elle répandait sa chaleur, elle gonflait ses nuages.

Il n'y avait personne sur la colline. C'était sans doute à cause de la fin de l'après-midi, et aussi parce que ce quartier-là était un peu abandonné. Les villas étaient enfouies dans les arbres, elles n'étaient pas tristes, mais elles avaient l'air de somnoler, avec leurs grilles rouillées et leurs volets écaillés qui fermaient mal.

Mondo écoutait les bruits des oiseaux dans les arbres, les craquements légers des branches dans le vent. Il y avait surtout le bruit d'un criquet, un sifflement strident qui se déplaçait sans cesse et semblait avancer en même temps que Mondo. Par instants, il s'éloignait un peu, puis il revenait, si proche que Mondo se retournait pour essayer de voir l'insecte. Mais le bruit repartait, et reparaissait devant lui, ou bien au-dessus, au sommet du mur. Mondo l'appelait à son tour, en sifflant dans la feuille d'herbe. Mais le criquet ne se montrait pas. Il préférait rester caché.

Tout à fait en haut de la colline, à cause de la chaleur, les nuages étaient apparus. Ils voguaient tranquillement vers le nord et, quand ils passaient près du soleil, Mondo sentait l'ombre sur son visage. Les couleurs changeaient, bougeaient, la lumière jaune s'allumait, s'éteignait.

Ça faisait longtemps que Mondo avait envie d'aller jusqu'en haut de la colline. Il l'avait regardée souvent, de ses cachettes au bord de la mer, avec tous ses arbres et sa belle lumière qui brillait sur les façades des villas et rayonnait dans le ciel comme une auréole. C'était

pour cela qu'il voulait monter sur la colline, parce que
le chemin d'escaliers semblait conduire vers le ciel et
la lumière. C'était vraiment une belle colline, juste au-
dessus de la mer, tout près des nuages, et Mondo l'avait
regardée longtemps, le matin, quand elle était encore
grise et lointaine, le soir, et même la nuit quand elle
scintillait de toutes les lumières électriques. Maintenant il était content de grimper sur elle.

Dans les tas de feuilles mortes, le long des murs, les
salamandres s'enfuyaient. Mondo essayait de les sur-
prendre, en s'approchant sans bruit ; mais elles l'entendaient quand même, et elles couraient se cacher
dans les fissures.

Mondo appelait un peu les salamandres, en sifflant
entre ses dents. Il aurait bien aimé avoir une salaman-
dre. Il pensait qu'il pourrait l'apprivoiser et la mettre
dans la poche de son pantalon pour se promener. Il
attraperait des mouches pour lui donner à manger et,
quand il s'assiérait au soleil, sur la plage, ou dans les
rochers de la digue, elle sortirait de sa poche et
monterait sur son épaule. Elle resterait là sans bouger,
en faisant palpiter sa gorge, parce que c'est comme
cela que les salamandres ronronnent.

Puis Mondo était arrivé devant la porte de la Maison
de la Lumière d'Or. Mondo l'avait appelée comme cela
la première fois qu'il y était entré, et depuis ce nom est
resté. C'était une belle maison ancienne, de type
italien, recouverte de plâtre jaune-orange, avec de
hautes fenêtres aux volets déglingués et une vigne
vierge qui envahissait le perron. Autour de la maison,
il y avait un jardin pas très grand, mais tellement
envahi de ronces et de mauvaises herbes qu'on n'en
voyait pas les limites. Mondo avait poussé la porte de
fer, et il avait marché sur l'allée de gravier qui menait
à la maison, sans faire de bruit. La maison jaune était

simple, sans ornements de stucs ni mascarons, mais Mondo pensait qu'il n'avait jamais vu une maison aussi belle.

Dans le jardin en désordre, devant la maison, il y avait deux beaux palmiers qui s'élevaient au-dessus du toit et, quand le vent soufflait un peu, leurs palmes grattaient les gouttières et les tuiles. Autour des palmiers, les buissons étaient épais, sombres, parcourus par de grandes ronces violettes qui rampaient sur le sol comme des serpents.

Ce qui était beau surtout, c'était la lumière qui enveloppait la maison. C'était pour elle que Mondo avait tout de suite donné ce nom à la maison, la Maison de la Lumière d'Or. La lumière du soleil de la fin d'après-midi avait une couleur très douce et calme, une couleur chaude comme les feuilles de l'automne ou comme le sable, qui vous baignait et vous enivrait. Tandis qu'il avançait lentement sur le chemin de gravier, Mondo sentait la lumière qui caressait son visage. Il avait envie de dormir, et son cœur battait au ralenti. Il respirait à peine.

Le chant du criquet résonnait à nouveau avec force, comme s'il sortait des buissons du jardin. Mondo s'arrêtait pour l'écouter, puis il marchait lentement vers la maison, prêt à s'enfuir au cas où serait venu un chien. Mais il n'y avait personne. Autour de lui, les plantes du jardin étaient immobiles, leurs feuilles étaient lourdes de chaleur.

Mondo entrait dans les broussailles. A quatre pattes, il se glissait sous les branches des arbustes, il écartait les ronces. Il s'installait dans une cachette, sous le couvert des buissons, et, de là, il contemplait la maison jaune.

La lumière déclinait presque imperceptiblement sur la façade de la maison. Il n'y avait pas un bruit, sauf la

voix du criquet et le murmure aigu des moustiques qui
dansaient autour des cheveux de Mondo. Assis par
terre, sous les feuilles d'un laurier, Mondo regardait
fixement la porte de la maison, et les marches de
l'escalier en demi-lune qui conduisait au perron.
L'herbe poussait à la jointure des marches. Au bout
d'un moment, Mondo s'était couché en chien de fusil
sur la terre, la tête appuyée sur son coude.

C'était bien de dormir comme cela, au pied de
l'arbre qui sent fort, pas très loin de la Maison de la
Lumière d'Or, tout entouré de chaleur et de paix, avec
la voix stridente du criquet qui allait et venait sans
cesse. Quand tu dormais, Mondo, tu n'étais pas là. Tu
étais parti ailleurs, loin de ton corps. Tu avais laissé ton
corps endormi par terre, à quelques mètres du chemin
de gravier, et tu te promenais ailleurs. C'est cela qui
était bizarre. Ton corps restait sur la terre, il respirait
tranquillement, le vent poussait les ombres des nuages
sur ton visage aux yeux fermés. Les moustiques tigrés
dansaient autour de tes joues, les fourmis noires
exploraient tes vêtements et tes mains. Tes cheveux
s'agitaient un peu dans le vent du soir. Mais toi, tu
n'étais pas là. Tu étais ailleurs, parti dans la lumière
chaude de la maison, dans l'odeur des feuilles du
laurier, dans l'humidité qui sortait des miettes de
terre. Les araignées tremblaient sur leur fil, car c'était
l'heure où elles s'éveillaient. Les vieilles salamandres
noires et jaunes se glissaient hors de leurs fissures, sur
le mur de la maison, et elles restaient à te regarder,
accrochées par leurs pattes aux doigts écartés. Tout le
monde te regardait, parce que tu avais les yeux fermés.
Et quelque part à l'autre bout du jardin, entre un
massif de ronces et un buisson de houx, près d'un vieux
cyprès desséché, l'insecte-pilote faisait sans se lasser

son bruit de scie, pour te parler, pour t'appeler. Mais toi, tu ne l'entendais pas, tu étais parti au loin.

« Qui es-tu ? » demandait la voix aiguë.

Maintenant, devant Mondo, il y avait une femme, mais elle était si petite que Mondo avait cru un instant que c'était une enfant. Ses cheveux noirs étaient coupés en rond autour de son visage, et elle était vêtue d'un long tablier bleu-gris.

Elle souriait.

« Qui es-tu ? »

Mondo était debout, à peine plus petit qu'elle. Il bâillait.

« Tu dormais ? »

« Excusez-moi », dit Mondo. « Je suis entré dans votre jardin, j'étais un peu fatigué, alors j'ai dormi un peu. Je vais partir maintenant. »

« Pourquoi veux-tu partir tout de suite ? Tu n'aimes pas le jardin ? »

« Si, il est très beau », dit Mondo. Il cherchait sur le visage de la petite femme un signe de colère. Mais elle continuait à sourire. Ses yeux bridés avaient une expression curieuse, comme les chats. Autour des yeux et de la bouche, il y avait des rides profondes, et Mondo pensait que la femme était vieille.

« Viens voir la maison aussi », dit-elle.

Elle montait le petit escalier en demi-lune et elle ouvrait la porte.

« Viens donc ! »

Mondo entrait derrière elle. C'était une grande salle presque vide, éclairée sur les quatre côtés par de hautes fenêtres. Au centre de la salle, il y avait une table de bois et des chaises, et sur la table un plateau laqué portant une théière noire et des bols. Mondo restait immobile sur le seuil, regardant la salle et les

fenêtres. Les fenêtres étaient faites de petits carreaux
de verre dépoli, et la lumière qui entrait était encore
plus chaude et dorée. Mondo n'avait jamais vu une
lumière aussi belle.

La petite femme était debout devant la table et elle
versait le thé dans les bols.

« Est-ce que tu aimes le thé ? »

« Oui », dit Mondo.

« Alors viens t'asseoir ici. »

Mondo s'asseyait lentement sur le bord de la chaise
et il buvait. Le breuvage était couleur d'or aussi, il
brûlait les lèvres et la gorge.

« C'est chaud », dit-il.

La petite femme buvait une gorgée sans bruit.

« Tu ne m'as pas dit qui tu étais », dit-elle. Sa voix
était comme une musique douce.

« Je suis Mondo », dit Mondo.

La petite femme le regardait en souriant. Elle semblait plus petite encore sur sa chaise.

« Moi, je suis Thi Chin. »

« Vous êtes chinoise ? » demandait Mondo. La petite
femme secouait la tête.

« Je suis vietnamienne, pas chinoise. »

« C'est loin, votre pays ? »

« Oui, c'est très très loin. »

Mondo buvait le thé et sa fatigue s'en allait.

« Et toi, d'où viens-tu ? Tu n'es pas d'ici, n'est-ce
pas ? »

Mondo ne savait pas trop ce qu'il fallait dire.

« Non, je ne suis pas d'ici », dit-il. Il écartait les
mèches de ses cheveux en baissant la tête. La petite
femme ne cessait pas de sourire, mais ses yeux étroits
étaient un peu inquiets soudain.

« Reste encore un instant », dit-elle. « Tu ne veux
pas partir tout de suite ? »

« Je n'aurais pas dû entrer dans votre jardin », dit
Mondo. « Mais la porte était ouverte, et j'étais un peu
fatigué. »

« Tu as bien fait d'entrer », dit simplement Thi Chin.
« Tu vois, j'avais laissé la porte ouverte pour toi. »

« Alors vous saviez que j'allais venir ? » dit Mondo.
Cette idée le rassurait.

Thi Chin faisait oui de la tête, et elle tendait à Mondo
une boîte de fer-blanc pleine de macarons.

« Tu as faim ? »

« Oui », dit Mondo. Il grignotait le macaron en
regardant les grandes fenêtres par où entrait la
lumière.

« C'est beau », dit-il. « Qu'est-ce qui fait tout cet
or ? »

« C'est la lumière du soleil », dit Thi Chin.

« Alors vous êtes riche ? »

Thi Chin riait.

« Cet or-là n'appartient à personne. »

Ils regardaient la belle lumière comme dans un rêve.

« C'est comme cela dans mon pays », disait Thi Chin
à voix basse. « Quand le soleil se couche, le ciel devient
comme cela, tout jaune, avec de petits nuages noirs
très légers, on dirait des plumes d'oiseau. »

La lumière d'or emplissait toute la pièce et Mondo se
sentait plus calme et plus fort, comme après avoir bu le
thé chaud.

« Tu aimes ma maison ? » demandait Thi Chin.

« Oui madame », disait Mondo. Ses yeux reflétaient
la couleur du soleil.

« Alors c'est ta maison aussi, quand tu veux. »

C'est comme cela que Mondo avait fait connaissance
avec Thi Chin et la Maison de la Lumière d'Or. Il était
resté longtemps dans la grande salle à regarder les
fenêtres. La lumière restait jusqu'à ce que le soleil

disparaisse complètement derrière les collines. Même
à ce moment-là, les murs de la salle étaient si impré-
gnés d'elle que c'était comme si elle ne pouvait pas
s'éteindre. Puis l'ombre était venue, et tout était
devenu gris, les murs, les fenêtres, les cheveux de
Mondo. Le froid était venu aussi. La petite femme
s'était levée pour allumer une lampe, puis elle avait
emmené Mondo dans le jardin pour regarder la nuit.
Au-dessus des arbres, les étoiles brillaient et il y avait
un mince croissant de lune.

Cette nuit-là, Mondo avait dormi sur des coussins, au
fond de la grande salle. Il avait dormi là les autres
nuits aussi, parce qu'il aimait bien cette maison.
Quelquefois, quand la nuit était chaude, il dormait
dans le jardin, sous le laurier, ou sur les marches du
perron, devant la porte. Thi Chin ne parlait pas
beaucoup, et c'est peut-être pour cela qu'il l'aimait
bien. Depuis qu'elle lui avait demandé son nom et d'où
il venait, la première fois, elle ne lui posait plus de
questions. Simplement, elle le prenait par la main et
elle lui montrait des choses amusantes, dans le jardin,
ou dans la maison. Elle lui montrait les cailloux qui
ont des formes et des dessins bizarres, les feuilles
d'arbre aux nervures fines, les graines rouges des
palmiers, les petites fleurs blanches et jaunes qui
poussent entre les pierres. Elle lui portait dans sa main
des scarabées noirs, des mille-pattes, et Mondo lui
donnait en échange des coquilles et des plumes de
mouette qu'il avait trouvées au bord de la mer.

Thi Chin lui donnait à manger du riz et un bol de
légumes rouges et verts à moitié cuits, et toujours du
thé chaud dans les petits bols blancs. Quelquefois,
quand la nuit était très noire, Thi Chin prenait un livre
d'images et elle lui racontait une histoire ancienne.
C'était une longue histoire qui se passait dans un pays

inconnu où il y avait des monuments aux toits pointus, des dragons et des animaux qui savaient parler comme les hommes. L'histoire était si belle que Mondo ne pouvait pas l'entendre jusqu'au bout. Il s'endormait, et la petite femme s'en allait sans faire de bruit, après avoir éteint la lampe. Elle dormait au premier étage, dans une chambre étroite. Le matin, quand elle se réveillait, Mondo était déjà parti.

5

Il y avait des feux sur la plupart des collines, parce qu'on approchait de l'été. Dans la journée, on voyait les grandes colonnes de fumée blanche qui tachaient le ciel, et la nuit il y avait des lueurs rouges inquiétantes, comme des braises de cigarette. Mondo regardait souvent du côté des incendies, quand il était sur la plage, ou bien quand il montait le chemin d'escaliers vers la maison de Thi Chin. Un après-midi, il était même rentré plus tôt que d'habitude pour arracher les mauvaises herbes qui poussaient autour de la maison, et quand Thi Chin lui avait demandé ce qu'il faisait, il avait dit :

« C'est pour que le feu ne puisse pas venir ici. »

Maintenant qu'il dormait presque toutes les nuits dans la Maison de la Lumière d'Or, ou dans le jardin, il avait moins peur de la camionnette grise du Ciapacan. Il n'allait plus dans les cachettes des rochers, près de la digue. Dès que le jour se levait, il partait se baigner dans la mer. Il aimait bien la mer transparente du matin, le bruit étrange des vagues quand on a la tête sous l'eau, et les cris des mouettes dans le ciel. Puis il allait voir du côté du marché, pour décharger quelques caisses, et pour glaner les fruits et les légumes. Il les rapportait ensuite à Thi Chin pour le repas du soir.

Après midi, il allait parler un peu avec le Gitan, qui était assis à rêver sur le marchepied de sa voiture. Ils ne se disaient pas grand-chose, mais le Gitan avait l'air content de le voir. Le Cosaque venait ensuite, avec une bouteille d'alcool. Il était toujours un peu saoul, et il criait avec sa grosse voix :

« Hé ! Mon ami Mondo ! »

Il y avait aussi une femme qui venait quelquefois, une grosse femme au visage rouge et aux yeux très clairs, qui savait lire l'avenir dans les mains des passants ; mais Mondo s'en allait quand elle arrivait, parce qu'il ne l'aimait pas.

Il partait à la recherche du vieux Dadi. Ce n'était pas facile de le trouver, parce que le vieil homme changeait souvent de place. Il était assis sur les feuilles de journal, sa petite valise jaune percée de trous à côté de lui, et les gens qui passaient croyaient qu'il mendiait. En général, Mondo le rencontrait sur le parvis des églises, et il s'asseyait à côté de lui. Mondo aimait bien quand il parlait, parce qu'il savait beaucoup d'histoires sur les pigeons voyageurs et sur les colombes. Il parlait de leur pays, un pays où il y a beaucoup d'arbres, des fleuves tranquilles, des champs très verts et un ciel doux. Auprès des maisons, il y a ces tours pointues, couvertes de tuiles rouges et vertes, où vivent les colombes et les pigeons. Le vieux Dadi parlait avec sa voix lente, et c'était comme le vol des oiseaux dans le ciel, qui hésite et tourne en rond autour des villages. Mais il ne parlait de cela à personne d'autre.

Quand Mondo était assis sur le parvis des églises avec le vieux Dadi, les gens étaient un peu étonnés. Ils s'arrêtaient pour regarder le petit garçon et le vieil homme avec ses colombes, et ils donnaient davantage de pièces parce qu'ils étaient émus. Mais Mondo ne restait pas très longtemps à mendier, parce qu'il y avait toujours une ou deux femmes qui n'aimaient pas voir cela et qui commençaient à poser des questions. Et puis il fallait faire attention au Ciapacan. Si la camionnette grise était passée à ce moment-là, sûrement les hommes en uniforme seraient sortis et l'auraient emmené. Ils auraient peut-être même emmené le vieux Dadi et ses colombes.

Un jour, il y avait eu un grand vent, et le Gitan avait dit à Mondo :

« Allons voir la bataille des cerfs-volants. »

C'était seulement les dimanches de grand vent que les batailles de cerfs-volants avaient lieu. Ils étaient arrivés sur la plage de bonne heure, et les enfants étaient déjà là avec leurs cerfs-volants. Il y en avait de toutes sortes et de toutes les couleurs, des cerfs-volants en forme de losange, ou de carré, monoplans ou biplans, sur lesquels étaient peintes des têtes d'animaux. Mais le plus beau cerf-volant appartenait à un homme d'une cinquantaine d'années, qui se tenait tout à fait au bout de la plage. C'était comme un grand papillon jaune et noir aux ailes immenses. Quand il l'avait lancé, tout le monde s'était arrêté de bouger pour regarder. Le grand papillon jaune et noir avait plané un instant à quelques mètres de la mer, puis l'homme avait tiré sur le fil et il s'était cabré. Alors le vent s'était engouffré dans ses ailes et il avait commencé son ascension. Le cerf-volant montait dans le ciel, très loin au-dessus de la mer. Le vent qui soufflait faisait claquer la toile de ses ailes. Sur la plage, l'homme ne bougeait presque pas. Il dévidait la bobine de fil, et son regard était fixé sur le papillon jaune et noir qui se balançait au-dessus de la mer. De temps en temps, l'homme tirait sur le fil, l'enroulait sur la bobine, et le cerf-volant montait encore plus haut dans le ciel. Maintenant il était plus haut que tous les autres, il planait au-dessus de la plage avec ses ailes étendues. Il restait là, il planait sans effort, dans le vent violent, si loin de la terre qu'on ne voyait plus le fil qui le retenait.

Quand Mondo et le Gitan s'étaient approchés, l'homme avait donné la bobine et le fil à Mondo.

« Tiens-le bien ! » dit-il.

Il s'était assis sur la plage et il avait allumé une cigarette.

Mondo essayait de résister au vent.

« Si ça tire trop, tu donnes un peu, puis tu reprends après. »

A tour de rôle, Mondo, le Gitan et l'homme avaient tenu le cerf-volant, jusqu'à ce que tous les autres, fatigués, retombent dans la mer. Tout le monde avait la tête renversée en l'air et regardait le grand papillon jaune et noir qui continuait à planer. C'était vraiment le champion des cerfs-volants, il n'y en avait pas d'autre qui sache monter si haut et voler si longtemps.

Alors, très lentement, l'homme avait fait descendre le grand papillon, mètre par mètre. Le cerf-volant tanguait dans le vent, et on entendait les détonations de l'air dans sa voile, et le sifflement aigu du fil. C'était le moment le plus dangereux, parce que le fil pouvait se rompre sous la tension, et l'homme avançait un peu en enroulant la bobine. Quand le cerf-volant avait été tout près du rivage, l'homme s'était déplacé sur le côté, en tirant d'un seul coup, puis en lâchant le fil, et le cerf-volant avait atterri sur les galets, très lentement, comme un avion.

Après, comme ils étaient fatigués, ils étaient restés assis sur la plage. Le Gitan avait acheté des hot dogs et ils avaient mangé en regardant la mer. L'homme avait

raconté à Mondo les batailles, sur les plages de Tur-
quie, quand on attachait des lames de rasoir aux
queues des cerfs-volants. Quand ils étaient très haut
dans le ciel, on les lançait les uns contre les autres,
pour essayer de les faire tomber. Les lames de rasoir
coupaient les voiles. Une fois, il y avait bien longtemps,
il avait même réussi à couper le fil d'un cerf-volant qui
avait disparu au loin, emporté par le vent comme une
feuille morte. Les jours de grand vent, les enfants
faisaient voler les cerfs-volants par centaines, et le ciel
bleu était couvert de taches multicolores.

« Ça devait être beau », disait Mondo.

« Oui, c'était beau. Mais maintenant les gens ne
savent plus », disait l'homme. Il se levait et il enveloppait le grand papillon jaune et noir dans une feuille de
plastique.

« La prochaine fois, je t'apprendrai comment on fait
un vrai cerf-volant », disait l'homme. « Au mois de
septembre, c'est la bonne saison, et tu peux faire voler
ton cerf-volant comme un oiseau, presque sans le
toucher. »

Mondo pensait qu'il ferait le sien tout blanc, comme
une mouette.

Il y avait aussi quelqu'un que Mondo aimait bien
aller voir, de temps en temps. C'était un bateau qui
s'appelait *Oxyton*. La première fois qu'il l'avait rencontré, c'était l'après-midi, vers deux heures, quand le
soleil frappait sur l'eau du port. Le bateau était amarré
au quai, au milieu des autres bateaux, et il se dandinait
sur l'eau. Ce n'était pas du tout un grand bateau,
comme tous ceux qui ont des proues comme des nez de
requin et qui portent de grandes voiles blanches. Non,
Oxyton, c'était simplement une barque avec un gros
ventre et un mât court à l'avant, mais Mondo l'avait

trouvé bien sympathique. Il avait demandé son nom à quelqu'un qui travaillait sur le port, et le nom aussi lui avait plu.

Alors, il venait le voir souvent, quand il était dans les environs. Il s'arrêtait sur le bord du quai, et il répétait son nom à voix haute, en chantant un peu :

« Oxyton ! Oxyton ! »

Le bateau tirait sur son amarre, revenait cogner contre le quai, repartait. Sa coque était bleu et rouge, avec un liséré blanc. Mondo s'asseyait sur le quai, à côté de l'anneau d'amarrage, et il regardait *Oxyton* en mangeant une orange. Il regardait aussi les reflets du soleil dans l'eau, les vagues molles qui faisaient bouger la coque. *Oxyton* avait l'air de s'ennuyer, parce que personne ne le sortait jamais. Alors Mondo sautait dans le bateau. Il s'asseyait sur la banquette de bois, à la poupe, et il attendait, en sentant les mouvements des vagues. Le bateau bougeait doucement, tournait un peu, s'éloignait, faisait grincer son amarre. Mondo aurait bien voulu partir avec lui, au hasard, sur la mer. En passant devant la digue, il aurait dit à Giordan le Pêcheur de monter à bord, et ils seraient partis ensemble sur la mer Rouge.

Mondo restait longtemps assis à l'arrière de la barque, à regarder les reflets du soleil et les bancs de poissons minuscules qui avançaient en vibrant. Quelquefois il chantonnait une chanson pour le bateau, une chanson qu'il avait inventée pour lui :

« Oxyton, Oxyton, Oxyton,
On va s'en aller-er-er
On s'en va pêcher
On s'en va pêcher
Les sardines, les crevettes et les thons ! »

Ensuite Mondo marchait un peu sur les quais, du côté des cargos, parce qu'il avait aussi une amie grue.

Il y avait beaucoup de choses à voir, partout, dans les rues, sur la plage, et dans les terrains vagues. Mondo n'aimait pas tellement les endroits où il y avait beaucoup de gens. Il préférait les espaces ouverts, là où on voit loin, les esplanades, les jetées qui avancent au milieu de la mer, les avenues droites où roulent les camions-citernes. C'était dans ces endroits-là qu'il pouvait trouver des gens à qui parler, pour leur dire simplement :

« Est-ce que vous voulez m'adopter ? »

C'étaient des gens un peu rêveurs, qui marchaient les mains derrière leur dos en pensant à autre chose. Il y avait des astronomes, des professeurs d'histoire, des musiciens, des douaniers. Il y avait quelquefois un peintre du dimanche, qui peignait des bateaux, des arbres, ou des couchers de soleil, assis sur un strapontin. Mondo restait un moment à côté de lui, à regarder le tableau. Le peintre se retournait et disait :

« Ça te plaît ? »

Mondo faisait oui de la tête. Il montrait un homme et un chien qui marchaient sur le quai, au loin.

« Et eux, vous allez les dessiner aussi ? »

« Si tu veux », disait le peintre. Avec son pinceau le plus fin, il mettait sur la toile une petite silhouette noire qui ressemblait plutôt à un insecte. Mondo réfléchissait un peu, et il disait :

« Vous savez dessiner le ciel ? »

Le peintre s'arrêtait de peindre et le regardait avec étonnement.

« Le ciel ? »

« Oui, le ciel, avec les nuages, le soleil. Ce serait bien. »

Le peintre n'avait jamais pensé à cela. Il regardait le ciel au-dessus de lui, et il riait.

« Tu as raison, le prochain tableau que je ferai, ce sera rien que le ciel. »

« Avec les nuages et le soleil ? »

« Oui, avec tous les nuages, et le soleil qui éclaire. »

« Ça sera beau », approuvait Mondo. « Je voudrais bien le voir tout de suite. »

Le peintre regardait en l'air.

« Je commencerai demain matin. J'espère qu'il fera beau. »

« Oui, il fera beau demain, et le ciel sera encore plus beau qu'aujourd'hui », disait Mondo, parce qu'il savait un peu prédire le temps.

Il y avait aussi le rempailleur de chaises. Mondo allait souvent voir le rempailleur de chaises l'après-midi. Il travaillait dans la cour d'un vieil immeuble, avec son petit-fils qui s'appelait Pipo assis à côté de lui et enveloppé dans un grand veston. Mondo aimait bien voir travailler le rempailleur de chaises, parce que c'était un homme vieux mais qui savait faire bouger ses doigts très vite pour entrelacer et nouer les brins de paille. Son petit-fils restait immobile à côté de lui, avec ce veston qui le couvrait comme un pardessus, et Mondo s'amusait un peu avec lui. Il lui apportait des choses qu'il avait trouvées en marchant, des galets bizarres de la plage, des touffes d'algues, des coquilles de moules, ou bien des poignées de jolis tessons verts et bleus polis par la mer. Pipo prenait les cailloux et il les regardait longtemps, puis il les mettait dans les poches du veston. Il ne savait pas parler, mais Mondo l'aimait bien parce qu'il restait assis près de son grand-père sans bouger, enveloppé dans le veston gris qui descendait jusqu'à ses pieds et qui couvrait ses mains comme les vêtements des Chinois. Mondo aimait bien ceux qui savent rester assis au soleil sans bouger et sans parler et qui ont des yeux un peu rêveurs.

Mondo connaissait beaucoup de gens, ici, dans cette ville, mais il n'avait pas tellement d'amis. Ceux qu'il aimait rencontrer, c'étaient ceux qui ont un beau regard brillant et qui sourient quand ils vous voient comme s'ils étaient heureux de vous rencontrer. Alors Mondo s'arrêtait, il leur parlait un peu, il leur posait quelques questions, sur la mer, le ciel ou sur les oiseaux, et quand les gens s'en allaient ils étaient tout transformés. Mondo ne leur demandait pas des choses très difficiles, mais c'étaient des choses que les gens avaient oubliées, auxquelles ils avaient cessé de penser depuis des années, comme par exemple pourquoi les bouteilles sont vertes, ou pourquoi il y a des étoiles filantes. C'était comme si les gens avaient attendu longtemps une parole, juste quelques mots, comme cela, au coin de la rue, et que Mondo savait dire ces mots-là.

C'étaient les questions aussi. La plupart des gens ne savent pas poser les bonnes questions. Mondo savait poser les questions, juste quand il fallait, quand on ne s'y attendait pas. Les gens s'arrêtaient quelques secondes, ils cessaient de penser à eux et à leurs affaires, ils réfléchissaient, et leurs yeux devenaient un peu troubles, parce qu'ils se souvenaient d'avoir demandé cela autrefois.

Il y avait quelqu'un que Mondo aimait bien rencontrer. C'était un homme jeune, assez grand et fort, avec un visage très rouge et des yeux bleus. Il était habillé d'un uniforme bleu foncé et il portait une grosse besace de cuir remplie de lettres. Mondo le rencontrait souvent, le matin, dans le chemin d'escaliers qui montait à travers la colline. La première fois que Mondo lui avait demandé :

« Est-ce que vous avez une lettre pour moi ? »

Le gros homme avait ri. Mais Mondo le croisait

chaque jour, et chaque jour il allait vers lui et lui posait la même question :

« Et aujourd'hui ? Est-ce que vous avez une lettre pour moi ? »

Alors l'homme ouvrait sa besace et cherchait.

« Voyons, voyons... C'est comment ton nom, déjà ? »

« Mondo », disait Mondo.

« Mondo... Mondo... Non, pas de lettre aujourd'hui. »

Quelquefois tout de même, il sortait de sa besace un petit journal imprimé, ou bien une réclame et il les tendait à Mondo.

« Tiens, aujourd'hui, il y a ça qui est arrivé pour toi. »

Il lui faisait un clin d'œil et il continuait son chemin.

Un jour, Mondo avait très envie d'écrire des lettres, et il avait décidé de chercher quelqu'un pour lui apprendre à lire et à écrire. Il avait marché dans les rues de la ville, du côté des jardins publics, mais il faisait très chaud et les retraités de la Poste n'étaient pas là. Il avait cherché ailleurs, et il était arrivé devant la mer. Le soleil brûlait très fort, et sur les galets de la plage il y avait une poussière de sel qui miroitait. Mondo regardait les enfants qui jouaient au bord de l'eau. Ils étaient vêtus de maillots de couleurs bizarres, des rouge tomate et des vert pomme, et c'était peut-être pour ça qu'ils criaient si fort en jouant. Mais Mondo n'avait pas envie de s'approcher d'eux.

Près de la bâtisse en bois de la plage privée, Mondo avait vu alors ce vieil homme qui travaillait à égaliser la plage à l'aide d'un long râteau. C'était un homme vraiment très vieux habillé d'un short bleu délavé et taché. Il avait le corps couleur de pain brûlé, et sa peau était tout usée et ridée comme celle d'un vieil éléphant.

L'homme tirait lentement le long râteau sur les galets, de bas en haut de la plage, sans s'occuper des enfants et des baigneurs. Le soleil luisait sur son dos et sur ses jambes, et la sueur coulait sur son visage. De temps en temps, il s'arrêtait, sortait un mouchoir de la poche de son short et il essuyait son visage et ses mains.

Mondo s'était assis contre le mur, devant le vieil homme. Il avait attendu longtemps, jusqu'à ce que l'homme ait fini de ratisser son morceau de plage. Quand l'homme était venu s'asseoir près du mur, il avait regardé Mondo. Ses yeux étaient très clairs, d'un gris pâle qui faisait comme deux trous sur la peau brune de son visage. Il ressemblait un peu à un Indien.

Il regardait Mondo comme s'il avait compris son interrogation. Il dit seulement :

« Salut ! »

« Je voudrais que vous m'appreniez à lire et à écrire, s'il vous plaît », dit Mondo.

Le vieil homme restait immobile, mais il n'avait pas l'air étonné.

« Tu ne vas pas à l'école ? »

« Non monsieur », dit Mondo.

Le vieil homme s'asseyait sur la plage, le dos contre le mur, le visage tourné vers le soleil. Il regardait devant lui, et son expression était très calme et douce, malgré son nez busqué et les rides qui coupaient ses joues. Quand il regardait Mondo, c'était comme s'il voyait à travers lui, parce que ses iris étaient si clairs. Puis il y avait une lueur d'amusement dans son regard, et il dit :

« Je veux bien t'apprendre à lire et à écrire, si c'est ça que tu veux. » Sa voix était comme ses yeux, très calme et lointaine, comme s'il avait peur de faire trop de bruit en parlant.

« Tu ne sais vraiment rien du tout ? »

« Non monsieur », dit Mondo.

L'homme avait pris dans son sac de plage un vieux
canif à manche rouge et il avait commencé à graver les
signes des lettres sur des galets bien plats. En même
temps, il parlait à Mondo de tout ce qu'il y a dans les
lettres, de tout ce qu'on peut y voir quand on les
regarde et quand on les écoute. Il parlait de A qui est
comme une grande mouche avec ses ailes repliées en
arrière ; de B qui est drôle, avec ses deux ventres, de C
et D qui sont comme la lune, en croissant et à moitié
pleine, et O qui est la lune tout entière dans le ciel noir.
Le H est haut, c'est une échelle pour monter aux arbres
et sur le toit des maisons ; E et F, qui ressemblent à un
râteau et à une pelle, et G, un gros homme assis dans
un fauteuil ; I danse sur la pointe de ses pieds, avec sa
petite tête qui se détache à chaque bond, pendant que J
se balance ; mais K est cassé comme un vieillard, R
marche à grandes enjambées comme un soldat, et Y est
debout, les bras en l'air et crie : au secours ! L est un
arbre au bord de la rivière, M est une montagne ; N est
pour les noms, et les gens saluent de la main, P dort sur
une patte et Q est assis sur sa queue ; S, c'est toujours
un serpent, Z toujours un éclair ; T est beau, c'est
comme le mât d'un bateau, U est comme un vase. V, W,
ce sont des oiseaux, des vols d'oiseaux ; X est une croix
pour se souvenir.

Avec la pointe de son canif, le vieil homme traçait
les signes sur les galets et les disposait devant
Mondo.

« Quel est ton nom ? »

« Mondo », disait Mondo.

Le vieil homme choisissait quelques galets, en ajou-
tait un autre.

« Regarde. C'est ton nom écrit, là. »

« C'est beau ! » disait Mondo. « Il y a une montagne, la lune, quelqu'un qui salue le croissant de lune, et encore la lune. Pourquoi y a-t-il toutes ces lunes ? »

« C'est dans ton nom, c'est tout », disait le vieil homme. « C'est comme ça que tu t'appelles. »

Il reprenait les galets.

« Et vous, monsieur ? Qu'est-ce qu'il y a dans votre nom ? »

Le vieil homme montrait les galets, l'un après l'autre, et Mondo les ramassait et les alignait devant lui.

« Il y a une montagne. »

« Oui, celle où je suis né. »

« Il y a une mouche. »

« J'étais peut-être une mouche, il y a longtemps, avant d'être un homme. »

« Il y a un homme qui marche, un soldat. »

« J'ai été soldat. »

« Il y a le croissant de la lune. »

« C'est elle qui était là à ma naissance. »

« Un râteau ! »

« Le voilà ! »

Le vieil homme montrait le râteau posé sur la plage.

« Il y a un arbre devant une rivière. »

« Oui, c'est peut-être comme cela que je reviendrai quand je serai mort, un arbre immobile devant une belle rivière. »

« C'est bien de savoir lire », disait Mondo. « Je voudrais bien savoir toutes les lettres. »

« Tu vas écrire, toi aussi », disait le vieil homme. Il lui donnait son canif et Mondo restait longtemps à graver les dessins des lettres sur les galets de la plage. Puis il les mettait à côté, pour voir quels noms cela faisait. Il y avait toujours beaucoup de O et de I parce que c'était eux qu'il préférait. Il aimait aussi les T, les Z, et les oiseaux V W. Le vieil homme lisait :

OVO OWO OTTO IZTI

et ça les faisait bien rire tous les deux.

Le vieil homme savait aussi beaucoup d'autres choses un peu étranges, qu'il racontait de sa voix douce, en regardant la mer. Il parlait d'un pays étranger, très loin de l'autre côté de la mer, un pays très grand où les gens étaient beaux et doux, où il n'y avait pas de guerres, et où personne n'avait peur de mourir. Dans ce pays il y avait un fleuve aussi large que la mer, et les gens allaient s'y baigner chaque soir, au coucher du soleil. Tandis qu'il parlait de ce pays-là, le vieil homme avait une voix encore plus douce et lente, et ses yeux pâles regardaient encore plus loin, comme s'il était déjà là-bas, au bord de ce fleuve.

« Est-ce que je pourrai venir avec vous ? » demandait Mondo.

Le vieil homme avait posé sa main sur l'épaule de Mondo.

« Oui, je t'emmènerai. »

« Quand est-ce que vous partirez ? »

« Je ne sais pas. Quand j'aurai assez d'argent. Dans un an, peut-être. Mais je t'emmènerai avec moi. »

Plus tard, le vieil homme reprenait son râteau et il continuait son travail un peu plus loin sur la plage. Mondo mettait dans sa poche les cailloux de son nom, il faisait un signe de la main à son ami et il partait.

Maintenant il y avait beaucoup de signes, partout, écrits sur les murs, sur les portes, ou sur les panneaux de fer. Mondo les voyait en marchant dans les rues de la ville, et il en reconnaissait quelques-uns au passage.

Sur le ciment du trottoir, il y avait des lettres gravées,
comme ceci :

D
E
NADINE
E

mais ce n'était pas facile à comprendre.

Quand la nuit tombait, Mondo retournait à la Maison de la Lumière d'Or. Il mangeait le riz et les
légumes dans la grande salle, avec Thi Chin, puis il
sortait dans le jardin. Il attendait que la petite femme
vienne le rejoindre, et ils marchaient ensemble très
lentement sur le sentier de gravier, jusqu'à ce qu'ils
soient complètement entourés par les arbres et les
buissons. Thi Chin prenait la main de Mondo et la
serrait si fort qu'il avait mal. Mais c'était bien quand
même, de marcher comme cela dans la nuit sans
lumières, en tâtant du bout du pied pour ne pas
tomber, guidés seulement par le bruit du gravier qui
crissait sous les semelles. Mondo écoutait le chant
strident du criquet caché, il sentait les odeurs des
arbustes qui écartaient leurs feuilles dans la nuit. Ça
faisait un peu tourner la tête, et c'était pour ça que la
petite femme serrait très fort sa main, pour ne pas
avoir le vertige.

« La nuit, tout sent bon », disait Mondo.

« C'est parce qu'on ne voit pas », disait Thi Chin.
« On sent mieux, et on entend mieux quand on ne voit
pas. »

Elle s'arrêtait sur le chemin.

« Regarde, on va voir les étoiles, maintenant. »

Le cri aigu du criquet résonnait tout près d'eux,
comme s'il sortait du ciel même. Les étoiles apparais-

saient, l'une après l'autre, elles palpitaient faiblement dans l'humidité de la nuit. Mondo les regardait, la tête renversée, en retenant son souffle.

« Elles sont belles, est-ce qu'elles disent quelque chose, Thi Chin ? »

« Oui, elles disent beaucoup de choses, mais on ne comprend pas ce qu'elles disent. »

« Même si on savait lire, on ne pourrait pas comprendre ? »

« Non, on ne pourrait pas, Mondo. Les hommes ne peuvent pas comprendre ce que disent les étoiles. »

« Peut-être qu'elles racontent ce qu'il y aura plus tard, dans très longtemps. »

« Oui, ou bien peut-être qu'elles se racontent des histoires. »

Thi Chin aussi les regardait sans bouger, en serrant très fort la main de Mondo.

« Peut-être qu'elles disent la route qu'il faut suivre, les pays où il faut aller. »

Mondo réfléchissait.

« Elles brillent fort maintenant. Peut-être qu'elles sont des âmes. »

Thi Chin voulait voir le visage de Mondo, mais tout était noir. Alors, tout d'un coup, elle se mettait à trembler, comme si elle avait peur. Elle serrait la main de Mondo contre sa poitrine, et elle appuyait sa joue contre son épaule. Sa voix était toute bizarre et triste, comme si quelque chose lui faisait mal.

« Mondo, Mondo... »

Elle répétait son nom avec sa voix étouffée et son corps tremblait.

« Qu'est-ce que vous avez ? » demandait Mondo. Il essayait de la calmer en lui parlant. « Je suis là, je ne vais pas partir, je ne veux pas m'en aller. »

Il ne voyait pas le visage de Thi Chin, mais il devinait

qu'elle pleurait, et c'était pour cela que son corps tremblait. Thi Chin s'écartait un peu, pour que Mondo ne sente pas couler ses larmes.

« Excuse-moi, je suis bête », disait-elle ; mais sa voix n'arrivait pas à parler.

« Ne soyez pas triste », disait Mondo. Il l'entraînait à l'autre bout du jardin. « Venez, nous allons voir les lumières de la ville dans le ciel. »

Ils allaient jusqu'à l'endroit où on pouvait voir la grande lueur rose en forme de champignon, au-dessus des arbres. Il y avait même un avion qui passait en clignotant, et ça les faisait rire.

Puis ils s'asseyaient sur le chemin de gravier, sans se lâcher la main. La petite femme avait oublié sa tristesse, et elle parlait à nouveau, à voix basse, sans penser à ce qu'elle disait. Mondo parlait aussi, et le criquet faisait son bruit strident, dans sa cachette au milieu des feuilles. Mondo et Thi Chin restaient assis comme cela très longtemps, jusqu'à ce que leurs paupières deviennent lourdes. Alors ils s'endormaient par terre, et le jardin bougeait lentement, lentement, comme le pont d'un bateau.

La dernière fois, c'était au commencement de l'été. Mondo était parti au lever du soleil, sans faire de bruit. Il avait descendu le chemin d'escaliers à travers la colline, sans se presser. Les arbres et les herbes étaient couverts de rosée, et il y avait une sorte de brume au-dessus de la mer. Dans les larges feuilles de volubilis le long des vieux murs, une goutte d'eau était accrochée et brillait comme un diamant. Mondo approchait sa bouche, renversait la feuille et buvait la goutte d'eau fraîche. C'étaient de toutes petites gouttes, mais elles se répandaient dans sa bouche et dans son corps et calmaient bien sa soif. De chaque côté du chemin, les murs de pierre sèche étaient déjà tièdes. Les salamandres étaient sorties de leurs fissures pour regarder la lumière du jour.

Mondo descendait la colline jusqu'à la mer, et il allait s'asseoir à sa place sur la plage déserte. Il n'y avait personne d'autre que les mouettes à cette heure-là. Elles flottaient sur l'eau le long du rivage, ou bien elles marchaient en se dandinant sur les galets. Elles entrouvraient leur bec pour gémir. Elles s'envolaient, tournaient en rond, se reposaient un peu plus loin. Les mouettes avaient toujours de drôles de voix le matin, comme si elles s'appelaient avant de partir.

Quand le soleil était un peu haut dans le ciel rose, les réverbères s'éteignaient et on entendait la ville qui commençait à gronder. C'était un bruit lointain, qui sortait des rues entre les hauts immeubles, un bruit sourd qui vibrait à travers les galets de la plage. Les vélomoteurs couraient dans les avenues en faisant leur bruit de bourdon, emportant des hommes et des femmes habillés d'anoraks et la tête cachée dans des cagoules de laine.

Mondo restait immobile sur la plage, en attendant que le soleil réchauffe l'air. Il écoutait le bruit des vagues sur les galets. Il aimait cette heure-là, parce qu'il n'y avait personne près de la mer, rien que lui et les mouettes. Alors il pouvait penser à tous les gens de la ville, à tous ceux qu'il allait rencontrer. Il pensait à eux en regardant la mer et le ciel, et c'était comme si les gens étaient à la fois très loin et très proches, assis autour de lui. C'était comme s'il suffisait de les regarder pour qu'ils existent, et puis de détourner le regard et ils n'étaient plus là.

Sur la plage déserte, Mondo parlait aux gens. Il leur parlait à sa façon, sans paroles mais en envoyant des ondes ; elles allaient vers eux, là où ils étaient, en se mêlant au bruit des vagues et à la lumière, et les gens les recevaient sans savoir d'où elles venaient. Mondo pensait au Gitan, au Cosaque, au rempailleur de chaises, à Rosa, à la boulangère Ida, au champion des cerfs-volants ou bien au vieil homme qui lui avait appris à lire, et tous, ils l'entendaient. Ils entendaient comme un sifflement dans leurs oreilles, ou comme un bruit d'avion, et ils secouaient un peu leur tête parce qu'ils ne comprenaient pas ce que c'était. Mais Mondo était content de pouvoir leur parler comme cela, et leur envoyer les ondes de la mer, du soleil et du ciel.

Ensuite Mondo marchait le long de la plage, jusqu'à la bâtisse en bois de la plage privée. Au pied du mur de soutènement, il cherchait les cailloux sur lesquels le vieil homme avait gravé les dessins des lettres. Ça faisait plusieurs jours que Mondo n'était pas revenu là, et le sel et la lumière avaient déjà à demi effacé les dessins. Avec un silex tranchant, Mondo retraçait les signes et il disposait les cailloux sur le bord du mur, pour écrire son nom, comme ceci

pour que le vieil homme voie son nom, quand il viendrait, et qu'il sache qu'il était venu.

Ce jour-là n'était pas comme les autres, parce que quelqu'un manquait dans la ville. Mondo cherchait le vieux mendiant aux colombes, et son cœur battait plus fort, parce qu'il savait déjà qu'il ne le trouverait pas. Il le cherchait partout, dans les rues et les ruelles, sur la place du marché, devant les églises. Mondo avait très envie de le voir. Mais pendant la nuit, la camionnette grise était passée, et les hommes en uniforme avaient emmené le vieux Dadi.

Mondo continuait à chercher Dadi partout, sans se reposer. Son cœur battait de plus en plus fort tandis qu'il courait d'une cachette à une autre. Il regardait dans tous les endroits où le vieux mendiant avait l'habitude d'aller, dans les coins des portes cochères, dans les escaliers, près des fontaines, dans les jardins publics, dans l'entrée des vieux immeubles. Parfois, il voyait sur le trottoir un morceau de journal, et il s'arrêtait pour regarder autour de lui, comme si le vieux Dadi allait revenir s'asseoir par terre.

A la fin, c'est le Cosaque qui avait prévenu Mondo. Mondo l'avait rencontré dans la rue, près du marché. Il avançait difficilement, en se tenant au mur, parce qu'il était complètement saoul. Les gens s'arrêtaient et le regardaient en riant. Il avait même perdu son petit accordéon noir, quelqu'un le lui avait volé pendant qu'il cuvait son vin. Quand Mondo lui avait demandé où étaient le vieux Dadi et ses colombes, il l'avait regardé un moment sans comprendre, les yeux vides. Puis il avait grogné seulement :

« Sais pas... Ils l'ont emmené, cette nuit... »

« Où est-ce qu'on l'a emmené ? »

« Sais pas... A l'hôpital. »

Le Cosaque faisait de grands efforts pour repartir.

« Attendez ! Et les colombes ? Est-ce qu'ils les ont emmenées aussi ? »

« Les colombes ? »

Le Cosaque ne comprenait pas.

« Les oiseaux blancs ! »

« Ah oui, je ne sais pas... » Le Cosaque haussait les épaules. « Sais pas ce qu'ils en ont fait, de ses pigeons... Peut-être qu'ils vont les manger... »

Et il continuait à avancer en titubant le long du mur.

Alors tout à coup Mondo avait senti une grande fatigue. Il voulait retourner s'asseoir au bord de la mer, sur la plage, pour dormir. Mais c'était trop loin, il n'avait plus de forces. Peut-être que ça faisait trop longtemps qu'il ne mangeait pas bien, ou bien c'était la peur. Il avait l'impression que tous les bruits résonnaient dans sa tête et que la terre bougeait sous ses pieds.

Mondo avait cherché une place dans la rue, sur le trottoir, et il s'était assis là, le dos contre le mur. Maintenant il attendait. Un peu plus loin, il y avait le magasin d'un marchand de meubles, avec une grande vitrine qui réverbérait la lumière. Mondo restait assis sans bouger, il ne voyait même pas les jambes des gens qui marchaient devant lui, qui s'arrêtaient parfois. Il n'écoutait pas les voix qui parlaient. Il sentait une sorte d'engourdissement qui gagnait tout son corps, qui montait comme un froid, qui rendait ses lèvres insensibles et empêchait ses yeux de bouger.

Son cœur ne battait plus très fort ; maintenant il était loin et tout faible, il remuait lentement dans sa poitrine, comme s'il était sur le point de s'arrêter.

Mondo pensait à toutes ses bonnes cachettes, toutes celles qu'il connaissait, au bord de la mer, dans les rochers blancs, entre les brise-lames, ou bien dans le jardin de la Maison de la Lumière d'Or. Il pensait aussi au bateau *Oxyton* qui faisait des mouvements pour se détacher du quai, parce qu'il voulait aller jusqu'à la mer Rouge. Mais en même temps, c'était comme s'il ne pouvait plus quitter cet endroit, sur le trottoir, contre ce morceau de mur, comme si ses jambes ne pouvaient plus marcher davantage.

Quand les gens lui avaient parlé, Mondo n'avait pas levé la tête. Il restait immobile sur le trottoir, le front appuyé sur ses avant-bras. Maintenant les jambes des gens étaient arrêtées devant lui, elles formaient un rempart en demi-cercle comme lorsque le Gitan donnait sa représentation publique. Mondo pensait qu'elles feraient mieux de s'en aller, de continuer leur chemin. Il regardait tous ces pieds arrêtés, les grosses chaussures de cuir noir des hommes, les sandales à hauts talons des femmes. Il entendait les voix qui parlaient au-dessus de lui, mais il ne parvenait pas à comprendre ce qu'elles disaient.

« ... Téléphoner... », disaient les voix. Téléphoner à qui ? Mondo pensait qu'il était devenu un chien, un vieux chien au poil fauve qui dormait couché en rond sur un coin du trottoir. Personne ne pouvait le voir, personne ne pouvait faire attention à un vieux chien jaune. Le froid continuait à monter le long de son corps, lentement, dans ses membres, dans son ventre, jusqu'à sa tête.

Alors la camionnette grise du Ciapacan était venue. Mondo l'avait entendue arriver, dans son demi-sommeil, il avait entendu les freins grincer et les portières qui s'ouvraient. Mais ça lui était bien égal. Les jambes des gens avaient reculé un peu, et Mondo avait vu les pantalons bleu marine et les chaussures noires aux semelles épaisses qui s'approchaient de lui.

« Tu es malade ? »

Mondo entendait les voix des hommes en uniforme. Elles résonnaient comme à des milliers de kilomètres.

« Comment tu t'appelles ? Où est-ce que tu habites ? »

« Tu vas venir avec nous, tu veux ? »

Mondo pensait aux collines qui brûlaient, partout, autour de la ville. C'était comme s'il était assis au bord de la route, et qu'il voyait les champs de braise, les grandes flammes rouges, et qu'il sentait l'odeur de la résine et de la fumée blanche qui montait dans le ciel ; il voyait même les camions rouges des pompiers arrêtés dans les broussailles et les longs tuyaux qui se déroulaient.

« Tu peux marcher ? »

Les mains des hommes soulevaient Mondo sous les épaules, comme un fardeau léger, et le portaient vers la camionnette aux portes arrière ouvertes. Mondo sentait ses jambes cogner contre le sol, contre les échelons du marchepied, mais c'était comme si elles étaient étrangères, des jambes de pantin faites de bois et de vis. Puis les portières se refermaient en claquant, et la camionnette commençait à rouler à travers la ville. C'était la dernière fois.

Deux jours plus tard, la petite femme vietnamienne était entrée dans le bureau du commissaire de police. Elle était pâle et ses yeux étaient fatigués, parce qu'elle n'avait pas dormi. Elle avait attendu Mondo pendant deux nuits, et le jour elle l'avait cherché partout dans la ville. Le commissaire la regardait sans curiosité.

« Vous êtes une parente ? »

« Non, non », disait Thi Chin. Elle cherchait ses mots. « Je suis une — une amie. »

Elle paraissait encore plus petite, presque une enfant malgré les rides de son visage.

« Est-ce que vous savez où il est ? »

Le commissaire la regardait, sans se presser de répondre.

« Il est à l'assistance publique », disait-il enfin.

La petite femme répétait, comme si elle ne comprenait pas :

« A l'assistance publique... »

Puis elle criait presque :

« Mais ce n'est pas possible ! »

« Qu'est-ce qui n'est pas possible ? » demandait le commissaire.

« Mais pourquoi ? Qu'est-ce qu'il a fait ? »

« Il nous a dit qu'il n'avait pas de famille, alors on l'a dirigé là. »

« C'est impossible ! » répétait Thi Chin. « Vous ne vous rendez pas compte... »

Le commissaire la regardait durement.

« C'est vous qui ne vous rendez pas compte, madame », disait-il; « un enfant sans famille, sans domicile, qui traînait dans les rues avec les clochards, les mendiants, peut-être pire encore ! Qui vivait comme un sauvage, en mangeant n'importe quoi, en dormant n'importe où ! D'ailleurs on nous avait déjà signalé son cas, des gens s'étaient plaints, et ça faisait quelque temps qu'on le cherchait, mais il était malin, il se cachait ! Il était temps que tout ça finisse. »

La petite femme regardait fixement devant elle, et son corps tremblait. Le commissaire se radoucissait un peu.

« Vous — vous vous êtes occupée de lui, madame ? »

Thi Chin faisait oui de la tête.

« Ecoutez, si vous voulez vous charger de cet enfant. Si vous voulez qu'on vous en donne la garde, c'est sûrement une chose possible. »

« Il faut qu'il sorte de — »

« Mais pour l'instant, il doit rester à l'assistance jusqu'à ce que, jusqu'à ce que son état se soit amélioré. Si vous voulez vous charger de lui, il faudra déposer une demande, établir un dossier, et ce n'est pas du jour au lendemain. »

Thi Chin cherchait ses mots dans sa tête, sans pouvoir parler.

« Pour l'instant, il faut laisser faire l'administration. Cet enfant — comment s'appelle-t-il déjà ? »

« Mondo », disait Thi Chin. « Je — »

« Cet enfant est en observation. Il doit être soigné. On va s'occuper de lui à l'assistance, on va établir son dossier. Vous savez qu'à son âge il ne sait pas lire ni écrire, qu'il n'a jamais été dans une école ? »

Thi Chin essayait de parler, mais sa voix s'étouffait.

« Est-ce que je peux le voir ? » demandait-elle enfin.

« Oui, bien sûr. » Le commissaire se levait. « Dans

quelques jours, quand il sera dans de bonnes condi-
tions, vous irez le voir, vous demanderez l'autorisation
au directeur. »

« Mais aujourd'hui ! » disait Thi Chin. Elle criait à
nouveau, et sa voix s'enrouait. « C'est aujourd'hui,
c'est aujourd'hui qu'il faut que je le voie ! »

« Non, c'est tout à fait impossible. Vous ne pouvez
pas le voir avant quatre ou cinq jours. »

« Je vous en prie ! C'est très important pour lui,
maintenant ! »

Le commissaire raccompagnait Thi Chin vers la
porte.

« Pas avant quatre ou cinq jours. »

Au moment d'ouvrir la porte, il se ravisait.

« Donnez-moi votre nom et votre adresse, pour
qu'on puisse vous joindre. »

Il notait cela sur un vieux carnet.

« Bon. Téléphonez-moi dans deux jours pour qu'on
commence le dossier. » Mais le lendemain, le commissaire était venu à la maison de Thi Chin. Il avait ouvert
le portail et il avait marché sur l'allée de gravier
jusqu'à la porte.

Quand Thi Chin avait ouvert, il était entré, presque
de force, et il avait regardé à l'intérieur de la grande
salle.

« Votre Mondo », commençait-il.

« Que lui est-il arrivé ? » demandait Thi Chin. Elle
était encore plus pâle que l'autre jour, et ses yeux
étaient levés vers le visage du policier avec crainte.

« Il est parti. »

« Parti ? »

« Oui, parti, disparu. Evaporé ! »

Par-dessus la tête de Thi Chin, le policier scrutait
l'intérieur de la maison.

« Vous ne l'avez pas vu ? Il n'est pas venu ici ? »

« Non ! » criait Thi Chin.

« Il a mis le feu à son matelas, dans l'infirmerie, et il a profité de l'affolement pour filer. Je pensais que vous l'aviez peut-être vu passer ? »

« Non ! Non ! » criait encore Thi Chin. Maintenant ses yeux étroits brillaient de colère. Le commissaire reculait devant elle.

« Ecoutez, je suis venu tout de suite vous avertir. Il faut retrouver ce garçon avant qu'il ne fasse d'autres bêtises. »

Le commissaire redescendait les marches du perron en demi-lune.

« S'il revient chez vous, prévenez-moi ! »

Il s'en allait déjà sur le chemin de gravier, vers le portail.

« Je vous ai dit l'autre jour. C'est un sauvage ! »

Thi Chin ne bougeait pas, sur le seuil. Ses yeux s'emplissaient de larmes et sa gorge était si serrée qu'elle n'arrivait plus à respirer.

« Vous n'avez rien compris, rien ! » Elle parlait à voix basse, pour elle-même, tandis que le commissaire de police repoussait le portail et descendait à grands pas le chemin d'escaliers vers sa voiture noire.

Alors Thi Chin s'asseyait sur les marches blanches, et elle restait immobile longtemps, sans regarder la lumière d'or qui était en train d'emplir la grande salle vide, sans écouter le bruit strident du criquet caché. Elle pleurait un peu, sans même s'en apercevoir, et les larmes coulaient goutte à goutte au bout de son nez et tombaient sur son tablier bleu. Elle savait que l'enfant aux cheveux couleur de cendres ne reviendrait pas, ni demain ni les autres jours. L'été allait commencer maintenant, et pourtant c'était comme s'il faisait froid. Tous, ici, dans notre ville, nous avons senti cela. Les gens continuaient d'aller et venir, de vendre et d'ache-

ter, les autos continuaient à rouler dans les rues et les
avenues, en faisant beaucoup de bruit avec leur moteur
et leur klaxon. De temps en temps, dans le ciel bleu, un
avion passait en laissant derrière lui un long sillage
blanc. Les mendiants continuaient à mendier, dans les
coins de murs, à la porte de la mairie et des églises.
Mais ce n'était plus pareil. C'était comme s'il y avait
un nuage invisible qui recouvrait la terre, qui empêchait la lumière d'arriver tout entière.

Les choses n'étaient plus les mêmes. D'ailleurs,
quelque temps plus tard, le Gitan s'était fait arrêter
par la police, un jour où on s'était aperçu qu'il
prestidigitait aussi dans les poches des passants. Le
Cosaque était un ivrogne, qui n'était pas même cosaque, puisqu'il était né en Auvergne. Giordan le Pêcheur
cassait ses lignes sur les brise-lames, et il n'irait jamais
en Erythrée, ni ailleurs. Le vieux Dadi était enfin sorti
de l'hôpital, mais il n'avait jamais retrouvé ses colombes, et à leur place il avait acheté un chat. Le peintre
du dimanche n'avait pas réussi à peindre le ciel, et il
avait recommencé à dessiner des marines et des
natures mortes, et le petit garçon du jardin public
s'était fait voler son beau tricycle rouge. Quant au vieil
homme au visage d'Indien, il avait continué à ratisser
son morceau de plage, sans partir pour les rives du
Gange. Au bout de sa longe, attaché à l'anneau rouillé
du quai, le bateau *Oxyton* était resté tout seul à se
dandiner sur l'eau du port, au milieu des nappes de
gasoil, sans personne qui vînt s'asseoir à sa poupe
pour lui chanter une chanson.

Les années, les mois et les jours passaient, maintenant sans Mondo, car c'était un temps à la fois très
long et trop court, et beaucoup de gens, ici, dans notre
ville, attendaient quelqu'un sans oser le dire. Sans s'en
rendre compte, souvent, nous l'avons cherché dans la

foule, au coin des rues, devant une porte. Nous avons
regardé les galets blancs de la plage, et la mer qui
ressemble à un mur. Puis nous avons un peu oublié.

Un jour, longtemps après, la petite femme vietnamienne marchait dans son jardin, en haut de la colline.
Elle s'asseyait sous le massif de laurier-sauce où il y
avait beaucoup de moustiques tigrés qui dansaient
dans l'air, et elle avait ramassé un drôle de caillou poli
par l'eau de mer. Sur le côté du galet, elle avait vu des
signes gravés, à demi effacés par la poussière. Avec
précaution, et le cœur battant un peu plus vite, elle
avait essuyé la poussière avec un coin de son tablier et
elle avait vu deux mots écrits en lettres capitales
maladroites :

TOUJOURS   BEAUCOUP

Lullaby

1

Le jour où Lullaby décida qu'elle n'irait plus à l'école, c'était encore très tôt le matin, vers le milieu du mois d'octobre. Elle quitta son lit, elle traversa pieds nus sa chambre et elle écarta un peu les lames des stores pour regarder dehors. Il y avait beaucoup de soleil, et en se penchant un peu, elle put voir un morceau de ciel bleu. En bas, sur le trottoir, trois ou quatre pigeons sautillaient, leurs plumes ébouriffées par le vent. Au-dessus des toits des voitures arrêtées, la mer était bleu sombre, et il y avait un voilier blanc qui avançait difficilement. Lullaby regarda tout cela, et elle se sentit soulagée d'avoir décidé de ne plus aller à l'école.

Elle retourna vers le centre de la chambre, elle s'assit devant sa table, et sans allumer la lumière elle commença à écrire une lettre.

Bonjour cher Ppa.
Il fait beau aujourd'hui, le ciel est
comme j'aime très très bleu. Je voudrais
bien que tu sois là pour voir le ciel. La mer
aussi est très très bleue. Bientôt ce sera
l'hiver. C'est une autre année très longue

qui commence. J'espère que tu pourras
venir bientôt parce que je ne sais pas
si le ciel et la mer vont pouvoir t'attendre
longtemps. Ce matin quand je me suis
réveillée (ça fait maintenant plus d'une heure)
j'ai cru que j'étais à nouveau à Istamboul.
Je voudrais bien fermer les yeux et quand je
les rouvrirais ce serait à nouveau comme à
Istamboul. Tu te souviens ? Tu avais acheté
deux bouquets de fleurs, un pour moi et un
pour sœur Laurence. De grandes fleurs
blanches qui sentaient fort (c'est pour ça
qu'on les appelle des arômes ?). Elles sentaient
si fort qu'on avait dû les mettre dans la
salle de bains. Tu avais dit qu'on pouvait boire
de l'eau dedans, et moi j'étais allée
à la salle de bains et j'avais bu longtemps,
et mes fleurs s'étaient toutes abîmées. Tu
te souviens ?

Lullaby s'arrêta d'écrire. Elle mordilla un instant le
bout de son Bic bleu, en regardant la feuille de papier à
lettres. Mais elle ne lisait pas. Elle regardait seulement
le blanc du papier, et elle pensait que peut-être
quelque chose allait apparaître, comme des oiseaux
dans le ciel, ou comme un petit bateau blanc qui
passerait lentement.

Elle regarda le réveil sur la table : huit heures dix.
C'était un petit réveille-matin de voyage, gainé de peau
de lézard noir qu'on n'avait besoin de remonter que
tous les huit jours.

Lullaby écrivit sur la feuille de papier à lettres.

Cher Ppa, je voudrais bien que tu
viennes reprendre le réveille-matin. Tu me
l'avais donné avant que je parte de Téhéran
et maman et sœur Laurence avaient dit qu'il
était très beau. Moi aussi je le trouve
très beau, mais je crois que maintenant il ne
me servira plus. C'est pourquoi je voudrais
que tu viennes le prendre. Il te servira
à nouveau. Il marche très bien. Il ne fait
pas de bruit la nuit.

Elle mit la lettre dans une enveloppe par avion.
Avant de fermer l'enveloppe, elle chercha quelque
chose d'autre à glisser dedans. Mais sur la table il n'y
avait rien que des papiers, des livres, et des miettes de
biscotte. Alors elle écrivit l'adresse sur l'enveloppe.

Monsieur Paul Ferlande
P.R.O.C.O.M.
84, avenue Ferdowsi
Téhéran
Iran

Elle déposa l'enveloppe sur le bord de la table, et elle
alla vite à la salle de bains pour se laver les dents et la
figure. Elle avait envie de prendre une douche froide,
mais elle avait peur que le bruit ne réveille sa mère.
Toujours pieds nus, elle retourna à sa chambre. Elle
s'habilla à la hâte, avec un pull-over de laine verte, un
pantalon en velours brun, et un blouson marron. Puis
elle enfila ses chaussettes et ses chaussures montantes
à semelle de crêpe. Elle peigna ses cheveux blonds sans
même se regarder dans la glace, et elle enfourna dans
son sac tout ce qu'elle trouva autour d'elle, sur la table
et sur la chaise : rouge à lèvres, mouchoirs de papier,
crayon à bille, clés, tube d'aspirine. Elle ne savait pas

exactement ce dont elle pourrait avoir besoin, et elle
jeta pêle-mêle ce qu'elle voyait dans sa chambre : un
foulard rouge roulé en boule, un vieux porte-photos en
moleskine, un canif, un petit chien en porcelaine. Dans
l'armoire, elle ouvrit un carton à chaussures et elle prit
un paquet de lettres. Dans un autre carton, elle trouva
un grand dessin qu'elle plia et mit dans son sac avec les
lettres. Dans la poche de son imperméable, elle trouva
quelques billets de banque et une poignée de pièces
qu'elle fit tomber aussi dans son sac. Au moment de
sortir, elle retourna vers la table et elle prit la lettre
qu'elle venait d'écrire. Elle ouvrit le tiroir de gauche,
et elle chercha parmi les objets et les papiers, jusqu'à
ce qu'elle trouve un petit harmonica sur lequel il y
avait écrit

ECHO Super   MADE IN
         Vamper   GERMANY

et, gravé à la pointe d'un couteau

david

  Elle regarda l'harmonica une seconde, puis elle le fit
tomber dans le sac, passa la bandoulière sur son épaule
droite et sortit.
  Dehors, le soleil était chaud, le ciel et la mer
brillaient. Lullaby chercha des yeux les pigeons, mais
ils avaient disparu. Au loin, très près de l'horizon, le
voilier blanc bougeait lentement, penché sur la mer.
  Lullaby sentit son cœur battre très fort. Il s'agitait et
faisait du bruit dans sa poitrine. Pourquoi était-il dans
cet état-là ? Peut-être que c'était toute la lumière du

ciel qui l'enivrait. Lullaby s'arrêta contre la balus-
trade, en serrant très fort ses bras contre sa poitrine.
Elle dit même entre ses dents, un peu en colère :

« Mais il m'embête, celui-là ! »

Puis elle se remit en route, en essayant de ne plus
faire attention à lui.

Les gens allaient travailler. Ils roulaient vite dans
leurs autos, le long de l'avenue, dans la direction du
centre de la ville. Les vélomoteurs faisaient la course
avec des bruits de roulements à billes. Dans les autos
neuves aux vitres fermées, les gens avaient l'air pressé.
Quand ils passaient, ils se retournaient un peu pour
regarder Lullaby. Il y avait même des hommes qui
appuyaient à petits coups sur leur klaxon, mais Lullaby ne les regardait pas.

Elle aussi, elle marchait vite le long de l'avenue, sans
faire de bruit sur ses semelles de crêpe. Elle allait dans
la direction opposée, vers les collines et les rochers.
Elle regardait la mer en plissant les yeux parce qu'elle
n'avait pas pensé à prendre ses lunettes noires. Le
voilier blanc semblait suivre la même route qu'elle,
avec sa grande voile isocèle gonflée dans le vent. En
marchant, Lullaby regardait la mer et le ciel bleus, la
voile blanche, et les rochers du cap, et elle était bien
contente d'avoir décidé de ne plus aller à l'école. Tout
était si beau que c'était comme si l'école n'avait jamais
existé.

Le vent soufflait dans ses cheveux et les emmêlait,
un vent froid qui piquait ses yeux et rougissait la peau
de ses joues et de ses mains. Lullaby pensait que c'était
bien de marcher comme cela, au soleil et dans le vent,
sans savoir où elle allait.

Quand elle sortit de la ville, elle arriva devant le
chemin des contrebandiers. Le chemin commençait au
milieu d'un bosquet de pins parasols, et descendait le

long de la côte, jusqu'aux rochers. Ici, la mer était encore plus belle, intense, tout imprégnée de lumière.

Lullaby avançait sur le chemin des contrebandiers, et elle vit que la mer était plus forte. Les vagues courtes cognaient contre les rochers, lançaient une contre-lame, se creusaient, revenaient. La jeune fille s'arrêta dans les rochers pour écouter la mer. Elle connaissait bien son bruit, l'eau qui clapote et se déchire, puis se réunit en faisant exploser l'air, elle aimait bien cela, mais aujourd'hui, c'était comme si elle l'entendait pour la première fois. Il n'y avait rien d'autre que les rochers blancs, la mer, le vent, le soleil. C'était comme d'être sur un bateau, loin au large, là où vivent les thons et les dauphins.

Lullaby ne pensait même plus à l'école. La mer est comme cela : elle efface ces choses de la terre parce qu'elle est ce qu'il y a de plus important au monde. Le bleu, la lumière étaient immenses, le vent, les bruits violents et doux des vagues, et la mer ressemblait à un grand animal en train de remuer sa tête et de fouetter l'air avec sa queue.

Alors Lullaby était bien. Elle restait assise sur un rocher plat, au bord du chemin des contrebandiers, et elle regardait. Elle voyait l'horizon net, la ligne noire qui sépare la mer du ciel. Elle ne pensait plus du tout aux rues, aux maisons, aux voitures, aux motocyclettes.

Elle resta assez longtemps sur son rocher. Puis elle reprit sa marche le long du chemin. Il n'y avait plus de maisons, les dernières villas étaient derrière elle. Lullaby se retourna pour les regarder, et elle trouva qu'elles avaient un drôle d'air, avec leurs volets fermés sur leurs façades blanches, comme si elles dormaient. Ici il n'y avait plus de jardins. Entre la rocaille, des plantes grasses bizarres, des boules hérissées de piquants, des raquettes jaunes couvertes de cicatrices, des aloès, des ronces, des lianes. Personne ne vivait ici. Il y avait seulement les lézards qui couraient entre les blocs de rocher, et deux ou trois guêpes qui volaient au-dessus des herbes qui sentent le miel.

Le soleil brûlait avec force dans le ciel. Les rochers blancs étincelaient, et l'écume éblouissait comme la neige. On était heureux, ici, comme au bout du monde. On n'attendait plus rien, on n'avait plus besoin de personne. Lullaby regarda le cap qui grandissait devant elle, la falaise cassée à pic sur la mer. Le chemin des contrebandiers arrivait jusqu'à un bunker allemand, et il fallait descendre le long d'un boyau étroit, sous la terre. Dans le tunnel, l'air froid fit frissonner la jeune fille. L'air était humide et sombre comme à l'intérieur d'une grotte. Les murs de la forteresse sentaient le moisi et l'urine. De l'autre côté du tunnel, on débouchait sur une plate-forme de ciment entourée d'un mur bas. Un peu d'herbe poussait dans les fissures du sol.

Lullaby ferma les yeux, éblouie par la lumière. Elle était tout à fait en face de la mer et du vent.

Tout à coup, sur le mur de la plate-forme, elle aperçut les premiers signes. C'était écrit à la craie, en grandes lettres irrégulières qui disaient seulement :
« TROUVEZ-MOI »
Lullaby regarda un moment autour d'elle, puis elle dit, à mi-voix :
« Oui, mais qui êtes-vous ? »
Une grande sterne blanche passa au-dessus de la plate-forme en glapissant.

Lullaby haussa les épaules, et elle continua sa route. C'était plus difficile à présent, parce que le chemin des contrebandiers avait été détruit, peut-être pendant la dernière guerre, par ceux qui avaient construit le

bunker. Il fallait escalader et sauter d'un rocher à
l'autre, en s'aidant des mains pour ne pas glisser. La
côte était de plus en plus escarpée, et tout en bas,
Lullaby voyait l'eau profonde, couleur d'émeraude, qui
cognait contre les rocs.

Heureusement, elle savait bien marcher dans les
rochers, c'était même ce qu'elle savait le mieux. Il faut
calculer très vite du regard, voir les bons passages, les
rochers qui font des escaliers ou des tremplins, deviner
les chemins qui vous conduisent vers le haut : il faut
éviter les culs-de-sac, les pierres friables, les crevasses,
les buissons d'épines.

C'était peut-être un travail pour la classe de mathématiques. « Etant donné un rocher faisant un angle de
45° et un autre rocher distant de 2,50 m d'une touffe de
genêts, où passera la tangente ? » Les rochers blancs
ressemblaient à des pupitres, et Lullaby imagina la
figure sévère de Mlle Lorti trônant au-dessus d'un
grand rocher en forme de trapèze, le dos tourné à la
mer. Mais ce n'était peut-être pas vraiment un problème pour la classe de mathématiques. Ici, il fallait
avant tout calculer les centres de gravité. « Tracez une
ligne perpendiculaire à l'horizontale pour indiquer
clairement la direction », disait M. Filippi. Il était
debout, en équilibre sur un rocher penché, et il souriait
avec indulgence. Ses cheveux blancs faisaient une
couronne dans la lumière du soleil, et derrière ses
lunettes de myope, ses yeux bleus brillaient bizarrement.

Lullaby était contente de découvrir que son corps
trouvait aussi facilement la solution des problèmes.
Elle se penchait en avant, en arrière, elle se balançait
sur une jambe, puis elle sautait avec souplesse, et ses
pieds atterrissaient exactement au point voulu.

« C'est très bien, très bien, mademoiselle », disait la

voix de M. Filippi dans son oreille. « La physique est
une science de la nature, ne l'oubliez jamais. Continuez
comme cela, vous êtes sur la bonne voie. »

« Oui, mais pour aller où ? » murmurait Lullaby.

En effet, elle ne savait pas très bien où cela la
conduisait. Pour reprendre son souffle, elle s'arrêta
encore et elle regarda la mer, mais là aussi il y avait un
problème, car il s'agissait de calculer l'angle de réfraction de la lumière du soleil sur la surface de l'eau.

« Je n'y arriverai jamais », pensait-elle.

« Voyons, mettez en application les lois de Descar-
tes », disait la voix de M. Filippi dans son oreille.

Lullaby faisait un effort pour se souvenir.

« Le rayon réfracté... »

« ... reste toujours dans le plan d'incidence », disait
Lullaby.

Filippi :

« Bien. Deuxième loi ? »

« Quand l'angle d'incidence croît, l'angle de réfraction croît et le rapport des sinus de ces angles est
constant. »

« Constant », disait la voix. « Donc ? »

« $\dfrac{\text{Sin } i}{\text{Sin } r}$ = Constante. »

« Indice de l'eau/air ? »

« 1,33 »

« Loi de Foucault ? »

« L'indice d'un milieu par rapport à un autre est égal
au rapport de la vitesse du premier milieu sur le
second. »

« D'où ? »

« $N_{2/1} = v_1/v_2$ »

Mais les rayons du soleil jaillissaient sans cesse de la
mer, et l'on passait si vite de l'état de réfraction à l'état

de réflexion totale que Lullaby n'arrivait pas à faire des calculs. Elle pensa qu'elle écrirait plus tard à M. Filippi, pour lui demander.

Il faisait bien chaud. La jeune fille chercha un endroit où elle pourrait se baigner. Elle trouva un peu plus loin une minuscule crique où il y avait un embarcadère en ruine. Lullaby descendit jusqu'au bord de l'eau et elle enleva ses habits.

L'eau était très transparente, froide. Lullaby plongea sans hésiter, et elle sentit l'eau qui serrait les pores de sa peau. Elle nagea un long moment sous l'eau, les yeux ouverts. Puis elle s'assit sur le ciment de l'embarcadère pour se sécher. Maintenant, le soleil était dans son axe vertical, et la lumière ne se réverbérait plus. Elle brillait très fort à l'intérieur des gouttelettes accrochées à la peau de son ventre et sur les poils fins de ses cuisses.

L'eau glacée lui avait fait du bien. Elle avait lavé les idées dans sa tête, et la jeune fille ne pensait plus aux problèmes de tangentes ni aux indices absolus des corps. Elle avait envie d'écrire encore une lettre à son père. Elle chercha le bloc de papier par avion dans son sac, et elle commença à écrire avec le crayon à bille, tout à fait au bas de la page d'abord. Ses mains mouillées laissaient des traces sur la feuille.

« LLBY
t'embrasse
viens vite me voir là où je suis ! »
Puis elle écrivit au beau milieu de la feuille :
　　　« Peut-être que je fais un peu des bêtises.
　　　Il ne faut pas m'en vouloir. J'avais vraiment
　　　l'impression d'être dans une prison. Tu
　　　ne peux pas savoir. Enfin, si, peut-être que
　　　tu sais tout ça mais toi tu as le courage
　　　de rester, pas moi. Imagine tous ces murs

partout, tellement de murs que tu ne pourrais
pas les compter, avec des fils de fer barbelés,
des grillages, des barreaux aux fenêtres !
Imagine la cour avec tous ces arbres que
je déteste, des marronniers, des tilleuls,
des platanes. Les platanes surtout sont
affreux, ils perdent leur peau, on dirait
qu'ils sont malades ! »

Un peu plus haut, elle écrivit :

« Tu sais, il y a tellement de choses que
je voudrais. Il y a tellement, tellement, tellement
de choses que je voudrais, je ne sais pas si
je pourrais te les dire. Ce sont des choses qui
manquent beaucoup ici, les choses que j'aimais
bien voir autrefois. L'herbe verte, les fleurs,
et les oiseaux, les rivières. Si tu étais là, tu
pourrais m'en parler et je les verrais
apparaître autour de moi, mais au lycée il n'y
a personne qui sache parler de ces choses-là.
Les filles sont bêtes à pleurer ! Les garçons
sont niais ! Ils n'aiment que leurs motos et
leurs blousons ! »

Elle remonta tout à fait en haut de la page.

« Bonjour, cher Ppa. Je t'écris sur une
toute petite plage, elle est vraiment si petite
que je crois que c'est une plage à une place,
avec un embarcadère démoli sur lequel je
suis assise (je viens de prendre un bon bain).
La mer voudrait bien manger la petite plage,
elle envoie des coups de langue jusqu'au
fond, et pas moyen de rester sèche ! Il va y
avoir beaucoup de taches d'eau de mer sur ma
lettre, j'espère que ça te plaira. Je suis toute
seule ici, mais je m'amuse bien. Je ne vais plus

du tout au lycée maintenant, c'est décidé,
terminé. Je n'irai plus jamais, même si on
doit me mettre en prison. D'ailleurs ce ne
serait pas pire. »

Il ne restait plus tellement d'espace libre sur la
feuille de papier. Alors Lullaby s'amusa à boucher les
trous les uns après les autres, en écrivant des mots, des
bouts de phrase, au hasard :

« La mer est bleue »

« Soleil »

« Envoie orchidées blanches »

« La cabane en bois, dommage qu'elle ne soit
pas là »

« Ecris-moi »

« Il y a un bateau qui passe, où est-ce qu'il
va ? »

« Je voudrais être sur une grande montagne »

« Dis-moi comment est la lumière chez toi »

« Parle-moi des pêcheurs de corail »

« Comment va Sloughi ? »

Elle ferma les derniers espaces blancs avec des
mots :

« Algues »

« Miroir »

« Loin »

« Lucioles »

« Rallye »

« Balancier »

« Coriandre »

« Etoile »

Ensuite elle plia le papier et elle le glissa dans
l'enveloppe, avec une feuille d'herbe qui sent le miel.

Quand elle remonta à travers les rochers, elle vit
pour la deuxième fois les signes bizarres écrits à la
craie sur les rochers. Il y avait des flèches aussi, pour

indiquer le chemin à suivre. Sur un grand rocher plat, elle lut :

« NE VOUS DÉCOURAGEZ PAS ! »

Et un peu plus loin :

« ÇA FINIT PEUT-ÊTRE EN QUEUE DE POISSON »

Lullaby regarda à nouveau autour d'elle, mais il n'y avait personne dans les rochers, aussi loin qu'on puisse voir. Alors elle continua sa route. Elle grimpa, elle redescendit, elle sauta par-dessus les fissures, et à la fin elle arriva au bout du cap, là où il y avait un plateau de pierres, et la maison grecque.

Lullaby s'arrêta, émerveillée. Jamais elle n'avait vu une aussi jolie maison. Elle était construite au milieu des rochers et des plantes grasses, face à la mer, toute carrée et simple avec une véranda soutenue par six colonnes, et elle ressemblait à un temple en miniature. Elle était d'un blanc éblouissant, silencieuse, blottie contre la falaise abrupte qui l'abritait du vent et des regards.

Lullaby s'approcha lentement de la maison, le cœur battant très fort. Il n'y avait personne, et ça devait faire des années qu'elle était abandonnée, parce que les herbes et les lianes avaient envahi la véranda, et les volubilis s'étaient enroulés autour des colonnes.

Quand Lullaby fut tout près de la maison, elle vit qu'il y avait un mot gravé au-dessus de la porte, dans le plâtre du péristyle :

ΧΑΡΙΣΜΑ

Lullaby lut le nom à voix haute, et elle pensait qu'aucune maison n'avait jamais eu un nom aussi beau.

Une clôture de grillage rouillé entourait la maison.

Lullaby longea le grillage pour trouver une entrée. Elle arriva devant un endroit où le grillage était soulevé, et c'est par là qu'elle passa, à quatre pattes. Elle n'avait pas peur, tout était silencieux. Lullaby marcha dans le jardin jusqu'à l'escalier de la véranda, et elle s'arrêta devant la porte de la maison. Après une seconde d'hésitation, elle poussa la porte. L'intérieur de la maison était sombre, et il lui fallut attendre que ses yeux s'habituassent. Alors elle vit une seule pièce aux murs abîmés, dont le sol était jonché de débris, de vieux chiffons et de journaux. L'intérieur de la maison était froid. Les fenêtres n'avaient sans doute pas été ouvertes depuis des années. Lullaby essaya d'ouvrir les volets, mais ils étaient coincés. Quand ses yeux furent tout à fait habitués à la pénombre, Lullaby vit qu'elle n'était pas la seule à être entrée ici. Les murs étaient couverts de graffiti et de dessins obscènes. Cela la mit en colère, comme si la maison était vraiment à elle. Avec un chiffon, elle essaya d'effacer les graffiti. Puis elle ressortit sur la véranda, et elle tira si fort la porte que la poignée se brisa et qu'elle faillit tomber.

Mais au-dehors, la maison était belle. Lullaby s'assit sur la véranda, le dos appuyé contre une colonne, et elle regarda la mer devant elle. C'était bien, comme cela, avec seulement le bruit de l'eau et le vent qui soufflait entre les colonnes blanches. Entre les fûts bien droits, le ciel et la mer semblaient sans limites. On n'était plus sur la terre, ici, on n'avait plus de racines. La jeune fille respirait lentement, le dos bien droit et la nuque appuyée contre la colonne tiède, et chaque fois que l'air entrait dans ses poumons, c'était comme si elle s'élevait davantage dans le ciel pur, au-dessus du disque de la mer. L'horizon était un fil mince qui se courbait comme un arc, la lumière envoyait ses rayons rectilignes, et on était dans un autre monde, aux bords du prisme.

Lullaby entendit une voix qui venait dans le vent, qui parlait près de ses oreilles. Ce n'était plus la voix de M. Filippi maintenant, mais une voix très ancienne, qui avait traversé le ciel et la mer. La voix douce et un peu grave résonnait autour d'elle, dans la lumière chaude, et répétait son nom d'autrefois, le nom que son père lui avait donné un jour, avant qu'elle s'endorme.

« Ariel... Ariel... »

Très doucement d'abord, puis à voix de plus en plus haute, Lullaby chantait l'air qu'elle n'avait pas oublié, depuis tant d'années :

« *Where the bee sucks, there suck I ;*
In the cowslip's bell I lie :
There I couch when the owls do cry.
On the bat's back I do fly
After summer merrily :
Merrily, merrily shall I live now,
Under the blossom that hangs on the bough. »

Sa voix claire allait dans l'espace libre, la portait au-dessus de la mer. Elle voyait tout, au-delà des côtes brumeuses, au-delà des villes, des montagnes. Elle voyait la route large de la mer, où avancent les rangs des vagues, elle voyait tout jusqu'à l'autre rive, la longue bande de terre grise et sombre où croissent les forêts de cèdres, et plus loin encore, comme un mirage, la cime neigeuse du Kuhha-Ye Alborz.

Lullaby resta longtemps assise contre la colonne, à regarder la mer et à chanter pour elle-même les paroles de la chanson d'Ariel, et d'autres chansons que son père avait inventées. Elle resta jusqu'à ce que le soleil soit tout près du fil de l'horizon et que la mer soit devenue violette. Alors elle quitta la maison grecque, et elle reprit le chemin des contrebandiers dans la direction de la ville. Quand elle arriva du côté du bunker, elle aperçut un petit garçon qui revenait de la pêche. Il se retourna pour l'attendre.

« Bonsoir ! » dit Lullaby.

« Salut ! » dit le petit garçon.

Il avait un visage sérieux et ses yeux bleus étaient cachés par des lunettes. Il portait une longue gaule et un sac de pêche, et il avait noué ses chaussures autour de son cou pour marcher.

Ils firent le chemin ensemble, en parlant un peu. Quand ils arrivèrent au bout du chemin, comme il restait encore quelques minutes de jour, ils s'assirent dans les rochers pour regarder la mer. Le petit garçon enfila ses chaussures. Il raconta à Lullaby l'histoire de ses lunettes. Il dit qu'un jour, il y avait quelques années, il avait voulu regarder une éclipse de soleil et que depuis le soleil était resté marqué dans ses yeux.

Pendant ce temps, le soleil se couchait. Ils virent le phare s'allumer, puis les réverbères et les feux de position des avions. L'eau devenait noire. Alors, le petit garçon à lunettes se leva le premier. Il ramassa sa gaule et son sac et il fit un signe à Lullaby avant de s'en aller.

Quand il était déjà un peu loin, Lullaby lui cria : « Fais-moi un dessin, demain ! »

Le petit garçon fit oui de la tête.

2

Ça faisait plusieurs jours maintenant que Lullaby allait du côté de la maison grecque. Elle aimait bien le moment où, après avoir sauté sur tous ces rochers, bien essoufflée d'avoir couru et grimpé partout, et un peu ivre de vent et de lumière, elle voyait surgir contre la paroi de la falaise la silhouette blanche, mystérieuse, qui ressemblait à un bateau amarré. Il faisait très beau ces jours-là, le ciel et la mer étaient bleus, et l'horizon était si pur qu'on voyait la crête des vagues. Quand Lullaby arrivait devant la maison, elle s'arrêtait, et son cœur battait plus vite et plus fort, et elle sentait une chaleur étrange dans les veines de son corps, parce qu'il y avait sûrement un secret dans cet endroit.

Le vent tombait d'un seul coup, et elle sentait toute la lumière du soleil qui l'enveloppait doucement, qui électrisait sa peau et ses cheveux. Elle respirait plus profondément, comme quand on va nager longtemps sous l'eau.

Lentement, elle faisait le tour du grillage, jusqu'à l'ouverture. Elle s'approchait de la maison, en regardant les six colonnes régulières blanches de lumière. A haute voix, elle lisait le mot magique écrit dans le plâtre du péristyle, et c'était peut-être à cause de lui qu'il y avait tant de paix et de lumière :

« Karisma... »

Le mot rayonnait à l'intérieur de son corps, comme s'il était écrit aussi en elle, et qu'il l'attendait. Lullaby s'asseyait sur le sol de la véranda, le dos appuyé contre la dernière colonne de droite, et elle regardait la mer.

Le soleil brûlait son visage. Les rayons de lumière sortaient d'elle, par ses doigts, par ses yeux, sa bouche, ses cheveux, ils rejoignaient les éclats des rochers et de la mer.

Il y avait le silence, surtout, un silence si grand et si fort que Lullaby avait l'impression qu'elle allait mourir. Très vite, la vie se retirait d'elle et partait, s'en allait dans le ciel et dans la mer. C'était difficile à comprendre, mais Lullaby était certaine que c'était comme cela, la mort. Son corps restait où il était, dans la position assise, le dos appuyé contre la colonne blanche, tout enveloppé de chaleur et de lumière. Mais les mouvements s'en allaient, se dissolvaient devant elle. Elle ne pouvait pas les retenir. Elle sentait tout ce qui la quittait, s'éloignait d'elle à grande vitesse comme des vols d'étourneaux, comme des trombes de poussière. C'étaient tous les mouvements de ses bras et de ses jambes, les tremblements intérieurs, les frissons, les sursauts. Cela partait vite, en avant, lancé dans l'espace vers la lumière et la mer. Mais c'était agréable, et Lullaby ne résistait pas. Elle ne fermait pas les yeux. Les pupilles agrandies, elle regardait droit devant elle, sans ciller, toujours le même point sur le mince fil de l'horizon, là où il y avait le pli entre le ciel et la mer.

La respiration devenait de plus en plus lente, et dans sa poitrine, le cœur espaçait ses coups, lentement, lentement. Il n'y avait presque plus de mouvements,

presque plus de vie en elle, seulement son regard qui
s'élargissait, qui se mêlait à l'espace comme un faisceau de lumière. Lullaby sentait son corps s'ouvrir,
très doucement, comme une porte, et elle attendait de
rejoindre la mer. Elle savait qu'elle allait voir cela,
bientôt, alors elle ne pensait à rien, elle ne voulait rien
d'autre. Son corps resterait loin en arrière, il serait
pareil aux colonnes blanches et aux murs couverts de
plâtre, immobile, silencieux. C'était cela, le secret de la
maison. C'était l'arrivée vers le haut de la mer, tout à
fait au sommet du grand mur bleu, à l'endroit où l'on
va enfin voir ce qu'il y a de l'autre côté. Le regard de
Lullaby était étendu, il planait sur l'air, la lumière, au-
dessus de l'eau.

Son corps ne devenait pas froid, comme sont les
morts dans leurs chambres. La lumière continuait à
entrer, jusqu'au fond des organes, jusqu'à l'intérieur
des os, et elle vivait à la même température que l'air,
comme les lézards.

Lullaby était pareille à un nuage, à un gaz, elle se
mélangeait à ce qui l'entourait. Elle était pareille à
l'odeur des pins chauffés par le soleil, sur les collines,
pareille à l'odeur de l'herbe qui sent le miel. Elle était
l'embrun des vagues où brille l'arc-en-ciel rapide. Elle
était le vent, le souffle froid qui vient de la mer, le
souffle chaud comme une haleine qui vient de la terre
fermentée au pied des buissons. Elle était le sel, le sel
qui brille comme le givre sur les vieux rochers, ou bien
le sel de la mer, le sel lourd et âcre des ravins sous-
marins. Il n'y avait plus une seule Lullaby assise sur la
véranda d'une vieille maison pseudo-grecque en ruine.
Elles étaient aussi nombreuses que les étincelles de
lumière sur les vagues.

Lullaby voyait avec tous ses yeux, de toutes parts.
Elle voyait des choses qu'elle n'aurait pu imaginer

autrefois. Des choses très petites, des cachettes d'insectes, des galeries de vers. Elle voyait les feuilles des
plantes grasses, les racines. Elle voyait des choses très
grandes, l'envers des nuages, les astres derrière l'écran
du ciel, les calottes polaires, les immenses vallées et les
pics infinis des profondeurs de la mer. Elle voyait tout
cela au même instant, et chaque regard durait des
mois, des années. Mais elle voyait sans comprendre,
parce que c'étaient les mouvements de son corps,
séparés, qui parcouraient l'espace au-devant d'elle.

C'était comme si elle pouvait enfin, après la mort,
examiner les lois qui forment le monde. C'étaient des
lois étranges qui ne ressemblaient pas du tout à celles
qui sont écrites dans les livres et qu'on apprenait par
cœur à l'école. Il y avait la loi de l'horizon qui attire le
corps, une loi très longue et très mince, un seul trait
dur qui unissait les deux sphères mobiles du ciel et de
la mer. Là-bas, tout naissait, se multipliait, en formant
des vols de chiffres et de signes qui obscurcissaient le
soleil et s'éloignaient vers l'inconnu. Il y avait la loi de
la mer, sans commencement ni fin, où se brisaient les
rayons de la lumière. Il y avait la loi du ciel, la loi du
vent, la loi du soleil, mais on ne pouvait pas les
comprendre, parce que leurs signes n'appartenaient
pas aux hommes.

Plus tard, quand Lullaby se réveillait, elle essayait
de se souvenir de ce qu'elle avait vu. Elle aurait bien
voulu pouvoir écrire tout cela à M. Filippi, parce que
lui, peut-être, aurait compris ce que voulaient dire tous
ces chiffres et tous ces signes. Mais elle ne trouvait que
des bribes de phrases, qu'elle répétait plusieurs fois à
voix haute :

« Là où on boit la mer »

« Les points d'appui de l'horizon »

« Les roues (ou les routes) de la mer »

et elle haussait les épaules, parce que cela ne voulait pas dire grand-chose.

Ensuite Lullaby quittait son poste, elle sortait du jardin de la maison grecque et elle descendait vers la mer. Le vent revenait d'un seul coup, secouait durement ses cheveux et ses habits, comme pour tout remettre en ordre.

Lullaby aimait bien ce vent-là. Elle voulait lui donner des choses, parce que le vent a besoin de manger souvent, des feuilles, des poussières, les chapeaux des messieurs ou bien les petites gouttes qu'il arrache à la mer et aux nuages.

Lullaby s'asseyait dans un creux du rocher, si près de l'eau que les vagues venaient lécher ses pieds. Le soleil brûlait au-dessus de la mer, il l'éblouissait en se réverbérant sur les côtés des vagues.

Il n'y avait absolument personne d'autre que le soleil, le vent et la mer, et Lullaby prenait dans son sac le paquet de lettres. Elle les tirait une à une en écartant l'élastique, et elle lisait quelques mots, quelques formules, au hasard. Quelquefois elle ne comprenait pas, et elle relisait à haute voix pour que ce soit plus vrai.

« ... Les tissus rouges qui flottent comme des drapeaux... »

« Les narcisses jaunes sur mon bureau, tout près de ma fenêtre, tu les vois, Ariel ? »

« J'entends ta voix, tu parles dans l'air... »

« ... Ariel, air d'Ariel... »

« C'est pour toi, pour que tu te souviennes toujours »

Lullaby jetait les feuilles de papier dans le vent. Elles partaient vite avec un bruit de déchirure, elles volaient un instant au-dessus de la mer, en titubant comme des papillons dans la bourrasque. C'étaient des feuilles de papier-avion un peu bleues, puis elles disparaissaient d'un seul coup dans la mer. C'était bien de lancer ces feuilles de papier dans le vent, d'éparpiller ces mots, et Lullaby regardait le vent les manger avec joie.

Elle avait envie de faire du feu. Elle chercha dans les rochers un endroit où le vent ne soufflerait pas trop fort. Un peu plus loin, elle trouva la petite crique avec l'embarcadère en ruine, et c'est là qu'elle s'installa.

C'était un bon endroit pour faire du feu. Les rochers blancs entouraient l'embarcadère, et les rafales du vent n'arrivaient pas jusque-là. A la base du rocher, il y avait un creux bien sec et chaud, et tout de suite les flammes s'élevèrent, légères, pâles, avec un froissement doux. Lullaby donnait sans cesse de nouvelles feuilles de papier. Elles s'allumaient d'un seul coup, parce qu'elles étaient très sèches et minces et elles se consumaient vite.

C'était bien, de voir les pages bleues se tordre dans les flammes, et les mots s'enfuir comme à reculons, on ne sait où. Lullaby pensait que son père aurait bien aimé être là pour voir brûler ses lettres, parce qu'il n'écrivait pas des mots pour que ça reste. Il le lui avait dit, un jour, sur la plage, et il avait mis une lettre dans une vieille bouteille bleue, pour la jeter très loin dans la mer. Il avait écrit les mots seulement pour elle, pour qu'elle les lise et qu'elle entende le bruit de sa voix, et maintenant, les mots pouvaient retourner vers l'endroit d'où ils étaient venus, comme cela, vite, en lumière et fumée, dans l'air, et devenir invisibles. Peut-être que quelqu'un, de l'autre côté de la mer verrait la petite fumée et la flamme qui brillait comme un miroir, et il comprendrait.

Lullaby alimenta le feu avec de petits bouts de bois, des brindilles, des algues sèches, pour faire durer les flammes. Il y avait toutes sortes d'odeurs qui fuyaient dans l'air, l'odeur légère et un peu sucrée du papier-avion, l'odeur forte du charbon et du bois, la fumée lourde des algues.

Lullaby regardait les mots qui partaient vite, si vite qu'ils traversaient la pensée comme des éclairs. De temps en temps, elle les reconnaissait au passage, ou bien déformés et bizarres, tordus par le feu, et elle riait un peu :

« pluuuie ! »

« navre ! »

« eeeelan »

« étététété ! »

« Awiel, iel, eeel... »

Tout à coup, elle sentit une présence derrière elle, et elle se retourna. C'était le petit garçon à lunettes qui la regardait, debout sur un rocher au-dessus d'elle. Il avait toujours sa gaule à la main et ses chaussures nouées autour de son cou.

« Pourquoi vous brûlez des papiers ? » demanda-t-il.

Lullaby lui sourit.

« Parce que c'est amusant », dit-elle. « Regarde ! »

Elle mit le feu à une grande page bleue sur laquelle était dessiné un arbre.

« Ça brûle bien », dit le petit garçon.

« Tu vois, elles avaient très envie de brûler », expliqua Lullaby. « Elles attendaient ça depuis longtemps, elles étaient sèches comme des feuilles mortes, c'est pour ça qu'elles brûlent si bien. »

Le petit garçon à lunettes déposa sa gaule et il alla chercher des brindilles pour le feu. Ils s'amusèrent un bon moment à brûler tout ce qu'ils pouvaient. Les mains de Lullaby étaient noircies par la fumée, et ses yeux piquaient. Tous les deux, ils étaient bien fatigués et essoufflés d'avoir servi le feu. Maintenant, le feu semblait un peu fatigué, lui aussi. Ses flammes étaient plus courtes, et les brindilles et les papiers s'éteignaient les uns après les autres.

« Le feu va s'éteindre », dit le petit garçon en essuyant ses lunettes.

« C'est parce qu'il n'y a plus de lettres. C'était ça qu'il voulait. »

Le petit garçon sortit de sa poche une feuille de papier pliée en quatre.

« Qu'est-ce que c'est ? » demanda Lullaby. Elle prit la feuille et l'ouvrit. C'était un dessin qui représentait une femme au visage noir. Lullaby reconnut son chandail vert.

« C'est mon dessin ? »

« Je l'ai fait pour vous », dit le petit garçon. « Mais on peut le brûler. »

Mais Lullaby replia le dessin et regarda le feu s'éteindre.

« Vous ne voulez pas le brûler maintenant ? » demanda le petit garçon.

« Non, pas aujourd'hui », dit Lullaby.

Après le feu, c'était la fumée qui s'éteignait. Le vent soufflait sur les cendres.

« Je le brûlerai quand je l'aimerai beaucoup », dit Lullaby.

Ils restèrent longtemps assis sur l'embarcadère, à regarder la mer, presque sans parler. Le vent passait sur la mer, en soulevant les gouttes d'embrun qui piquaient leur visage. C'était comme d'être assis à la proue d'un bateau, au large. On n'entendait rien d'autre que le bruit des vagues et le sifflement allongé du vent.

Quand le soleil fut à sa place de midi, le petit garçon à lunettes se leva et ramassa sa gaule et ses chaussures.

« Je m'en vais », dit-il.

« Tu ne veux pas rester ? »

« Je ne peux pas, je dois rentrer. »

Lullaby se leva, elle aussi.

« Vous allez rester ici ? » demanda le petit garçon.

« Non, je vais voir par là, plus loin. »

Elle montra les rochers, au bout du cap.

« Là-bas, il y a une autre maison, mais elle est beaucoup plus grande, on dirait un théâtre. » Le petit garçon expliquait à Lullaby. « Il faut escalader les rochers, et puis on peut entrer, par en bas. »

« Tu y es déjà allé ? »

« Oui, souvent. C'est beau, mais c'est difficile pour y arriver. »

Le petit garçon à lunettes mit les chaussures autour de son cou et il s'éloigna vite.

« Au revoir ! » dit Lullaby.

« Salut ! » dit le petit garçon.

Lullaby marcha vers la pointe du cap. Elle courait presque, sautant d'un rocher à l'autre. Il n'y avait plus de chemin, par ici. Il fallait escalader les rochers, en s'agrippant aux racines de bruyère et aux herbes. On était loin, perdu au milieu des pierres blanches, suspendu entre le ciel et la mer. Malgré le froid du vent, Lullaby sentait la brûlure du soleil. Elle transpirait sous ses habits. Son sac la gênait, et elle décida de le cacher quelque part, pour le prendre plus tard. Elle l'enfouit dans un creux de terre, au pied d'un gros aloès. Elle ferma la cachette en poussant deux ou trois cailloux.

Au-dessus d'elle, maintenant, il y avait l'étrange maison en ciment dont avait parlé le petit garçon. Pour y arriver, il fallait monter le long d'un éboulis. La ruine blanche brillait dans la lumière du soleil. Lullaby hésita un instant, parce que tout était tellement étrange et silencieux dans cet endroit. Au-dessus de la mer, accrochés à la paroi rocheuse, les longs murs de ciment n'avaient pas de fenêtres.

Un oiseau de mer fit des cercles au-dessus de la ruine, et Lullaby eut soudain très envie d'être là-haut. Elle commença à grimper le long de l'éboulis. Les arêtes des cailloux écorchaient ses mains et ses genoux, et de petites avalanches glissaient derrière elle. Quand elle arriva tout en haut, elle se retourna pour regarder la mer, et elle dut fermer les yeux pour ne pas sentir le vertige. Au-dessous d'elle, si loin qu'on regardât, il n'y avait que cela : la mer. Immense, bleue, la mer emplissait l'espace jusqu'à l'horizon agrandi, et c'était comme un toit sans fin, un dôme géant fait de métal sombre, où bougeaient toutes les rides des vagues. Par endroits, le soleil s'allumait sur elle, et Lullaby voyait les taches et les chemins obscurs des courants, les forêts d'algues, les traces de l'écume. Le vent balayait sans arrêt la mer, lissait sa surface.

Lullaby ouvrit les yeux et regarda tout, en s'accrochant aux rochers avec ses ongles. La mer était si belle qu'il lui semblait qu'elle traversait sa tête et son corps à toute vitesse, qu'elle bousculait des milliers de pensées à la fois.

Lentement, avec précaution, Lullaby s'approcha de la ruine. C'était bien ce qu'avait dit le petit garçon à lunettes, une sorte de théâtre, fait de grands murs de ciment armé. Entre les hauts murs, la végétation poussait, des ronces et des lianes qui recouvraient complètement le sol. Sur les murs, il y avait un toit de dalles de béton, effondré par endroits. Le vent de la mer s'engouffrait par les ouvertures, de chaque côté de l'édifice, avec des rafales brutales qui mettaient en mouvement les morceaux de fer de l'armature du toit. Les lames s'entrechoquaient en faisant une musique étrange, et Lullaby resta immobile pour l'écouter.

C'était comme les cris des sternes et comme le murmure des vagues, une drôle de musique irréelle et sans
rythme qui vous faisait frissonner. Lullaby se remit en
marche. Le long du mur extérieur, il y avait un chemin
étroit qui franchissait la broussaille, et qui conduisait
jusqu'à un escalier à moitié démoli. Lullaby monta les
marches de l'escalier, et elle arriva jusqu'à une plate-
forme, sous le toit, d'où on voyait la mer par une
brèche. C'est là que Lullaby s'assit, tout à fait en face
de l'horizon, au soleil, et elle regarda encore la mer.
Puis elle ferma les yeux.

   Tout à coup, elle tressaillit, parce qu'elle avait senti
que quelqu'un arrivait. Il n'y avait pas d'autre bruit
que le vent agitant les lames de fer du toit, et pourtant
elle avait senti le danger. A l'autre bout de la ruine, sur
le chemin au milieu des ronces, quelqu'un arrivait, en
effet. C'était un homme vêtu d'un pantalon de toile
bleue et d'un blouson, au visage noirci par le soleil, aux
cheveux hirsutes. Il marchait sans faire de bruit, en
s'arrêtant de temps en temps, comme s'il cherchait
quelque chose. Lullaby resta immobile contre le mur,
le cœur battant, espérant qu'il ne l'avait pas vue. Sans
comprendre bien pourquoi, elle savait que l'homme la
cherchait, et elle retint sa respiration, pour qu'il ne
l'entende pas. Mais quand l'homme fut à la moitié du
chemin, il releva la tête tranquillement et il regarda la
jeune fille. Ses yeux verts brillaient bizarrement dans
son visage sombre. Puis, sans se presser, il recommença à marcher vers l'escalier. C'était trop tard pour
redescendre ; d'un bond, Lullaby sortit par la brèche et
grimpa sur le toit. Le vent soufflait si fort qu'elle faillit
tomber. Aussi vite qu'elle put, elle se mit à courir vers
l'autre bout du toit, et elle entendit le bruit de ses pieds
qui résonnaient dans la grande salle en ruine. Son
cœur cognait très fort dans sa poitrine. Quand elle

arriva au bout du toit, elle s'arrêta : devant elle, il y avait un grand fossé qui la séparait de la paroi de la falaise. Elle écouta autour d'elle. Il n'y avait toujours que le bruit du vent dans les lames de fer du toit, mais elle savait que l'inconnu n'était pas loin ; il courait sur le chemin au milieu des ronces pour faire le tour de la ruine et la prendre à revers. Alors Lullaby sauta. En tombant sur la pente de la falaise, sa cheville gauche se tordit, et elle sentit une douleur ; elle cria seulement :

« Ah ! »

L'homme surgit devant elle, sans qu'elle puisse comprendre d'où il sortait. Ses mains étaient griffées par les ronces et il soufflait un peu. Il restait immobile devant elle, ses yeux verts durcis comme de petits morceaux de verre. Etait-ce lui qui avait écrit les messages à la craie sur les rochers, tout le long du chemin ? Ou bien il était entré dans la belle maison grecque, et il avait sali les murs avec toutes ces inscriptions obscènes. Il était si près de Lullaby qu'elle sentait son odeur, une odeur fade et aigre de sueur qui avait imprégné ses habits et ses cheveux. Tout à coup, il fit un pas en avant, la bouche ouverte, les yeux un peu rétrécis. Malgré la douleur dans sa cheville, Lullaby bondit et commença à dévaler la pente, au milieu d'une avalanche de cailloux. Quand elle arriva au bas de la falaise, elle s'arrêta et se retourna. Devant les murs blancs de la ruine, l'homme était resté debout, les bras écartés, comme en équilibre.

Le soleil frappait fort sur la mer, et grâce au vent froid, Lullaby sentit que ses forces revenaient. Elle sentit aussi le dégoût, et la colère, qui remplaçaient peu à peu la crainte. Puis soudain, elle comprit que rien ne pourrait lui arriver, jamais. C'était le vent, la mer, le soleil. Elle se souvint de ce que son père lui avait dit, un jour, à propos du vent, de la mer, du soleil, une longue phrase qui parlait de liberté et d'espace, quelque chose comme cela. Lullaby s'arrêta sur un rocher en forme d'étrave, au-dessus de la mer, et elle renversa sa tête en arrière pour mieux sentir la chaleur de la lumière sur son front et sur ses paupières. C'était son père qui lui avait appris à faire cela, pour retrouver ses forces, il appelait cela « boire le soleil ».

Lullaby regarda la mer qui se balançait sous elle, qui cognait la base du roc, en faisant ses remous et ses nuées de bulles filantes. Elle se laissa tomber, la tête la première, et elle entra dans la vague. L'eau froide l'enveloppa en pressant sur ses tympans et sur ses narines, et elle vit dans ses yeux une lueur éblouissante. Quand elle remonta à la surface, elle secoua ses cheveux et elle poussa un cri. Loin derrière elle, pareille à un immense cargo gris, la terre oscillait, chargée de pierres et de plantes. Au sommet, la maison blanche en ruine ressemblait à une passerelle ouverte sur le ciel.

Lullaby se laissa porter un instant dans le mouvement lent des vagues, et ses habits collèrent à sa peau comme des algues. Puis elle commença à nager un crawl très long, vers le large, jusqu'à ce que le cap s'écarte et laisse voir au loin, à peine visible dans la brume de chaleur, la ligne pâle des immeubles de la ville.

3

Ça ne pouvait pas durer toujours. Lullaby le savait
bien. D'abord il y avait tous ces gens, à l'école, et dans
la rue. Ils racontaient des choses, ils parlaient trop. Il y
avait même des filles qui arrêtaient Lullaby pour lui
dire qu'elle exagérait un peu, que la directrice et tout
le monde savait bien qu'elle n'était pas malade. Et puis
il y avait ces lettres qui demandaient des explications.
Lullaby avait ouvert les lettres, et elle avait répondu en
signant du nom de sa mère ; elle avait même téléphoné
un jour au bureau du censeur en contrefaisant sa voix
pour expliquer que sa fille était malade, très malade, et
qu'elle ne pouvait pas reprendre les cours.

Mais ça ne pouvait pas durer, pensait Lullaby.
Ensuite il y avait M. Filippi qui avait écrit une lettre,
pas très longue, une lettre bizarre pour lui demander
de revenir. Lullaby avait mis la lettre dans la poche de
son blouson, et elle la portait toujours sur elle. Elle
aurait bien voulu répondre à M. Filippi, pour lui
expliquer, mais elle avait peur que la directrice ne lise
la lettre et qu'elle sache que Lullaby n'était pas
malade, mais qu'elle se promenait.

Le matin, il faisait un temps extraordinaire, quand
Lullaby sortit de l'appartement. Sa mère dormait

encore, à cause des pilules qu'elle prenait chaque soir,
depuis son accident. Lullaby entra dans la rue, et elle
fut éblouie par la lumière.

Le ciel était presque blanc, la mer étincelait. Comme
les autres jours, Lullaby prit le chemin des contrebandiers. Les rochers blancs semblaient des icebergs
debout sur l'eau. Un peu penchée en avant contre le
vent, Lullaby marcha un moment le long de la côte.
Mais elle n'osait plus aller jusqu'à la plate-forme de
ciment, de l'autre côté du bunker. Elle aurait bien
voulu revoir la belle maison grecque aux six colonnes,
pour s'asseoir et se laisser emporter jusqu'au centre de
la mer. Mais elle avait peur de rencontrer l'homme aux
cheveux hirsutes qui écrivait sur les murs et sur les
rochers. Alors elle s'assit sur une pierre, au bord du
chemin, et elle essaya d'imaginer la maison. Elle était
toute petite et blottie contre la falaise, ses volets et sa
porte fermés. Peut-être que désormais plus personne
n'y entrerait. Au-dessus des colonnes, sur le chapiteau
triangulaire, son nom était éclairé par le soleil, il disait
toujours :

ΧΑΡΙΣΜΑ

car c'était le mot le plus beau du monde.

Appuyée contre le rocher, Lullaby regarda encore
une fois, très longtemps, la mer, comme si elle ne
devait pas la revoir. Jusqu'à l'horizon, les vagues
serrées bougeaient. La lumière scintillait sur leurs
crêtes, comme du verre pilé. Le vent salé soufflait. La
mer mugissait entre les pointes des rochers, les branches des arbustes sifflaient. Lullaby se laissa gagner
encore une fois par l'ivresse étrange de la mer et du ciel
vide. Puis, vers midi, elle tourna le dos à la mer et elle

rejoignit en courant la route qui conduisait vers le centre-ville.

Dans les rues, le vent n'était pas le même. Il tournait sur lui-même, il passait en rafales qui claquaient les volets et soulevaient des nuages de poussière. Les gens n'aimaient pas le vent. Ils traversaient les rues en hâte, s'abritaient dans les coins de murs.

Le vent et la sécheresse avaient tout chargé d'électricité. Les hommes sautillaient nerveusement, s'interpellaient, se heurtaient, et quelquefois sur la chaussée noire deux autos s'emboutissaient en faisant de grands bruits de ferraille et de klaxon coincé.

Lullaby marchait dans les rues à grandes enjambées, les yeux à moitié fermés à cause de la poussière. Quand elle arriva au centre-ville, sa tête tournait comme prise par le vertige. La foule allait et venait, tourbillonnait comme les feuilles mortes. Les groupes d'hommes et de femmes s'aggloméraient, se dispersaient, se reformaient plus loin, comme la limaille de fer dans un champ magnétique. Où allaient-ils ? Que voulaient-ils ? Il y avait si longtemps que Lullaby n'avait vu tant de visages, d'yeux, de mains, qu'elle ne parvenait pas à comprendre. Le mouvement lent de la foule, le long des trottoirs, la prenait, la poussait en avant sans qu'elle sache où elle allait. Les gens passaient tout près d'elle, et elle sentait leur haleine, le frôlement de leurs mains. Un homme se pencha contre son visage et murmura quelque chose, mais c'était comme s'il parlait dans une langue inconnue.

Sans même s'en rendre compte, Lullaby entra dans un grand magasin, plein de lumière et de bruit. C'était comme si le vent soufflait aussi à l'intérieur, le long des allées, dans les escaliers, en faisant tournoyer les grandes pancartes. Les poignées des portes envoyaient des décharges électriques, les barres de néon luisaient comme des éclairs pâles.

Lullaby chercha la sortie du magasin, presque en courant. Quand elle passa devant la porte, elle heurta quelqu'un et elle murmura :

« Pardon, madame »

mais c'était seulement un grand mannequin de matière plastique, vêtu d'une cape de loden vert. Les bras écartés du mannequin vibraient un peu, et son visage pointu, couleur de cire, ressemblait à celui de la directrice. A cause du choc, la perruque noire du mannequin avait glissé de travers et tombait sur son œil aux cils pareils à des pattes d'insecte, et Lullaby se mit à rire et à frissonner en même temps.

Elle se sentait très fatiguée maintenant, vide. C'était peut-être parce qu'elle n'avait rien mangé depuis la veille, et elle entra dans un café. Elle s'assit au fond de la salle, là où il y avait un peu d'ombre. Le garçon de café était debout devant elle.

« Je voudrais une omelette », dit Lullaby.

Le garçon la regarda un instant, comme s'il ne comprenait pas. Puis il cria vers le comptoir :

« Une omelette pour la demoiselle ! »

Il continua à la regarder.

Lullaby prit une feuille de papier dans la poche de son blouson et elle essaya d'écrire. Elle voulait écrire une longue lettre, mais elle ne savait pas à qui l'envoyer. Elle voulait écrire à la fois à son père, à sœur Laurence, à M. Filippi, et au petit garçon à lunettes pour le remercier de son dessin. Mais ça n'allait pas. Alors elle froissa la feuille de papier, en prit une autre. Elle commença :

« Madame la Directrice,
Veuillez excuser ma fille de ne pouvoir reprendre les
cours actuellement, car son état de santé demande »

Elle s'arrêta encore. Demande quoi ? Elle n'arrivait
pas à penser à quoi que ce soit.

« L'omelette de la demoiselle », dit la voix du garçon
de café. Il posait l'assiette sur la table et regardait
Lullaby d'un air bizarre.

Lullaby froissa la deuxième feuille de papier et elle
commença à manger l'omelette, sans relever la tête. La
nourriture chaude lui fit du bien, et elle put se lever
bientôt et marcher.

Quand elle arriva devant la porte du Lycée, elle
hésita quelques secondes.

Elle entra. La rumeur des voix d'enfants l'enveloppa
d'un seul coup. Elle reconnut tout de suite chaque
marronnier, chaque platane. Leurs branches maigres
étaient agitées par les bourrasques, et leurs feuilles
tournoyaient dans la cour. Elle reconnut aussi chaque
brique, chaque banc de matière plastique bleue, cha-
cune des fenêtres en verre dépoli. Pour éviter les
enfants qui couraient, elle alla s'asseoir sur un banc, au
fond de la cour. Elle attendit. Personne ne semblait
faire attention à elle.

Puis la rumeur décrut. Les groupes d'élèves
entraient dans les salles de classe, les portes se fermaient les unes après les autres. Bientôt il ne resta plus
que les arbres secoués par le vent, et la poussière et les
feuilles mortes qui dansaient en rond au milieu de la cour.

Lullaby avait froid. Elle se leva, et elle se mit à
chercher M. Filippi. Elle ouvrit les portes du bâtiment
préfabriqué, là où il y avait les laboratoires. Chaque
fois, elle surprenait une phrase qui restait un instant

suspendue dans l'air, puis qui repartait quand elle refermait la porte.

Lullaby traversa à nouveau la cour et elle frappa à la porte vitrée du concierge.

« Je voudrais voir M. Filippi », dit-elle.

L'homme la regarda avec étonnement.

« Il n'est pas encore arrivé », dit-il ; il réfléchit un peu. « Mais je crois que la Directrice vous cherche. Venez avec moi. »

Lullaby suivit docilement le concierge. Il s'arrêta devant une porte vernie et il frappa. Puis il ouvrit la porte et il fit signe à Lullaby d'entrer.

Derrière son bureau, la Directrice la regarda avec des yeux perçants.

« Entrez et asseyez-vous. Je vous écoute. »

Lullaby s'assit sur la chaise et regarda le bureau ciré. Le silence était si menaçant qu'elle voulut dire quelque chose.

« Je voudrais voir M. Filippi », dit-elle. « Il m'a écrit une lettre. »

La Directrice l'interrompit. Sa voix était froide et dure, comme son regard.

« Je sais. Il vous a écrit. Moi aussi. Il ne s'agit pas de ça, mais de vous. Où étiez-vous ? Vous avez sûrement des choses... intéressantes à raconter. Alors, je vous écoute, mademoiselle. »

Lullaby évita son regard.

« Ma mère... », commença-t-elle.

La Directrice cria presque.

« Votre mère sera mise au courant de tout ceci plus tard, et votre père aussi, naturellement. »

Elle montra une feuille de papier que Lullaby reconnut aussitôt.

« Et de cette lettre, qui est un faux ! »

Lullaby ne nia pas. Elle ne s'étonna même pas.

« Je vous écoute », répéta la Directrice. L'indifférence de Lullaby semblait la mettre peu à peu hors d'elle. C'était peut-être aussi la faute du vent, qui avait rendu tout électrique.

« Où étiez-vous, pendant tout ce temps ? »

Lullaby parla. Elle parla lentement, en cherchant un peu ses mots, parce qu'elle n'avait plus tellement l'habitude maintenant, et tandis qu'elle parlait, elle voyait devant elle, à la place de la Directrice, la maison à colonnes blanches, les rochers, et le beau nom grec qui brillait dans le soleil. C'était tout cela qu'elle essayait de raconter à la Directrice, la mer bleue avec les reflets comme des diamants, le bruit profond des vagues, l'horizon comme un fil noir, le vent salé où planent les sternes. La Directrice écoutait, et son visage prit pendant un instant une expression de stupéfaction intense. Ainsi, elle ressemblait tout à fait au mannequin avec sa perruque noire de travers, et Lullaby dut faire des efforts pour ne pas sourire. Quand elle s'arrêta de parler, il y eut quelques secondes de silence. Puis le visage de la Directrice changea encore, comme si elle cherchait sa voix. Lullaby fut étonnée d'entendre son timbre. Ce n'était plus du tout la même voix, c'était devenu plus grave et plus doux.

« Ecoutez, mon enfant », dit la Directrice.

Elle se pencha sur son bureau ciré en regardant Lullaby. Sa main droite tenait un stylo noir cerclé d'un fil d'or.

« Mon enfant, je suis prête à oublier tout cela. Vous pourrez retourner en classe comme avant. Mais vous devez me dire... »

Elle hésita.

« Vous comprenez, je veux votre bien. Il faut me dire toute la vérité. »

Lullaby ne répondit pas. Elle ne comprenait pas ce que voulait dire la Directrice.

« Vous pouvez me parler sans crainte, tout restera entre nous. »

Comme Lullaby ne répondait toujours pas, la Directrice dit très vite, à voix presque basse :

« Vous avez un petit ami, n'est-ce pas ? »

Lullaby voulut protester, mais la Directrice l'empêcha de parler.

« Inutile de nier, certaines — certaines de vos camarades vous ont vue avec un garçon. »

« Mais c'est faux ! » dit Lullaby ; elle n'avait pas crié, mais la Directrice fit comme si elle avait crié, et elle dit très fort :

« Je veux savoir son nom ! »

« Je n'ai pas de petit ami », dit Lullaby. Elle comprit tout d'un coup pourquoi le visage de la Directrice avait changé ; c'était parce qu'elle mentait. Alors, elle sentit son propre visage qui devenait comme une pierre, froid et lisse, et elle regarda la Directrice droit dans les yeux, parce que maintenant, elle ne la craignait plus.

La Directrice se troubla, et dut détourner son regard. Elle dit d'abord, avec une voix douce, presque tendre.

« Il faut me dire la vérité, mon enfant, c'est pour votre bien. »

Puis son timbre redevint dur et méchant.

« Je veux savoir le nom de ce garçon ! »

Lullaby sentit la colère grandir en elle. C'était très froid et très lourd comme la pierre, et cela s'installait dans ses poumons, dans sa gorge ; son cœur se mit à battre très vite, comme lorsqu'elle avait vu les phrases obscènes sur les murs de la maison grecque.

« Je ne connais pas de garçon, c'est faux, c'est faux ! » cria-t-elle ; et elle voulut se lever pour s'en aller. Mais la Directrice fit un geste pour la retenir.

« Restez, restez, ne partez pas ! » Sa voix était à nouveau plus basse, un peu cassée. « Je ne dis pas cela pour vous — c'est pour votre bien, mon enfant, c'est seulement pour vous aider, il faut que vous compreniez — je veux dire — »

Elle lâcha le petit stylo noir à bout doré et elle joignit nerveusement ses mains maigres. Lullaby se rassit et ne bougea plus. Elle respirait à peine, et son visage était devenu tout à fait blanc, comme un masque de pierre. Elle se sentait faible, peut-être parce qu'elle avait si peu mangé et dormi, tous ces jours, au bord de la mer.

« C'est mon devoir de vous protéger contre les dangers de la vie », dit la Directrice. « Vous ne pouvez pas savoir, vous êtes trop jeune. M. Filippi m'a parlé de vous en termes très élogieux, vous êtes un bon élément, et je ne voudrais pas que — qu'un accident vienne gâcher tout cela bêtement... »

Lullaby entendait sa voix très loin, comme par-dessus un mur, déformée par le mouvement du vent. Elle voulait parler, mais elle n'arrivait pas bien à bouger les lèvres.

« Vous avez traversé une période difficile, depuis — depuis ce qui est arrivé à votre mère, son séjour à l'hôpital. Vous voyez, je suis au courant de tout cela, et cela m'aide à vous comprendre, mais il faut que vous m'aidiez aussi, il faut que vous fassiez un effort... »

« Je voudrais voir... M. Filippi... », dit enfin Lullaby.

« Vous le verrez plus tard, vous le verrez », dit la Directrice. « Mais il faut que vous me disiez enfin la vérité, où vous étiez. »

« Je vous ai dit, je regardais la mer, j'étais cachée dans les rochers et je regardais la mer. »

« Avec qui ? »

« J'étais seule, je vous l'ai dit, seule. »

« C'est faux ! »

La Directrice avait crié, et elle se reprit tout de suite.

« Si vous ne voulez pas me dire avec qui vous étiez, je vais être obligée d'écrire à vos parents. Votre père... »

Le cœur de Lullaby se remit à battre très fort.

« Si vous faites cela, je ne reviendrai plus jamais ici ! » Elle sentit la force de ses paroles, et elle répéta lentement, sans détourner les yeux.

« Si vous écrivez à mon père, je ne reviendrai plus ici, ni dans aucune autre école. »

La Directrice se tut un long moment, et le silence emplit la grande salle, comme un vent froid. Puis la Directrice se leva. Elle regarda la jeune fille avec attention.

« Il ne faut pas vous mettre dans cet état », dit-elle enfin. « Vous êtes très pâle, vous êtes fatiguée. Nous reparlerons de tout cela une autre fois. »

Elle consulta sa montre.

« Le cours de M. Filippi va commencer dans quelques minutes. Vous pouvez y aller. »

Lullaby se leva lentement. Elle marcha vers la grande porte. Elle se retourna une fois avant de sortir.

« Merci madame », dit-elle.

La cour du Lycée était à nouveau remplie d'élèves. Le vent secouait les branches des platanes et des marronniers, et les voix des enfants faisaient un brouhaha qui enivrait. Lullaby traversa lentement la cour, en évitant les groupes d'élèves et les enfants qui couraient. Quelques filles lui firent signe, de loin, mais sans oser s'approcher, et Lullaby leur répondit par un sourire léger. Quand elle arriva devant le bâtiment préfabriqué, elle vit la silhouette de M. Filippi, près du pilier B. Il était toujours vêtu de son complet bleu-gris, et il fumait une cigarette en regardant devant lui.

Lullaby s'arrêta. Le professeur l'aperçut, et vint à sa rencontre en faisant des signes joyeux de la main.

« Eh bien ? Eh bien ? » dit-il. C'est tout ce qu'il trouvait à dire.

« Je voulais vous demander... », commença Lullaby.

« Quoi ? »

« Pour la mer, la lumière, j'avais beaucoup de questions à vous demander. »

Mais Lullaby s'aperçut tout à coup qu'elle avait oublié ses questions. M. Filippi la regarda d'un air amusé.

« Vous avez fait un voyage ? » demanda-t-il.

« Oui... », dit Lullaby.

« Et... C'était bien ? »

« Oh oui ! C'était très bien. »

La sonnerie retentit au-dessus de la cour, dans les galeries.

« Je suis bien content... », dit M. Filippi. Il éteignit sa cigarette sous son talon.

« Vous me raconterez tout ça plus tard », dit-il. La lueur amusée brillait dans ses yeux bleus, derrière ses lunettes.

« Vous n'allez plus partir en voyage, maintenant ? »

« Non », dit Lullaby.

« Bon, il faut y aller », dit M. Filippi. Il répéta encore : « Je suis bien content. » Il se tourna vers la jeune fille avant d'entrer dans le bâtiment préfabriqué.

« Et vous me demanderez ce que vous voudrez, tout à l'heure, après le cours. J'aime beaucoup la mer, moi aussi. »

La montagne du dieu vivant

Le mont Reyðarbarmur était à droite du chemin de terre. Dans la lumière du 21 juin il était très haut et large, dominant le pays de steppes et le grand lac froid, et Jon ne voyait que lui. Pourtant, ce n'était pas la seule montagne. Un peu plus loin, il y avait le massif du Kalfstindar, les grandes vallées creusées jusqu'à la mer, et au nord, la masse sombre des gardiens des glaciers. Mais Reyðarbarmur était plus beau que tous les autres, il semblait plus grand, plus pur, à cause de la ligne douce qui allait sans s'interrompre de sa base à son sommet. Il touchait le ciel, et les volutes des nuages passaient sur lui comme une fumée de volcan.

Jon marchait vers Reyðarbarmur maintenant. Il avait laissé sa bicyclette neuve contre un talus, au bord du chemin, et il marchait à travers le champ de bruyères et de lichen. Il ne savait pas bien pourquoi il marchait vers Reyðarbarmur. Il connaissait cette montagne depuis toujours, il la voyait chaque matin depuis son enfance, et pourtant, aujourd'hui, c'était comme si Reyðarbarmur lui était apparu pour la première fois. Il la voyait aussi quand il partait à pied pour l'école, le long de la route goudronnée. Il n'y avait pas un endroit de la vallée d'où on ne pût la voir. C'était comme un château sombre qui culminait au-dessus des étendues de mousse et de lichen, au-dessus des pâtures des moutons et des villages, et qui regardait tout le pays.

Jon avait posé sa bicyclette contre le talus mouillé. Aujourd'hui, c'était le premier jour qu'il sortait sur sa bicyclette, et d'avoir lutté contre le vent, tout le long de la pente qui conduisait au pied de la montagne, l'avait essoufflé, et ses joues et ses oreilles étaient brûlantes.

C'était peut-être la lumière qui lui avait donné envie d'aller jusqu'à Reyðarbarmur. Pendant les mois d'hiver, quand les nuages glissent au ras du sol en jetant le grésil, la montagne semblait très loin, inaccessible. Quelquefois elle était entourée d'éclairs, toute bleue dans le ciel noir, et les gens des vallées avaient peur. Mais Jon, lui, n'avait pas peur d'elle. Il la regardait, et c'était un peu comme si elle le regardait elle aussi, du fond des nuages, par-dessus la grande steppe grise.

Aujourd'hui, c'était peut-être cette lumière du mois de juin qui l'avait conduit jusqu'à la montagne. La lumière était belle et douce, malgré le froid du vent. Tandis qu'il marchait sur la mousse humide, Jon voyait les insectes qui bougeaient dans la lumière, les jeunes moustiques et les moucherons qui volaient au-dessus des plantes. Les abeilles sauvages circulaient entre les fleurs blanches, et dans le ciel, les oiseaux effilés battaient très vite des ailes, suspendus au-dessus des flaques d'eau, puis disparaissaient d'un seul coup dans le vent. C'étaient les seuls êtres vivants.

Jon s'arrêta pour écouter le bruit du vent. Ça faisait une musique étrange et belle dans les creux de la terre et dans les branches des buissons. Il y avait aussi les cris des oiseaux cachés dans la mousse ; leurs piaillements suraigus grandissaient dans le vent, puis s'étouffaient.

La belle lumière du mois de juin éclairait bien la

montagne. A mesure que Jon s'approchait, il s'apercevait qu'elle était moins régulière qu'elle ne paraissait,
de loin ; elle sortait tout d'un bloc de la plaine de
basalte, comme une grande maison ruinée. Il y avait
des pans très hauts, d'autres brisés à mi-hauteur, et des
failles noires qui divisaient ses murs comme des traces
de coups. Au pied de la montagne coulait un ruisseau.

Jon n'en avait jamais vu de semblable. C'était un
ruisseau limpide, couleur de ciel, qui glissait lentement en sinuant à travers la mousse verte. Jon s'approcha doucement, en tâtant le sol du bout du pied, pour
ne pas s'enliser dans une mare. Il s'agenouilla au bord
du ruisseau.

L'eau bleue coulait en chantonnant, très lisse et pure
comme du verre. Le fond du ruisseau était recouvert de
petits cailloux, et Jon plongea son bras pour en
ramasser un. L'eau était glacée, et plus profonde qu'il
pensait, et il dut avancer son bras jusqu'à l'aisselle. Ses
doigts saisirent un seul caillou blanc et un peu transparent, en forme de cœur.

Soudain, encore une fois, Jon eut l'impression que
quelqu'un le regardait. Il se redressa en frissonnant, la
manche de sa veste trempée d'eau glacée. Il se
retourna, regarda autour de lui. Mais aussi loin qu'il
pût voir, il n'y avait que la vallée qui descendait en
pente douce, la grande plaine de mousse et de lichen,
où passait le vent. Maintenant, il n'y avait même plus
d'oiseaux.

Tout à fait au bas de la pente, Jon aperçut la tache
rouge de sa bicyclette neuve posée contre la mousse du
talus, et cela le rassura.

Ce n'était pas exactement un regard qui était venu,
quand il était penché sur l'eau du ruisseau. C'était
aussi un peu comme une voix qui aurait prononcé son
nom, très doucement, à l'intérieur de son oreille, une

voix légère et douce qui ne ressemblait à rien de connu. Ou bien une onde, qui l'avait enveloppé comme la lumière, et qui l'avait fait tressaillir, à la manière d'un nuage qui s'écarte et montre le soleil.

Jon longea un instant le ruisseau, à la recherche d'un gué. Il le trouva plus haut, à la sortie d'un méandre, et il traversa. L'eau cascadait sur les cailloux plats du gué, et des touffes de mousse verte détachées des berges glissaient sans bruit, descendaient. Avant de continuer sa marche, Jon s'agenouilla à nouveau au bord du ruisseau et il but plusieurs gorgées de la belle eau glacée.

Les nuages s'écartaient, se refermaient, la lumière changeait sans cesse. C'était une lumière étrange, parce qu'elle semblait ne rien devoir au soleil ; elle flottait dans l'air, autour des murs de la montagne. C'était une lumière très lente, et Jon comprit qu'elle allait durer des mois encore, sans faiblir, jour après jour, sans laisser place à la nuit. Elle était née maintenant, sortie de la terre, allumée dans le ciel parmi les nuages, comme si elle devait vivre toujours. Jon sentit qu'elle entrait en lui par toute la peau de son corps et de son visage. Elle brûlait et pénétrait les pores comme un liquide chaud, elle imprégnait ses habits et ses cheveux. Soudain il eut envie de se mettre nu. Il choisit un endroit où le champ de mousse formait une cuvette abritée du vent, et il ôta rapidement tous ses habits. Puis il se roula sur le sol humide, en frottant ses jambes et ses bras dans la mousse. Les touffes élastiques crissaient sous le poids de son corps, le couvraient de gouttes froides. Jon restait immobile, couché sur le dos, les bras écartés, regardant le ciel et écoutant le vent. A ce moment-là, au-dessus de Reyđarbarmur, les nuages s'ouvrirent et le soleil brûla le visage, la poitrine et le ventre de Jon.

Jon se rhabilla et recommença à marcher vers le mur de la montagne. Son visage était chaud et ses oreilles bruissaient, comme s'il avait bu de la bière. La mousse souple faisait rebondir ses pieds, et c'était un peu difficile de marcher droit. Quand le champ de mousse s'arrêta, Jon commença à escalader les contreforts de la montagne. Le terrain devenait chaotique, fait de blocs de basalte sombre et de chemins de pierre ponce qui crissait et s'effritait sous ses semelles.

Devant lui, la paroi de la montagne s'élevait, si haut qu'on n'en voyait pas le sommet. Il n'y avait pas moyen d'escalader à cet endroit. Jon contourna la muraille, remonta vers le nord, à la recherche d'un passage. Il le trouva soudain. Le souffle du vent dont la muraille l'avait abrité jusque-là, d'un seul coup le frappa, le fit tituber en arrière. Devant lui, une large faille séparait le rocher noir, formant comme une porte géante. Jon entra.

Entre les parois de la faille, de larges blocs de basalte s'étaient écroulés pêle-mêle, et il fallait monter lente-ment, en s'aidant de chaque entaille, de chaque fissure. Jon escaladait les blocs l'un après l'autre, sans repren-dre haleine. Une sorte de hâte était en lui, il voulait arriver en haut de la faille le plus vite possible. Plusieurs fois il manqua tomber à la renverse, parce que les blocs de pierre étaient couverts d'humidité et de lichen. Jon s'agrippait des deux mains, et à un moment, il cassa l'ongle de son index sans rien sentir. La chaleur continuait de circuler dans son sang, malgré le froid de l'ombre.

Au sommet de la faille, il se retourna. La grande vallée de lave et de mousse s'étendait à perte de vue, et le ciel était immense, roulant des nuages gris. Jon n'avait jamais rien vu de plus beau. C'était comme si la terre était devenue lointaine et vide, sans hommes,

sans bêtes, sans arbres, aussi grande et solitaire que
l'océan. Par endroits, au-dessus de la vallée, un nuage
crevait et Jon voyait les rayons obliques de la pluie, et
les halos de la lumière.

Jon regarda sans bouger la plaine, le dos appuyé
contre le mur de pierre. Il chercha des yeux la tache
rouge de sa bicyclette, et la forme de la maison de son
père, à l'autre bout de la vallée. Mais il ne put les voir.
Tout ce qu'il connaissait avait disparu, comme si la
mousse verte avait monté et avait tout recouvert. Seul,
au bas de la montagne, le ruisseau brillait, pareil à un
long serpent d'azur. Mais il disparaissait lui aussi, au
loin, comme s'il coulait à l'intérieur d'une grotte.

Tout à coup, Jon regarda fixement la faille sombre,
au-dessous de lui, et il frissonna ; il ne s'en était pas
rendu compte tandis qu'il escaladait les blocs, mais
chaque morceau de basalte formait la marche d'un
escalier géant.

Alors, encore une fois, Jon sentit l'étrange regard qui
l'entourait. La présence inconnue pesait sur sa tête, sur
ses épaules, sur tout son corps, un regard sombre et
puissant qui couvrait toute la terre. Jon releva la tête.
Au-dessus de lui, le ciel était plein d'une lumière
intense qui brillait d'un horizon à l'autre d'un seul
éclat. Jon ferma les yeux, comme devant la foudre. Puis
les larges nuages bas pareils à de la fumée s'unirent de
nouveau, couvrant la terre d'ombre. Jon resta longtemps les yeux fermés, pour ne pas sentir le vertige. Il
écouta le bruit du vent qui glissait sur les roches lisses,
mais la voix étrange et douce ne prononça pas son
nom. Elle chuchotait seulement, incompréhensible,
dans la musique du vent.

Etait-ce le vent ? Jon entendait des sons inconnus,
des voix de femmes marmonnantes, des bruits d'ailes,
des bruits de vagues. Parfois, du fond de la vallée

montaient de drôles de vrombissements d'abeille, des bourdonnements de moteur. Les bruits s'emmêlaient, résonnaient en écho sur les flancs de la montagne, glissaient comme l'eau des sources, s'enfonçaient dans le lichen et dans le sable.

Jon ouvrit les yeux. Ses mains s'accrochèrent à la paroi de rocher. Un peu de sueur mouillait son visage, malgré le froid. Maintenant, il était comme sur un vaisseau de lave, qui virait lentement en frôlant les nuages. Avec légèreté, la grande montagne glissait sur la terre, et Jon sentit le mouvement de balancier du tangage. Dans le ciel, les nuages se déroulaient, fuyaient comme des vagues immenses, en faisant clignoter la lumière.

Cela dura longtemps, aussi longtemps qu'un voyage vers une île. Puis Jon sentit le regard qui s'éloignait de lui. Il détacha ses doigts de la paroi du rocher. Au-dessus de lui, le sommet de la montagne apparaissait avec netteté. C'était un grand dôme de pierre noire, gonflé comme un ballon, lisse et brillant dans la lumière du ciel.

Les coulées de lave et de basalte faisaient une pente douce sur les côtés du dôme, et c'est par là que Jon choisit de continuer son ascension. Il montait à petits pas, zigzaguant comme une chèvre, le buste penché en avant. Maintenant le vent était libre, il le frappait avec violence, il faisait claquer ses habits. Jon serrait les lèvres, et ses yeux étaient brouillés par les larmes. Mais il n'avait pas peur, il ne sentait plus le vertige. Le regard inconnu ne pesait plus, à présent. Au contraire, il soutenait le corps, il poussait Jon vers le haut, avec toute sa lumière.

Jon n'avait jamais ressenti une telle impression de force. Quelqu'un qui l'aimait marchait à côté de lui, au même pas, soufflant au même rythme. Le regard inconnu le tirait vers le haut des roches, l'aidait à grimper. Quelqu'un venu du plus profond d'un rêve, et son pouvoir grandissait sans cesse, se gonflait comme un nuage. Jon posait ses pieds sur les plaques de lave, exactement là où il fallait, parce qu'il suivait peut-être des traces invisibles. Le vent froid le faisait haleter et brouillait sa vue, mais il n'avait pas besoin de voir. Son corps se dirigeait seul, s'orientait et mètre par mètre il s'élevait le long de la courbe de la montagne.

Il était seul au milieu du ciel. Autour de lui, maintenant, il n'y avait plus de terre, plus d'horizon, mais seulement l'air, la lumière, les nuages gris. Jon avançait avec ivresse vers le haut de la montagne, et ses gestes devenaient lents comme ceux d'un nageur. Parfois ses mains touchaient la dalle lisse et froide, son ventre frottait sur elle, et il sentait les bords coupants des fissures et les traces des veines de lave. La lumière gonflait la roche, gonflait le ciel, elle grandissait aussi dans son corps, elle vibrait dans son sang. La musique de la voix du vent emplissait ses oreilles, résonnait dans sa bouche. Jon ne pensait à rien, ne regardait rien. Il montait d'un seul effort, tout son corps montait, sans s'arrêter, vers le sommet de la montagne.

Il arriva peu à peu. La pente de basalte devint plus douce, plus longue. Jon était à présent comme dans la vallée, au pied de la montagne, mais une vallée de pierre, belle et vaste, étendue en une longue courbe jusqu'au commencement des nuages.

Le vent et la pluie avaient usé la pierre, l'avaient polie comme une meule. Par endroits, étincelaient des cristaux rouge sang, des stries vertes et bleues, des taches jaunes qui semblaient ondoyer dans la lumière. Plus haut, la vallée de pierre disparaissait dans les nuages ; ils glissaient sur elle en laissant traîner derrière eux des filaments, des mèches, et quand ils fondaient Jon voyait à nouveau la ligne pure de la courbe de pierre.

Ensuite, Jon fut tout à fait au sommet de la montagne. Il ne s'en aperçut pas tout de suite, parce que cela s'était fait progressivement. Mais quand il regarda autour de lui, il vit ce grand cercle noir dont il était le centre, et il comprit qu'il était arrivé. Le sommet de la montagne était ce plateau de lave qui touchait le ciel. Là, le vent soufflait, non plus par rafales, mais continu et puissant, tendu sur la pierre comme une lame. Jon fit quelques pas, en titubant. Son cœur battait très fort dans sa poitrine, poussait son sang dans ses tempes et dans son cou. Pendant un instant, il suffoqua, parce que le vent appuyait sur ses narines et sur ses lèvres.

Jon chercha un abri. Le sommet de la montagne était nu, sans une herbe, sans un creux. La lave luisait durement, comme de l'asphalte, fêlée par endroits, là où la pluie creusait ses gouttières. Le vent arrachait un peu de poussière grise qui s'échappait de la carapace, en fumées brèves.

C'était ici que la lumière régnait. Elle l'avait appelé, quand il marchait au pied de la montagne, et c'est pour cela qu'il avait laissé sa bicyclette renversée sur le talus de mousse, au bord du chemin. La lumière du ciel tourbillonnait ici, complètement libre. Sans cesse elle jaillissait de l'espace et frappait la pierre, puis rebondissait jusqu'aux nuages. La lave noire était pénétrée de cette lumière, lourde, profonde comme la mer en été. C'était une lumière sans chaleur, venue du plus loin de l'espace, la lumière de tous les soleils et de tous les astres invisibles, et elle rallumait les anciennes braises, elle faisait renaître les feux qui avaient brûlé sur la terre des millions d'années auparavant. La flamme brillait dans la lave, à l'intérieur de la monta-

gne, elle miroitait sous le souffle du vent froid. Jon
voyait maintenant devant lui, sous la pierre dure, tous
les courants mystérieux qui bougeaient. Les veines
rouges rampaient, tels des serpents de feu ; les bulles
lentes figées au cœur de la matière luisaient comme les
photogènes des animaux marins.

Le vent cessa soudain, comme un souffle qu'on
retient. Alors Jon put marcher vers le centre de la
plaine de lave. Il s'arrêta devant trois marques étranges. C'étaient trois cuvettes creusées dans la pierre.
L'une des cuvettes était remplie d'eau de pluie, et les
deux autres abritaient de la mousse et un arbuste
maigre. Autour des cuvettes, il y avait des pierres
noires éparses, et de la poudre de lave rouge qui roulait
dans les rainures.

C'était le seul abri. Jon s'assit au bord de la cuvette
qui contenait l'arbuste. Ici, le vent semblait ne jamais
souffler très fort. La lave était douce et lisse, tiédie par
la lumière du ciel. Jon s'appuya en arrière sur ses
coudes, et il regarda les nuages.

Il n'avait jamais vu les nuages d'aussi près. Jon
aimait bien les nuages. En bas, dans la vallée, il les
avait regardés souvent, couché sur le dos derrière le
mur de la ferme. Ou bien caché dans une crique du lac,
il était resté longtemps la tête renversée en arrière
jusqu'à ce qu'il sente les tendons de son cou durcis
comme des cordes. Mais ici, au sommet de la montagne, ce n'était pas pareil. Les nuages arrivaient vite, au
ras de la plaine de lave, ouvrant leurs ailes immenses.
Ils avalaient l'air et la pierre, sans bruit, sans effort, ils
écartaient leurs membranes démesurément. Quand ils
passaient sur le sommet de la montagne, tout devenait
blanc et phosphorescent, et la pierre noire se couvrait
de perles. Les nuages passaient sans ombre. Au
contraire, la lumière brillait avec plus de force, elle

rendait tout couleur de neige et d'écume. Jon regardait ses mains blanches, ses ongles pareils à des pièces de métal. Il renversait la tête et il ouvrait sa bouche pour boire les fines gouttes mêlées à la lumière éblouissante. Ses yeux grands ouverts regardaient la lueur d'argent qui emplissait l'espace. Alors il n'y avait plus de montagne, plus de vallées de mousse, ni de villages, plus rien ; plus rien, mais le corps du nuage qui fuyait vers le sud, qui comblait chaque trou, chaque rainure. La vapeur fraîche tournait longtemps sur le sommet de la montagne, aveuglait le monde. Puis, très vite, comme elle était venue, la nuée s'en allait, roulait vers l'autre bout du ciel.

Jon était heureux d'être arrivé ici, près des nuages. Il aimait leur pays, si haut, si loin des vallées et des routes des hommes. Le ciel se faisait et se défaisait sans cesse, autour du cercle de lave, la lumière du soleil intermittent bougeait comme les faisceaux des phares. Peut-être qu'il n'y avait rien d'autre, réellement. Peut-être que maintenant, tout bougerait sans cesse, en fumant, larges tourbillons, nœuds coulants, voiles, ailes, fleuves pâles. La lave noire glissait aussi, elle s'épandait et coulait vers le bas, la lave froide très lente qui débordait des lèvres du volcan.

Quand les nuages s'en allaient, Jon regardait leurs dos ronds qui couraient dans le ciel. Alors l'atmosphère reparaissait, très bleue, vibrante de la lumière du soleil et les blocs de lave durcissaient de nouveau.

Jon se mit à plat ventre et toucha la lave. Tout à coup, il vit un caillou bizarre, posé au bord de la cuvette remplie d'eau de pluie. Il s'approcha à quatre pattes pour l'examiner. C'était un bloc de lave noire, sans doute détaché de la masse par l'érosion. Jon voulut le retourner, mais sans y parvenir. Il était soudé au sol par un poids énorme qui ne correspondait pas à sa taille.

Alors Jon sentit le même frisson que tout à l'heure, quand il escaladait les blocs du ravin. Le caillou avait exactement la forme de la montagne. Il n'y avait pas de doute possible : c'était la même base large, anguleuse, et le même sommet hémisphérique. Jon se pencha plus près, et il distingua clairement la faille par où il était monté. Sur le caillou, cela formait juste une fissure, mais dentelée comme les marches de l'escalier géant qu'il avait escaladé.

Jon approcha son visage de la pierre noire, jusqu'à ce que sa vue devienne trouble. Le bloc de lave grandissait, emplissait tout son regard, s'étendait autour de lui. Jon sentait peu à peu qu'il perdait son corps, et son poids. Maintenant il flottait, couché sur le dos gris des nuages, et la lumière le traversait de part en part. Il voyait au-dessous de lui les grandes plaques de lave brillantes d'eau et de soleil, les taches rouillées du lichen, les ronds bleus des lacs. Lentement, il glissait au-dessus de la terre, car il était devenu semblable à un nuage, léger et qui changeait de forme. Il était une fumée grise, une vapeur, qui s'accrochait aux rochers et déposait ses gouttes fines.

Jon ne quittait plus la pierre du regard. Il était heureux comme cela, il caressait longuement la surface lisse avec ses mains ouvertes. La pierre vibrait sous ses doigts comme une peau. Il sentait chaque bosse, chaque fissure, chaque marque polie par le temps, et la douce chaleur de la lumière faisait un tapis léger, pareil à la poussière.

Son regard s'arrêta au sommet du caillou. Là, sur la surface arrondie et brillante, il vit trois trous minuscules. C'était une ivresse étrange de voir l'endroit même où il se trouvait. Jon regarda avec une attention presque douloureuse les marques des cuvettes, mais il ne put voir le drôle d'insecte noir qui se tenait immobile au sommet de la pierre.

Il resta longtemps à regarder le bloc de lave. Par son regard, il sentit qu'il s'échappait peu à peu de lui-même. Il ne perdait pas connaissance, mais son corps s'engourdissait lentement. Ses mains devenaient froides, posées à plat de chaque côté de la montagne. Sa tête s'appuya, le menton contre la pierre, et ses yeux devinrent fixes.

Pendant ce temps, le ciel autour de la montagne se défaisait et se reformait. Les nuages glissaient sur la plaine de lave, les gouttelettes coulaient sur le visage de Jon, s'accrochaient à ses cheveux. Le soleil luisait parfois, avec de grands éclats brûlants. Le souffle du vent circulait autour de la montagne, longuement, tantôt dans un sens, tantôt dans l'autre.

Puis Jon entendit les coups de son cœur, mais loin à l'intérieur de la terre, loin, jusqu'au fond de la lave, jusqu'aux artères du feu, jusqu'aux socles des glaciers. Les coups ébranlaient la montagne, vibraient dans les veines de lave, dans le gypse, sur les cylindres de basalte. Ils résonnaient au fond des cavernes, dans les failles, et le bruit régulier devait parcourir les vallées de mousse, jusqu'aux maisons des hommes.

« Dom-dom, dom-dom, dom-dom, dom-dom, dom-dom, dom-dom »

C'était le bruit lourd qui entraînait vers un autre monde, comme au jour de la naissance, et Jon voyait devant lui la grande pierre noire qui palpitait dans la lumière. A chaque pulsation, toute la clarté du ciel oscillait, accrue par une décharge fulgurante. Les nuages se dilataient, gonflés d'électricité, phosphorescents comme ceux qui glissent autour de la pleine lune.

Jon perçut un autre bruit, un bruit de mer profonde,

qui raclait lourdement, un bruit de vapeur qui fuse, et cela aussi l'entraînait plus loin. C'était difficile de résister au sommeil. D'autres bruits surgissaient sans cesse, des bruits nouveaux, vibrations de moteurs, cris d'oiseaux, grincements de treuils, trépidations de liquides bouillant.

Tous les bruits naissaient, venaient, s'éloignaient, revenaient encore, et cela faisait une musique qui emportait au loin. Jon ne faisait plus d'effort pour revenir, à présent. Complètement inerte, il sentit qu'il descendait quelque part, vers le sommet du caillou noir peut-être, au bord des trous minuscules.

Quand il ouvrit les yeux à nouveau, il vit tout de suite l'enfant au visage clair qui était debout sur la dalle de lave, devant le réservoir d'eau. Autour de l'enfant, la lumière était intense, car il n'y avait plus de nuages dans le ciel.

« Jon ! » dit l'enfant. Sa voix était douce et fragile, mais son visage clair souriait.

« Comment sais-tu mon nom ? » demanda Jon.

L'enfant ne répondait pas. Il restait immobile au bord de la cuvette d'eau, un peu tourné de côté comme s'il était prêt à s'enfuir.

« Et toi, comment t'appelles-tu ? » demanda Jon. « Je ne te connais pas. » Il ne bougeait pas, pour ne pas effrayer l'enfant.

« Pourquoi es-tu venu ? Jamais personne ne vient sur la montagne. »

« Je voulais voir la vue qu'on a d'ici », dit Jon. « Je pensais qu'on voyait tout de très haut, comme les oiseaux. »

Il hésita un peu, puis il dit :

« Tu habites ici ? »

L'enfant continuait à sourire. La lumière qui l'entourait semblait sortir de ses yeux et de ses cheveux.

« Es-tu berger ? Tu es habillé comme les bergers. »

« Je vis ici », dit l'enfant. « Tout ce que tu vois ici est à moi. »

Jon regarda l'étendue de lave et le ciel.

« Tu te trompes », dit-il. « Ça n'appartient à personne. »

Jon fit un geste pour se mettre debout. Mais l'enfant fit un bond de côté, comme s'il allait partir.

« Je ne bouge pas », dit Jon pour le rassurer. « Reste, je ne vais pas me lever. »

« Tu ne dois pas te lever maintenant », dit l'enfant.

« Alors viens t'asseoir à côté de moi. »

L'enfant hésita. Il regardait Jon comme s'il cherchait à deviner ses pensées. Puis il s'approcha et s'assit en tailleur à côté de Jon.

« Tu ne m'as pas répondu. Quel est ton nom ? » demanda Jon.

« Ça n'a pas d'importance, puisque tu ne me connais pas », dit l'enfant. « Moi, je ne t'ai pas demandé ton nom. »

« C'est vrai », dit Jon. Mais il sentit qu'il aurait dû être étonné.

« Dis-moi, alors, que fais-tu ici ? Où habites-tu ? Je n'ai pas vu de maison en montant. »

« C'est toute ma maison », dit l'enfant. Ses mains bougeaient lentement, avec des gestes gracieux que Jon n'avait jamais vus.

« Tu vis réellement ici ? » demanda Jon. « Et ton père, ta mère ? Où sont-ils ? »

« Je n'en ai pas. »

« Tes frères ? »

« Je vis tout seul, je viens de te le dire. »

« Tu n'as pas peur ? Tu es bien jeune pour vivre seul. »

L'enfant sourit encore.

« Pourquoi aurais-je peur ? Est-ce que tu as peur, dans ta maison ? »

« Non », dit Jon. Il pensait que ce n'était pas la même chose, mais il n'osa pas le dire.

Ils restèrent en silence pendant un moment, puis l'enfant dit :

« Il y a très longtemps que je vis ici. Je connais chaque pierre de cette montagne mieux que tu ne connais ta chambre. Sais-tu pourquoi je vis ici ? »

« Non », dit Jon.

« C'est une longue histoire », dit l'enfant. « Il y a longtemps, très longtemps, beaucoup d'hommes sont arrivés, ils ont installé leurs maisons sur les rivages, dans les vallées, et les maisons sont devenues des villages, et les villages sont devenus des villes. Même les oiseaux ont fui. Même les poissons avaient peur. Alors moi aussi j'ai quitté les rivages, les vallées, et je suis venu sur cette montagne. Maintenant toi aussi tu es venu sur cette montagne, et les autres viendront après toi. »

« Tu parles comme si tu étais très vieux », dit Jon. « Pourtant tu n'es qu'un enfant ! »

« Oui, je suis un enfant », dit l'enfant. Il regardait Jon fixement, et son regard bleu était plein d'une telle lumière que Jon dut baisser les yeux.

La lumière du mois de juin était plus belle encore. Jon pensa qu'elle sortait peut-être des yeux de l'étrange berger, et qu'elle se répandait jusqu'au ciel, jusqu'à la mer. Au-dessus de la montagne, le ciel s'était vidé de ses nuages, et la pierre noire était douce et tiède. Jon n'avait plus sommeil, à présent. Il regardait de toutes ses forces l'enfant assis à côté de lui. Mais l'enfant regardait ailleurs. Il y avait un silence intense, sans un souffle de vent.

L'enfant se tourna de nouveau vers Jon.

« Sais-tu jouer de la musique ? » » demanda-t-il.
« J'aime beaucoup la musique. »

Jon secoua la tête, puis il se souvint qu'il portait dans sa poche une petite guimbarde. Il sortit l'objet et le montra à l'enfant.

« Tu peux jouer de la musique avec cela ? » demanda l'enfant. Jon lui tendit la guimbarde et l'enfant l'examina un instant.

« Que veux-tu que je te joue ? » demanda Jon.

« Ce que tu sais jouer, n'importe ! J'aime toutes les musiques. »

Jon mit la guimbarde dans sa bouche, et il fit vibrer avec son index la petite lame de métal. Il joua un air qu'il aimait bien, *Draumkvaeði*, un vieil air que son père lui avait appris autrefois.

Les sons nasillards de la guimbarde résonnaient loin dans la plaine de lave, et l'enfant écouta en penchant un peu la tête de côté.

« C'est joli », dit l'enfant quand Jon eut terminé. « Joue encore pour moi, s'il te plaît. »

Sans bien comprendre pourquoi, Jon se sentit heureux que sa musique plaise au jeune berger.

« Je sais aussi jouer *Manstu ekki vina* », dit Jon. « C'est une chanson étrangère. »

En même temps qu'il jouait, il marquait la mesure du pied sur la dalle de lave.

L'enfant écoutait, et ses yeux brillaient de contentement.

« J'aime ta musique », dit-il enfin. « Sais-tu jouer d'autres musiques ? »

Jon réfléchit.

« Mon frère me prête quelquefois sa flûte. Il a une belle flûte, toute en argent, et il me la prête quelquefois pour jouer. »

« J'aimerais bien entendre cette musique-là aussi. »

« J'essaierai de lui emprunter sa flûte, la prochaine fois », dit Jon. « Peut-être qu'il voudra venir lui aussi, pour te jouer de la musique. »

« J'aimerais bien », dit l'enfant.

Puis Jon recommença à jouer de la guimbarde. La lame de métal vibrait fort dans le silence de la montagne, et Jon pensait qu'on l'entendait peut-être jusqu'au bout de la vallée, jusqu'à la ferme. L'enfant s'approcha de lui. Il bougeait ses mains en cadence, sa tête s'inclinait un peu. Ses yeux clairs brillaient, et il se mettait à rire, quand la musique devenait vraiment trop nasillarde. Alors Jon ralentissait le rythme, faisait chanter des notes longues qui tremblaient dans l'air, et le visage de l'enfant redevenait grave, ses yeux reprenaient la couleur de la mer profonde.

A la fin, il s'arrêta, à bout de souffle. Ses dents et ses lèvres lui faisaient mal.

L'enfant battit des mains et dit :

« C'est beau ! Tu sais jouer de la belle musique ! »

« Je sais parler aussi avec la guimbarde », dit Jon.

L'enfant avait l'air étonné.

« Parler ? Comment peux-tu parler avec cet objet ? »

Jon remit la guimbarde dans sa bouche, et très lentement, il prononça quelques paroles en faisant vibrer la lame de métal.

« As-tu compris ? »

« Non », dit l'enfant.

« Ecoute mieux. »

Jon recommença, encore plus lentement. Le visage de l'enfant s'éclaira.

« Tu as dit : bonjour mon ami ! »

« C'est cela. »

Jon expliqua :

« Chez nous, en bas, dans la vallée, tous les garçons savent faire cela. Quand l'été vient, on va dans les champs, derrière les fermes, et on parle comme ça aux filles, avec nos guimbardes. Quand on a trouvé une fille qui nous plaît, on va derrière chez elle, le soir, et on lui parle comme ça, pour que ses parents ne comprennent pas. Les filles aiment bien cela. Elles mettent la tête à leur fenêtre et elles écoutent ce qu'on leur dit, avec la musique. »

Jon montra à l'enfant comment on disait : « Je t'aime, je t'aime, je t'aime », rien qu'en grattant la lame de fer de la guimbarde et en bougeant la langue dans sa bouche.

« C'est facile », dit Jon. Il donna l'instrument à l'enfant, qui essaya à son tour de parler en grattant la lame de métal. Mais ça ne ressemblait pas du tout à un langage et ensemble ils éclatèrent de rire.

L'enfant n'avait plus du tout de méfiance, maintenant. Jon lui montra aussi comment jouer les airs de musique, et les sons nasillards résonnèrent longtemps dans la montagne.

Puis la lumière déclina un peu. Le soleil descendit tout près de l'horizon, dans une brume rouge. Le ciel s'alluma bizarrement, comme s'il y avait un incendie. Jon regarda le visage de son compagnon, et il lui sembla qu'il avait changé de couleur. Sa peau et ses cheveux devenaient gris comme la cendre, et ses yeux avaient la teinte du ciel. La douce chaleur diminuait peu à peu. Le froid arriva comme un frisson. A un moment, Jon voulut se lever pour partir, mais l'enfant posa sa main sur son bras.

« Ne pars pas, je t'en prie », dit-il simplement.

« Il faut que je redescende maintenant, il doit être tard déjà. »

« Ne pars pas. La nuit va être claire, tu peux rester ici jusqu'à demain matin. »

Jon hésita.

« Ma mère et mon père m'attendent chez nous », dit-il.

L'enfant réfléchit. Ses yeux gris brillaient avec force.

« Ton père et ta mère se sont endormis », dit-il ; « ils ne se réveilleront pas avant demain matin. Tu peux rester ici. »

« Comment sais-tu qu'ils dorment ? » demanda Jon. Mais il comprit que l'enfant disait la vérité. L'enfant sourit.

« Tu sais jouer de la musique et parler avec la musique. Moi je sais d'autres choses. »

Jon prit la main de l'enfant et la serra. Il ne savait pourquoi, mais il n'avait jamais ressenti un tel bonheur auparavant.

« Apprends-moi d'autres choses », dit-il ; « tu sais tellement de choses ! »

Au lieu de lui répondre, l'enfant se leva d'un bond et courut vers le réservoir. Il prit un peu d'eau dans ses mains en coupe, et il l'apporta à Jon. Il approcha ses mains de la bouche de Jon.

« Bois ! » dit-il.

Jon obéit. L'enfant versa doucement l'eau entre ses lèvres. Jon n'avait jamais bu une eau comme celle-là. Elle était douce et fraîche, mais dense et lourde aussi, et elle semblait parcourir tout son corps comme une source. C'était une eau qui rassasiait la soif et la faim, qui bougeait dans les veines comme une lumière.

« C'est bon », dit Jon. « Quelle est cette eau ? »

« Elle vient des nuages », dit l'enfant. « Jamais personne ne l'a regardée. »

L'enfant était debout devant lui sur la dalle de lave.

« Viens, je vais te montrer le ciel maintenant. »

Jon mit sa main dans la main de l'enfant et ils marchèrent ensemble sur le sommet de la montagne. L'enfant allait légèrement, un peu au-devant, ses pieds

nus glissant à peine sur le sol. Ils marchèrent ainsi
jusqu'au bout du plateau de lave, là où la montagne
dominait la terre comme un promontoire.

Jon regarda le ciel ouvert devant eux. Le soleil avait
complètement disparu derrière l'horizon, mais la
lumière continuait d'illuminer les nuages. En bas, très
loin, sur la vallée, il y avait une ombre légère qui
voilait le relief. On ne voyait plus le lac, ni les collines,
et Jon ne pouvait pas reconnaître le pays. Mais le ciel
immense était plein de lumière, et Jon vit tous les
nuages, longs, couleur de fumée, étendus dans l'air
jaune et rose. Plus haut, le bleu commençait, un bleu
profond et sombre qui vibrait de lumière aussi, et Jon
aperçut le point blanc de Vénus, qui brillait seul
comme un phare.

Ensemble ils s'assirent sur le rebord de la montagne
et ils regardèrent le ciel. Il n'y avait pas un souffle de
vent, pas un bruit, pas un mouvement. Jon sentit
l'espace entrer en lui et gonfler son corps, comme s'il
retenait sa respiration. L'enfant ne parlait pas. Il était
immobile, le buste droit, la tête un peu en arrière, et il
regardait le centre du ciel.

Une à une, les étoiles s'allumèrent, écartant leurs
huit rayons aigus. Jon sentit à nouveau la pulsation
régulière dans sa poitrine et dans les artères de son
cou, car cela venait du centre du ciel à travers lui et
résonnait dans toute la montagne. La lumière du jour
battait aussi, tout près de l'horizon, répondant aux
palpitations du ciel nocturne. Les deux couleurs, l'une
sombre et profonde, l'autre claire et chaude, étaient
unies au zénith, et bougeaient d'un même mouvement
de balancier.

Jon recula sur la pierre, et il se coucha sur le dos, les
yeux ouverts. Maintenant il entendait avec netteté le
bruit, le grand bruit qui venait de tous les coins de

l'espace et se réunissait au-dessus de lui. Ce n'étaient pas des paroles, ni même de la musique, et pourtant il lui semblait qu'il comprenait ce que cela voulait dire, comme des mots, comme des phrases de chanson. Il entendait la mer, le ciel, le soleil, la vallée qui criaient comme des animaux. Il entendait les sons lourds prisonniers des gouffres, les murmures cachés au fond des puits, au fond des failles. Quelque part venu du nord, le bruit continu et lisse des glaciers, le froissement qui avance et grince sur le socle des pierres. La vapeur fusait des solfatares, en jetant des cris aigus, et les hautes flammes du soleil ronflaient comme des forges. Partout, l'eau glissait, la boue faisait éclater des nuages de bulles, les graines dures se fendaient et germaient sous la terre. Il y avait les vibrations des racines, le goutte-à-goutte de la sève dans les troncs des arbres, le chant éolien des herbes coupantes. Puis venaient d'autres bruits encore, que Jon connaissait mieux, les moteurs des camionnettes et des pompes, les cliquetis des chaînes de métal, les scies électriques, les martèlements des pistons, les sirènes des navires. Un avion déchirait l'air avec ses quatre turboréacteurs, loin au-dessus de l'Océan. Une voix d'homme parlait, quelque part dans une salle d'école, mais était-ce bien un homme ? C'était un chant d'insecte, plutôt, qui se transformait en chuintement grave, en borborygme, ou bien qui se divisait en sifflements stridents. Les ailes des oiseaux de mer ronronnaient au-dessus des falaises, les mouettes et les goélands piaulaient. Tous les bruits emportaient Jon, son corps flottait au-dessus de la dalle de lave, glissait comme sur un radeau de mousse, tournait dans d'invisibles remous, tandis que dans le ciel, à la limite du jour et de la nuit, les étoiles brillaient de leur éclat fixe.

Jon resta longtemps, comme cela, à la renverse,

regardant et écoutant. Puis les bruits s'éloignèrent, s'affaiblirent, l'un après l'autre. Les coups de son cœur devinrent plus doux, plus réguliers, et la lumière se voila d'une taie grise.

Jon se tourna sur le côté et regarda son compagnon. Sur la dalle noire, l'enfant était couché en chien de fusil, la tête appuyée sur son bras. Sa poitrine se soulevait lentement, et Jon comprit qu'il s'était endormi. Alors il ferma les yeux lui aussi, et il attendit son sommeil.

Jon se réveilla quand le soleil apparut au-dessus de l'horizon. Il s'assit et regarda autour de lui, sans comprendre. L'enfant n'était plus là. Il n'y avait que l'étendue de lave noire, et, à perte de vue, la vallée où les premières ombres commençaient à se dessiner. Le vent soufflait de nouveau, balayait l'espace. Jon se mit debout, et il chercha son compagnon. Il suivit la pente de lave jusqu'aux cuvettes. Dans le réservoir, l'eau était couleur de métal, ridée par les rafales du vent. Dans son trou couvert de mousse et de lichen, le vieil arbuste desséché vibrait et tremblotait. Sur la dalle, le caillou en forme de montagne était toujours à la même place. Alors Jon resta debout un instant au sommet de la montagne, et il appela plusieurs fois, mais pas même un écho ne répondait :

« Ohé ! »

« Ohé ! »

Quand il comprit qu'il ne retrouverait pas son ami, Jon ressentit une telle solitude qu'il eut mal au centre de son corps, à la manière d'un point de côté. Il commença à descendre la montagne, le plus vite qu'il put, en sautant par-dessus les roches. Avec hâte, il chercha la faille où se trouvait l'escalier géant. Il glissa sur les grandes pierres mouillées, il descendit vers la vallée, sans se retourner. La belle lumière grandissait dans le ciel, et il faisait tout à fait jour quand il arriva en bas.

Puis il se mit à courir sur la mousse, et ses pieds rebondissaient et le poussaient en avant encore plus vite. Il franchit d'un bond le ruisseau couleur de ciel, sans regarder les radeaux de mousse qui descendaient en tournant dans les remous. Pas très loin, il vit un troupeau de moutons qui détalait en bêlant, et il comprit qu'il était à nouveau dans le territoire des hommes. Près du chemin de terre, sa belle bicyclette neuve l'attendait, son guidon chromé couvert de gouttes d'eau. Jon enfourcha la bicyclette, et il commença à rouler sur le chemin de terre, toujours plus bas. Il ne pensait pas, il ne sentait que le vide, la solitude sans limites, tandis qu'il pédalait le long du chemin de terre. Quand il arriva à la ferme, Jon posa la bicyclette contre le mur, et il entra sans faire de bruit, pour ne pas réveiller son père et sa mère qui dormaient encore.

La roue d'eau

Le soleil n'est pas encore levé sur le fleuve. Par la porte étroite de la maison, Juba regarde les eaux lisses qui miroitent déjà, de l'autre côté des champs gris. Il se redresse sur sa couche, rejette le drap qui l'enveloppe. L'air froid du matin le fait frissonner. Dans la maison sombre, il y a d'autres formes enroulées dans les draps, d'autres corps endormis. Juba reconnaît son père, de l'autre côté de la porte, son frère, et, tout à fait au fond, sa mère et ses deux sœurs serrées sous le même drap. Un chien aboie longuement, quelque part, avec une voix bizarre qui chante un peu puis s'étrangle. Mais il n'y a pas beaucoup de bruits sur la terre, ni sur le fleuve, car le soleil n'est pas encore levé. La nuit est grise et froide, elle porte l'air des montagnes et du désert, et la lumière pâle de la lune.

Juba regarde la nuit en frissonnant, sans bouger de sa couche. A travers la natte de roseaux tressés, la froideur de la terre monte, et les gouttes de rosée se forment sur la poussière. Dehors, les herbes brillent un peu, comme des lames humides. Les acacias grands et maigres sont noirs, immobiles dans la terre craquelée.

Juba se lève sans bruit. Il plie le drap et roule la natte, puis il marche sur le sentier qui traverse les champs déserts. Il regarde le ciel, du côté de l'est, et il devine que le jour va bientôt apparaître. Il sent l'arrivée de la lumière au fond de son corps, et la terre aussi le sait, la terre labourée des champs et la terre poussiéreuse entre les buissons d'épines et les troncs des acacias. C'est comme une inquiétude, comme un doute qui vient à travers ciel, parcourt l'eau lente du fleuve, et se propage au ras de la terre. Les toiles d'araignée tremblent, les herbes vibrent, les moucherons volent au-dessus des mares, mais le ciel est vide, car il n'y a plus de chauves-souris, et pas encore d'oiseaux. Sous les pieds nus de Juba, le sentier est dur. La vibration lointaine marche en même temps que lui, et les grandes sauterelles grises commencent à bondir à travers les herbes. Lentement, tandis que Juba s'éloigne de la maison, le ciel s'éclaircit en aval du fleuve. La brume descend entre les rives, à la vitesse d'un radeau, en étirant ses membranes blanches.

Juba s'arrête sur le chemin. Il regarde un instant le fleuve. Sur les rives de sable, les roseaux mouillés sont penchés. Un grand tronc noir échoué oscille dans le courant, plonge et ressort ses branches comme le cou d'un serpent qui nage. L'ombre est encore sur le fleuve, l'eau est lourde et dense, elle coule en faisant ses plis lents. Mais au-delà du fleuve, la terre sèche apparaît déjà. La poussière est dure sous les pieds de Juba, la terre rouge est cassée comme les vieux pots, les sillons zigzaguent, pareils à d'anciennes fissures.

La nuit s'ouvre peu à peu, dans le ciel, sur la terre. Juba traverse les champs déserts, il s'éloigne des dernières maisons de paysans, il ne voit plus le fleuve. Il gravit un monticule de pierres sèches où s'accrochent quelques acacias. Juba ramasse sur le sol quelques fleurs d'acacia qu'il mâchonne en escaladant le monticule. Le suc se répand dans sa bouche et dissout l'engourdissement du sommeil. Sur l'autre versant de la colline de pierres, les bœufs attendent. Quand Juba arrive près d'eux, les grands animaux piétinent en boitant, et l'un d'eux renverse la tête en arrière pour meugler.

« Ttttt ! Outta, outta ! » dit Juba, et les bœufs le reconnaissent. Sans cesser de faire claquer sa langue, Juba ôte leurs entraves et les guide vers le haut de la colline de pierres. Les deux bœufs avancent avec peine, en boitant, parce que les entraves ont engourdi leurs pattes arrière. La vapeur sort de leurs naseaux.

Quand ils arrivent devant la noria, les bœufs s'arrêtent. Ils soufflent et tirent en arrière, ils font des bruits avec leur gorge, leurs sabots cognent le sol et font ébouler les cailloux. Juba attache les bœufs à l'extrémité du long madrier. Pendant qu'il lie les bêtes au joug, il ne cesse pas de faire claquer sa langue contre son palais. Les mouches plates commencent à voler autour des yeux et des naseaux des bœufs, et Juba chasse celles qui se posent sur son visage et sur ses mains.

Les bêtes attendent devant le puits, le lourd timon de bois craque et grince quand elles font un pas en avant. Juba tire la corde attachée au joug, et la roue commence à gémir, comme un bateau qui s'ébranle. Les bœufs gris marchent lourdement sur le sentier circulaire. Leurs sabots se posent sur les traces de la veille, creusent les anciens trous dans la terre rouge, entre les cailloux. Au bout du long madrier, il y a la grande roue de bois qui tourne en même temps que les bœufs, et son axe entraîne l'engrenage de l'autre roue verticale. La longue lanière de cuir bouilli descend au fond du puits, portant les seaux jusqu'à l'eau.

Juba excite les bœufs en faisant claquer sa langue sans s'arrêter. Il leur parle aussi, à voix basse, douce-

ment, parce que l'ombre enveloppe encore les champs
et le fleuve. La lourde mécanique de bois grince et
craque, résiste, repart. Les bœufs s'arrêtent de temps
en temps, et Juba doit courir derrière eux, cingler leurs
fesses avec une baguette, pousser sur le timon. Les
bœufs reprennent leur marche circulaire, la tête basse,
en soufflant.

Quand le soleil se lève enfin, il éclaire d'un seul coup
les champs. La terre rouge est ravinée de sillons, elle
montre ses blocs de glaise sèche, ses cailloux aigus qui
brillent. Au-dessus du fleuve, à l'autre bout des
champs, la brume se déchire, l'eau s'illumine.

Un vol d'oiseaux jaillit brutalement des rives, entre
les roseaux, éclate dans le ciel clair en poussant sa
clameur. Ce sont les gangas, les perdrix du désert, et
leur cri aigu fait sursauter Juba. Debout sur les pierres
du puits, il les suit un instant du regard. Les oiseaux
montent haut dans le ciel, passent devant le disque du
soleil, puis basculent à nouveau vers la terre et disparaissent dans les herbes du fleuve. Loin, à l'autre bout
des champs, les femmes sortent des maisons. Elles
allument les braseros, mais la lumière du soleil est si
neuve qu'elle ne parvient pas à ternir la lueur rouge du
charbon de bois qui brûle. Juba entend des cris
d'enfants, des voix d'hommes. Quelqu'un, quelque
part, appelle, et sa voix aiguë retentit longtemps dans
l'air :

« Ju-uuu-baa ! »

Les bœufs marchent plus vite, maintenant. Le soleil
réchauffe leur corps et leur donne des forces. Le moulin
gémit et grince, chaque dent de l'engrenage craque en
s'appliquant contre l'autre, la courroie de cuir tendue
sous le poids des seaux fait une vibration continue. Les
seaux montent jusqu'à la margelle du puits, se renver-
sent dans la gouttière de tôle, redescendent en cognant

les parois du puits. Juba regarde l'eau qui coule par
vagues le long de la gouttière, ruisselle dans l'acequia,
descend par poussées régulières vers la terre rouge des
champs. L'eau glisse comme de lentes gorgées, et la
terre sèche boit avidement. Le fond du fossé devient
boueux, et le flot régulier avance, mètre par mètre.
C'est l'eau que Juba regarde, sans se lasser, assis sur
une pierre au bord du puits. A côté de lui la roue de
bois tourne très lentement, en grinçant, et le bourdonnement continu de la courroie monte dans l'air, les
seaux cognent la gouttière de tôle, l'un après l'autre,
versent l'eau qui glisse en chuintant. C'est une musique lente et gémissante comme une voix humaine, elle
emplit le ciel vide et les champs. C'est une musique
que Juba connaît bien, jour après jour. Le soleil s'élève
lentement au-dessus de l'horizon, la lumière du jour
vibre sur les pierres, sur les tiges des plantes, sur l'eau
qui coule dans l'acequia. Les hommes marchent au
loin, sur la courbe des champs, silhouettes noires
devant le ciel pâle. L'air s'échauffe peu à peu, les
pierres semblent se gonfler, la terre rouge luit comme
une peau d'homme. Il y a des cris, d'un bout à l'autre
de la terre, des cris d'hommes et des aboiements de
chiens, et cela résonne dans le ciel sans fin, tandis que
la roue de bois tourne et grince. Juba ne regarde plus
les bœufs. Il leur tourne le dos, mais il entend leur
souffle qui racle leur gorge, qui s'éloigne, qui revient.
Les sabots des bêtes frappent toujours les mêmes
cailloux, sur le chemin circulaire, s'enfoncent dans les
mêmes trous.

Alors Juba enveloppe sa tête dans la toile blanche, et
il ne bouge plus. Il regarde au loin, peut-être, de l'autre
côté des champs de terre rouge, de l'autre côté du
fleuve métallique. Il n'entend pas le bruit de la roue

qui tourne, il n'entend pas le bruit du lourd timon de bois qui pivote autour de son axe.

« Eh-oh ! »

Il chante dans sa gorge, lentement, lui aussi, les yeux à demi fermés.

« Eeeh-oooh, oooh-oooh ! »

Les mains et le visage cachés sous la toile blanche, le corps immobile, il chante en même temps que la roue qui tourne. Il ouvre à peine la bouche, et son chant sort longuement de sa gorge, comme le souffle des bœufs, comme le bourdonnement continu de la courroie de cuir.

« Eeh-eeh-eyaah-oh ! »

Le souffle des bœufs s'éloigne, revient, tourne sans cesse le long du chemin circulaire. Juba chante pour lui-même, et personne ne peut l'entendre, tandis que l'eau glisse par gorgées le long de l'acequia. La pluie, le vent, l'eau lourde du grand fleuve qui descend vers la mer, sont dans sa gorge, dans son corps immobile. Le soleil monte sans hâte dans le ciel, la chaleur fait vibrer les roues de bois et le timon. Peut-être est-ce le même mouvement qui entraîne l'astre au centre du ciel, tandis que les bœufs avancent lourdement le long du chemin circulaire.

« Eya-oooh, eya-oooh, ooo-oh-ooo-oh ! »

Juba entend le chant qui monte en lui, qui traverse son ventre et sa poitrine, le chant qui vient de la profondeur du puits. L'eau coule par vagues, couleur de terre, elle descend vers les champs dénudés. L'eau tourne aussi, lentement, cercle des fleuves, cercle des murs, cercle des nuages autour de l'axe invisible. L'eau glisse en craquant, en grinçant, elle coule sans cesse vers le gouffre sombre du puits où les seaux vides la reprennent.

C'est une musique qui ne peut pas finir, car elle est

dans le monde tout entier, dans le ciel même, où monte lentement le disque solaire, le long de son chemin courbé. Les sons profonds, réguliers, monotones, montent de la grande roue de bois aux engrenages gémissants, le treuil pivote autour de son axe en faisant sa plainte, les seaux de métal descendent dans le puits, la courroie de cuir vibre comme une voix, et l'eau continue de couler sur la gouttière, par vagues, inonde le canal de l'acequia. Personne ne parle, personne ne bouge, et l'eau cascade, grandit comme un torrent, se répand dans les sillons, sur les champs de terre rouge et de pierres.

Juba renverse un peu la tête en arrière et regarde le ciel. Il voit le lent mouvement circulaire qui trace ses sillages phosphorescents, il voit les sphères transparentes, les engrenages de la lumière dans l'espace. Le bruit de la roue d'eau emplit toute l'atmosphère, tourne interminablement avec le soleil. Les bœufs marchent au même rythme, le front penché, la nuque raidie sous le poids du joug. Juba entend le bruit sourd de leurs sabots, le bruit de leur souffle qui va et vient, et il leur parle encore, il leur dit des mots graves qui traînent longtemps, des mots qui se mêlent au gémissement du timon, aux bruits d'effort des engrenages des roues, au tintement des seaux qui montent sans cesse, versent l'eau.

« Eeeya-ayaaah, eyaaa-oh ! eyaaa-oh ! »

Puis, tandis que le soleil monte lentement, entraîné par la roue et par les pas des bœufs, Juba ferme les yeux. La chaleur et la lumière font un tourbillon doux qui l'emporte dans leur courant, le long d'un cercle si vaste qu'il semble ne jamais se refermer. Juba est sur les ailes d'un vautour blanc, très haut dans le ciel sans nuages. Il glisse sur lui-même, à travers les couches de l'air, et la terre rouge vire lentement sous ses ailes. Les champs nus, les chemins, les maisons aux toits de feuilles, la rivière couleur de métal, tout pivote autour du puits, en faisant un bruit qui cliquette et qui grince. La musique monotone des roues d'eau, le souffle des bœufs, le gargouillement de l'eau dans l'acequia, tout cela tourne, l'emporte, l'enlève. La lumière est grande, le ciel est ouvert. Il n'y a plus d'hommes maintenant, ils ont disparu. Il n'y a plus que l'eau, la terre, le ciel, plans mobiles qui passent et se croisent, chaque élément semblable à une roue dentée mordant dans un engrenage.

Juba ne dort pas. Il a ouvert les yeux à nouveau, et il regarde droit devant lui, au-delà des champs. Il ne bouge pas. L'étoffe blanche couvre sa tête et son corps, et il respire doucement.

C'est alors que Yol apparaît. Yol, c'est une ville étrange, très blanche au milieu de la terre déserte et des pierres rouges. Ses hauts monuments bougent encore, indécis, irréels, comme s'ils n'avaient pas été terminés. Ils sont pareils aux reflets du soleil sur les grands lacs de sel.

Juba connaît bien cette ville. Il l'a vue souvent, au loin, quand la lumière du soleil est très forte et que les yeux se voilent un peu de fatigue. Il l'a vue souvent, mais personne ne s'en est approché, à cause des esprits des morts. Un jour, il a demandé à son père le nom de la ville, si belle et si blanche, et son père lui a dit qu'elle s'appelait Yol, et que ce n'était pas une ville pour les hommes, mais seulement pour les esprits des morts. Son père lui a parlé aussi de celui qui régnait sur cette ville, il y a très longtemps, un jeune roi venu de l'autre côté de la mer et qui portait le même nom que lui.

Maintenant, dans la musique lente des roues, dans la lumière éblouissante, quand le soleil est au plus haut dans le ciel, Yol est apparue, encore une fois. Elle grandit devant Juba, et il voit clairement ses grands édifices qui tremblent dans l'air chaud. Il y a de hautes tours sans fenêtres, des villas blanches au milieu des jardins de palmiers, des palais, des temples. Les blocs de marbre luisent comme s'ils venaient d'être coupés. La ville tourne lentement autour de Juba, et la musique monotone de la roue d'eau est pareille à la rumeur de la mer. La ville flotte sur les champs déserts, légère comme les reflets du soleil sur les grands lacs de sel, et devant elle coule l'eau du fleuve Azan comme une route de lumière. Juba écoute la rumeur de la mer, de l'autre côté de la ville. C'est un bruit très lourd, qui se mêle aux roulements du tambour et aux mugissements graves des buccins et des tubas. Le peuple d'Himyar se presse dans les rues de la ville. Il y a les esclaves noirs venus de Nubie, les cohortes de soldats, les cavaliers aux capes rouges coiffés de casques de cuivre, les enfants blonds des montagnards. La poussière monte dans l'air, au-dessus des routes et des maisons, forme un grand nuage gris qui tourbillonne aux portes des remparts.

« Eya ! Eya ! » crie la foule, tandis que Juba avance le long de la voie blanche. C'est le peuple d'Himyar qui l'appelle, qui tend les bras vers lui. Mais il avance sans les regarder, le long de la voie royale. En haut de la ville, au-dessus des villas et des arbres, le temple de Diane est immense, ses colonnes de marbre sont pareilles à des troncs pétrifiés. La lumière du soleil illumine le corps de Juba et l'enivre, et il entend grandir la rumeur continue de la mer. La ville autour de lui est légère, elle vibre et ondule comme les reflets du soleil sur les grands lacs de sel. Juba marche, et ses pieds semblent ne pas toucher le sol, comme s'il était porté par un nuage. Le peuple d'Himyar, les hommes et les femmes marchent avec lui, la musique cachée résonne dans les rues et sur les places, et parfois la rumeur de la mer est couverte par les cris qui appellent :

« Juba ! Eya ! Ju-uuu-baa ! »

La lumière jaillit d'un seul coup, quand Juba arrive au sommet du temple. C'est la mer immense et bleue qui s'étend jusqu'à l'horizon. Le lent mouvement circulaire trace la ligne pure de l'horizon, et la voix monotone des vagues résonne contre les rochers.

« Juba ! Juba ! »

Les voix du peuple d'Himyar crient, et son nom résonne dans toute la ville, au-dessus des remparts couleur de terre, dans les péristyles des temples, dans les cours des palais blancs. Son nom emplit les champs rouges, jusqu'aux limites du fleuve Azan.

Alors Juba monte les dernières marches du temple de Diane. Il est vêtu de blanc, ses cheveux noirs sont ceints d'un bandeau de fil d'or. Son beau visage couleur de cuivre est tourné vers la ville, et ses yeux sombres regardent, mais c'est comme s'ils voyaient à travers le corps des hommes, à travers les murs blancs des édifices.

Le regard de Juba traverse les remparts de Yol, va au-delà ; il suit les méandres du fleuve Azan, passe l'étendue des champs déserts, va jusqu'aux monts Amour, jusqu'à la source de Sebgag. Il voit l'eau claire qui jaillit entre les roches, l'eau précieuse et froide qui coule en faisant son bruit régulier.

La foule se tait maintenant, tandis que Juba regarde de ses yeux sombres. Son visage est pareil à celui d'un jeune dieu, et la lumière du soleil semble décuplée sur ses habits blancs et sur sa peau couleur de cuivre.

La musique jaillit encore, comme une clameur d'oiseaux, retentit entre les murs de la ville. Elle gonfle le ciel et la mer, son onde s'écarte longuement.

« Je suis Juba », pense le jeune roi, puis il dit à haute voix, avec force :

« Je suis Juba, le fils de Juba, le petit-fils d'Hiempsal ! »

« Juba ! Juba ! Eya-oooh ! » crie la foule.

« Je suis Juba, votre roi ! »

« Juba ! Ju-uuu-baa ! »

« Je suis revenu aujourd'hui, et Yol est la capitale de mon royaume ! »

La rumeur de la mer grandit encore. Maintenant, sur les marches du temple monte une jeune femme. Elle est belle, vêtue d'une robe blanche qui bouge dans le vent, et ses cheveux clairs sont pleins d'étincelles. Juba prend sa main et marche avec elle jusqu'au bord du temple.

« Cléopâtre Séléné, fille d'Antoine et de Cléopâtre, votre reine ! » dit Juba.

Le bruit de la foule recouvre la ville.

La jeune femme regarde sans bouger les villas blanches, les remparts, et l'étendue de la terre rouge. Elle sourit à peine.

Mais le lent mouvement des roues continue, et le bruit de la mer est plus fort que les voix des hommes. Dans le ciel, le soleil descend peu à peu, sur son chemin circulaire. Sa lumière change de couleur sur les murs de marbre, allonge les ombres des colonnes.

C'est comme s'ils étaient seuls maintenant, assis en haut des marches du temple, à côté des colonnes de marbre. Autour d'eux, la terre et la mer girent en faisant leur gémissement régulier. Cléopâtre Séléné regarde le visage de Juba. Elle admire le visage du jeune roi, le front haut, le nez busqué, les yeux allongés qu'entoure le dessin noir des cils. Elle se penche contre lui et elle lui parle doucement, dans une langue que Juba ne peut pas comprendre. Sa voix est douce et son haleine est parfumée. Juba la regarde à son tour, et il dit :

« Tout est beau ici, il y a si longtemps que j'ai souhaité revenir. Chaque jour, depuis mon enfance, je pensais au moment où je pourrais revoir tout cela. Je voudrais être éternel, pour ne plus jamais quitter cette ville et cette terre, pour voir cela toujours. »

Ses yeux sombres brillent du spectacle qui l'entoure. Juba ne cesse pas de regarder la ville, les maisons blanches, les terrasses, les jardins de palmiers. Yol vibre dans la lumière de l'après-midi, légère et irréelle comme les reflets du soleil sur les grands lacs de sel. Le vent qui souffle fait bouger les cheveux d'or de Cléopâtre Séléné, le vent porte jusqu'au sommet du temple la rumeur monotone de la mer.

La voix de la jeune femme l'interroge, en prononçant simplement son nom :

« Juba... Juba ? »

« Mon père est mort vaincu ici même », dit Juba. « On m'a emmené comme un esclave à Rome. Mais aujourd'hui cette ville est belle, et je veux qu'elle soit plus belle encore. Je veux qu'il n'y ait pas de ville plus belle sur la terre. On y enseignera la philosophie, la science des astres, la science des chiffres, et les hommes viendront de tous les points du monde pour apprendre. »

Cléopâtre Séléné écoute les paroles du jeune roi sans comprendre. Mais elle regarde aussi la ville, elle écoute la rumeur de la musique qui tourne autour de l'horizon. Sa voix chante un peu quand elle l'appelle :

« Juba ! Eyaaa-oh ! »

« Sur la place, au centre de la ville, les maîtres enseigneront la langue des dieux. Les enfants appren-

dront à vénérer la connaissance, les poètes liront leurs
œuvres, les astronomes prédiront l'avenir. Il n'y aura
pas de terre plus prospère, de peuple plus pacifique. La
ville resplendira des trésors de l'esprit, de cette
lumière. »

Le beau visage du jeune roi brille dans la clarté qui
entoure le temple de Diane. Ses yeux voient loin, au-
delà des remparts, au-delà des collines, jusqu'au centre
de la mer.

« Les hommes les plus sages de ma nation viendront
ici, dans ce temple, avec les scribes, et j'établirai avec
eux l'histoire de cette terre, l'histoire des hommes, des
guerres, des hauts faits de la civilisation, et l'histoire
des villes, des cours d'eau, des montagnes, des rivages
de la mer, de l'Egypte au pays de Cerné. »

Juba regarde les hommes du peuple d'Himyar qui se
pressent dans les rues de la ville, autour du temple,
mais il n'entend pas le bruit de leurs voix, il écoute
seulement la rumeur monotone de la mer.

« Je ne suis pas venu pour la vengeance », dit Juba.
Il regarde aussi la jeune reine assise à ses côtés.

« Mon fils Ptolémée va naître », dit-il encore. « Il
régnera ici, dans Yol, et ses enfants régneront après lui,
pour que rien ne s'achève. »

Puis il se met debout, sur la plate-forme du temple,
tout à fait en face de la mer. La lumière éblouissante
est sur lui, la lumière qui vient du ciel, qui fait
étinceler les murs de marbre, les maisons, les champs,
les collines. La lumière vient du centre du ciel, immobile au-dessus de la mer.

Juba ne parle plus. Son visage est pareil à un masque
de cuivre, et la lumière brille sur son front, sur la
courbe de son nez, sur ses pommettes. Ses yeux
sombres voient ce qu'il y a, au-delà de la mer. Autour
de lui, les murs blancs et les stèles de calcite tremblent

et vibrent, comme les reflets du soleil sur les grands lacs de sel. Le visage de Cléopâtre Séléné est immobile aussi, éclairé, apaisé comme le visage d'une statue.

Ensemble, debout l'un à côté de l'autre, le jeune roi et son épouse sont sur la plate-forme du temple, et la ville tourne lentement autour d'eux. La musique monotone des grandes roues cachées emplit leurs oreilles et se mêle au bruit des vagues sur les rochers du rivage. C'est comme un chant, comme une voix humaine qui crie de très loin, qui appelle :

« Juba ! Ju-uuu-baa ! »

Les ombres grandissent sur la terre, tandis que le soleil descend peu à peu vers l'ouest, à la gauche du temple. Juba voit les édifices trembler et se défaire. Ils glissent sur eux-mêmes comme des nuages, et le chant des roues, dans le ciel et la mer, devient plus grave, plus gémissant. Il y a de grands cercles blancs dans le ciel, de grandes ondes qui nagent. Les voix humaines s'amenuisent, s'éloignent, s'évanouissent. Parfois encore, on entend les accents de la musique, les sons des tubas, les flûtes aigres, le tambour. Ou bien les cris gutturaux des chameaux qui blatèrent, près des portes des remparts. L'ombre grise et mauve s'étend sous les collines, avance dans la vallée du fleuve. Le temple seul est éclairé par le soleil, il se dresse au-dessus de la ville comme un vaisseau de pierre.

Juba est seul maintenant dans les ruines de Yol. Les ondes lentes passent sur les marbres brisés, troublent la surface de la mer. Les colonnes sont couchées au fond de l'eau, les grands troncs pétrifiés enfouis dans les algues, les escaliers engloutis. Il n'y a plus d'hommes ni de femmes ici, plus d'enfants. La ville est pareille à un cimetière qui tremble au fond de la mer, et les vagues viennent battre les dernières marches du temple de Diane, comme un écueil. Il y a toujours le

bruit monotone, la rumeur de la mer. C'est le mouvement des grandes roues dentées qui grincent encore,
qui gémissent, tandis que le couple de bœufs attelés au
timon ralentit sa marche circulaire. Dans le ciel bleu
sombre, le croissant de lune est apparu, et brille de sa
lumière sans chaleur.

Alors Juba écarte le voile blanc qui recouvre sa tête.
Il frissonne, parce que le froid de la nuit vient vite. Ses
membres sont engourdis, et sa bouche est sèche. Dans
le creux de sa main, il puise un peu d'eau dans un seau
immobile. Son beau visage est très sombre, presque
noir, à cause de toute la chaleur que le soleil a donnée.
Ses yeux regardent l'étendue des champs rouges, où il
n'y a personne maintenant. Les bœufs sont arrêtés sur
leur chemin circulaire. Les grandes roues de bois ne
tournent plus, mais elles craquent et grincent, et la
longue courroie de cuir bouilli vibre encore.

Sans hâte, Juba défait les liens des bœufs, écarte la
lourde poutre de bois. La nuit monte à l'autre bout de
la terre, en aval du fleuve Azan. Près des maisons, les
feux de braises sont allumés, et les femmes sont debout
devant les braseros.

« Ju-uuu-baa ! Ju-uuu-baa ! »

C'est la même voix qui appelle, aiguë et chantante,
quelque part de l'autre côté des champs déserts. Juba
se retourne et regarde un instant, puis il descend le
monticule de pierres en guidant les bœufs par leur
longe. Quand il arrive en bas du monticule, Juba noue
les entraves aux jarrets des bœufs. Le silence, dans la
vallée du fleuve, est immense, il a couvert la terre et le
ciel comme une eau calme où pas une vague ne bouge.
C'est le silence des pierres.

Juba regarde autour de lui, longtemps, il écoute le
bruit de la respiration des bœufs. L'eau a cessé de
couler dans l'acequia, les dernières gouttes sont bues

par la terre, dans les fissures des sillons. L'ombre grise a recouvert la ville blanche aux temples légers, les remparts, les jardins de palmiers. Peut-être reste-t-il, quelque part, un monument en forme de tombeau, un dôme de pierres brisées où poussent les herbes et les arbustes, non loin de la mer ? Peut-être que demain, quand les grandes roues de bois recommenceront à tourner, quand les bœufs repartiront, lentement, en soufflant, sur leur chemin circulaire, peut-être alors que la ville apparaîtra de nouveau, très blanche, tremblante et irréelle comme les reflets du soleil ? Juba tourne un peu sur lui-même, il regarde seulement l'étendue des champs qui se reposent de la lumière et que baigne la vapeur du fleuve. Ensuite il s'éloigne, il marche vite sur le chemin, vers les maisons où les vivants attendent.

Celui qui n'avait jamais vu la mer

Il s'appelait Daniel, mais il aurait bien aimé s'appeler Sindbad, parce qu'il avait lu ses aventures dans un gros livre relié en rouge qu'il portait toujours avec lui, en classe et dans le dortoir. En fait, je crois qu'il n'avait jamais lu que ce livre-là. Il n'en parlait pas, sauf quelquefois quand on lui demandait. Alors ses yeux noirs brillaient plus fort, et son visage en lame de couteau semblait s'animer tout à coup. Mais c'était un garçon qui ne parlait pas beaucoup. Il ne se mêlait pas aux conversations des autres, sauf quand il était question de la mer, ou de voyages. La plupart des hommes sont des terriens, c'est comme cela. Ils sont nés sur la terre, et c'est la terre et les choses de la terre qui les intéressent. Même les marins sont souvent des gens de la terre ; ils aiment les maisons et les femmes, ils parlent de politique et de voitures. Mais lui, Daniel, c'était comme s'il était d'une autre race. Les choses de la terre l'ennuyaient, les magasins, les voitures, la musique, les films et naturellement les cours du Lycée. Il ne disait rien, il ne bâillait même pas pour montrer son ennui. Mais il restait sur place, assis sur un banc, ou bien sur les marches de l'escalier, devant le préau, à regarder dans le vide. C'était un élève médiocre, qui réunissait chaque trimestre juste ce qu'il fallait de points pour subsister. Quand un professeur prononçait son nom, il se levait et récitait sa leçon, puis il se rasseyait et c'était fini. C'était comme s'il dormait les yeux ouverts.

Même quand on parlait de la mer, ça ne l'intéressait pas longtemps. Il écoutait un moment, il demandait deux ou trois choses, puis il s'apercevait que ce n'était pas vraiment de la mer qu'on parlait, mais des bains, de la pêche sous-marine, des plages et des coups de soleil. Alors il s'en allait, il retournait s'asseoir sur son banc ou sur ses marches d'escalier, à regarder dans le vide. Ce n'était pas de cette mer-là qu'il voulait entendre parler. C'était d'une autre mer, on ne savait pas laquelle, mais d'une autre mer.

Ça, c'était avant qu'il disparaisse, avant qu'il s'en aille. Personne n'aurait imaginé qu'il partirait un jour, je veux dire *vraiment*, sans revenir. Il était très pauvre, son père avait une petite exploitation agricole à quelques kilomètres de la ville, et Daniel était habillé du tablier gris des pensionnaires, parce que sa famille habitait trop loin pour qu'il puisse rentrer chez lui chaque soir. Il avait trois ou quatre frères plus âgés qu'on ne connaissait pas.

Il n'avait pas d'amis, il ne connaissait personne et personne ne le connaissait. Peut-être qu'il préférait que ce soit ainsi, pour ne pas être lié. Il avait un drôle de visage aigu en lame de couteau, et de beaux yeux noirs indifférents.

Il n'avait rien dit à personne. Mais il avait déjà tout préparé à ce moment-là, c'est certain. Il avait tout préparé dans sa tête, en se souvenant des routes et des cartes, et des noms des villes qu'il allait traverser. Peut-être qu'il avait rêvé à beaucoup de choses, jour après jour, et chaque nuit, couché dans son lit dans le dortoir, pendant que les autres plaisantaient et fumaient des cigarettes en cachette. Il avait pensé aux rivières qui descendent doucement vers leurs estuaires, aux cris des mouettes, au vent, aux orages qui sifflent dans les mâts des bateaux et aux sirènes des balises.

C'est au début de l'hiver qu'il est parti, vers le milieu du mois de septembre. Quand les pensionnaires se sont réveillés, dans le grand dortoir gris, il avait disparu. On s'en est aperçu tout de suite, dès qu'on a ouvert les yeux, parce que son lit n'était pas défait. Les couvertures étaient tirées avec soin, et tout était en ordre. Alors on a dit seulement : « Tiens ! Daniel est parti ! » sans être vraiment étonnés parce qu'on savait tout de même un peu que cela arriverait. Mais personne n'a rien dit d'autre, parce qu'on ne voulait pas qu'ils le reprennent.

Même les plus bavards des élèves du cours moyen n'ont rien dit. De toute façon, qu'est-ce qu'on aurait pu dire ? On ne savait rien. Pendant longtemps, on chuchotait, dans la cour, ou bien pendant le cours de français, mais ce n'étaient que des bouts de phrase dont le sens n'était connu que de nous.

« Tu crois qu'il est arrivé maintenant ? »

« Tu crois ? Pas encore, c'est loin, tu sais... »

« Demain ? »

« Oui, peut-être... »

Les plus audacieux disaient :

« Peut-être qu'il est en Amérique, déjà... »

Et les pessimistes :

« Bah, peut-être qu'il va revenir aujourd'hui. »

Mais si nous, nous nous taisions, par contre en haut lieu l'affaire faisait du bruit. Les professeurs et les surveillants étaient convoqués régulièrement dans le bureau du Proviseur, et même à la police. De temps en temps les inspecteurs venaient et ils interrogeaient les élèves un à un pour essayer de leur tirer les vers du nez.

Naturellement, nous, nous parlions de tout sauf de ce qu'on savait, d'elle, de la mer. On parlait de montagnes, de villes, de filles, de trésors, même de romanichels enleveurs d'enfants et de légion étrangère. On disait ça pour brouiller les pistes, et les professeurs et les surveillants étaient de plus en plus énervés et ça les rendait méchants.

Le grand bruit a duré plusieurs semaines, plusieurs mois. Il y a eu deux ou trois avis de recherche dans les journaux, avec le signalement de Daniel et une photo qui ne lui ressemblait pas. Puis tout s'est calmé d'un seul coup, car nous étions tous un peu fatigués de cette histoire. Peut-être qu'on avait tous compris qu'il ne reviendrait pas, jamais.

Les parents de Daniel se sont consolés, parce qu'ils étaient très pauvres et qu'il n'y avait rien d'autre à faire. Les policiers ont classé l'affaire, c'est ce qu'ils ont dit eux-mêmes, et ils ont ajouté quelque chose que les professeurs et les surveillants ont répété, comme si c'était normal, et qui nous a paru, à nous autres, bien extraordinaire. Ils ont dit qu'il y avait comme cela, chaque année, des dizaines de milliers de personnes qui disparaissaient sans laisser de traces, et qu'on ne retrouvait jamais. Les professeurs et les surveillants répétaient cette petite phrase, en haussant les épaules, comme si c'était la chose la plus banale du monde, mais nous, quand on l'a entendue, cela nous a fait rêver, cela a commencé au fond de nous-mêmes un rêve secret et envoûtant qui n'est pas encore terminé.

Quand Daniel est arrivé, c'était sûrement la nuit, à bord d'un long train de marchandises qui avait roulé jour et nuit pendant longtemps. Les trains de marchandises circulent surtout la nuit, parce qu'ils sont très longs et qu'ils vont très lentement, d'un nœud ferroviaire à l'autre. Daniel était couché sur le plancher dur, enroulé dans un vieux morceau de toile à sac. Il regardait à travers la porte à claires-voies, tandis que le train ralentissait et s'arrêtait en grinçant le long des docks. Daniel avait ouvert la porte, il avait sauté sur la voie, et il avait couru le long du talus, jusqu'à ce qu'il trouve un passage. Il n'avait pas de bagages, juste un sac de plage bleu marine qu'il portait toujours avec lui, et dans lequel il avait mis son vieux livre rouge.

Maintenant, il était libre, et il avait froid. Ses jambes lui faisaient mal, après toutes ces heures passées dans le wagon. Il faisait nuit, il pleuvait. Daniel marchait le plus vite qu'il pouvait pour s'éloigner de la ville. Il ne savait pas où il allait. Il marchait droit devant lui, entre les murs des hangars, sur la route qui brillait à la lumière jaune des réverbères. Il n'y avait personne ici, et pas de noms écrits sur les murs. Mais la mer n'était pas loin. Daniel la devinait quelque part sur la droite, cachée par les grandes bâtisses de ciment, de l'autre côté des murs. Elle était dans la nuit.

Au bout d'un moment, Daniel se sentit fatigué de marcher. Il était arrivé dans la campagne, maintenant, et la ville brillait loin derrière lui. La nuit était noire, et la terre et la mer étaient invisibles. Daniel chercha un endroit pour s'abriter de la pluie et du vent, et il entra dans une cabane de planches, au bord de la route. C'est là qu'il s'est installé pour dormir jusqu'au matin. Cela faisait plusieurs jours qu'il n'avait pas dormi, et pour ainsi dire pas mangé, parce qu'il guettait tout le temps à travers la porte du wagon. Il savait qu'il ne devait pas rencontrer de policiers. Alors il s'est caché bien au fond de la cabane de planches, il a grignoté un peu de pain et il s'est endormi.

Quand il se réveilla, le soleil était déjà dans le ciel. Daniel est sorti de la cabane, il a fait quelques pas en clignant les yeux. Il y avait un chemin qui conduisait jusqu'aux dunes, et c'est là que Daniel se mit à marcher. Son cœur battait plus fort, parce qu'il savait que c'était de l'autre côté des dunes, à deux cents mètres à peine. Il courait sur le chemin, il escaladait la pente de sable, et le vent soufflait de plus en plus fort, apportant le bruit et l'odeur inconnus. Puis, il est arrivé au sommet de la dune, et d'un seul coup, il l'a vue.

Elle était là, partout, devant lui, immense, gonflée comme la pente d'une montagne, brillant de sa couleur bleue, profonde, toute proche, avec ses vagues hautes qui avançaient vers lui.

« La mer! La mer! » pensait Daniel, mais il n'osa rien dire à voix haute. Il restait sans pouvoir bouger, les doigts un peu écartés, et il n'arrivait pas à réaliser qu'il avait dormi à côté d'elle. Il entendait le bruit lent des vagues qui se mouvaient sur la plage. Il n'y avait plus de vent, tout à coup, et le soleil luisait sur la mer, allumait un feu sur chaque crête de vague. Le sable de la plage était couleur de cendres, lisse, traversé de ruisseaux et couvert de larges flaques qui reflétaient le ciel.

Au fond de lui-même, Daniel a répété le beau nom plusieurs fois, comme cela,

« La mer, la mer, la mer... »
la tête pleine de bruit et de vertige. Il avait envie de parler, de crier même, mais sa gorge ne laissait pas passer sa voix. Alors il fallait qu'il parte en criant, en jetant très loin son sac bleu qui roula dans le sable, il fallait qu'il parte en agitant ses bras et ses jambes comme quelqu'un qui traverse une autoroute. Il bondissait par-dessus les bandes de varech, il titubait dans

le sable sec du haut de la plage. Il ôtait ses chaussures et ses chaussettes, et pieds nus, il courait encore plus vite, sans sentir les épines des chardons.

La mer était loin, à l'autre bout de la plaine de sable. Elle brillait dans la lumière, elle changeait de couleur et d'aspect, étendue bleue, puis grise, verte, presque noire, bancs de sable ocre, ourlets blancs des vagues. Daniel ne savait pas qu'elle était si loin. Il continuait à courir, les bras serrés contre son corps, le cœur cognant de toutes ses forces dans sa poitrine. Maintenant il sentait le sable dur comme l'asphalte, humide et froid sous ses pieds. A mesure qu'il s'approchait, le bruit des vagues grandissait, emplissait tout comme un sifflement de vapeur. C'était un bruit très doux et très lent, puis violent et inquiétant comme les trains sur les ponts de fer, ou bien qui fuyait en arrière comme l'eau des fleuves. Mais Daniel n'avait pas peur. Il continuait à courir le plus vite qu'il pouvait, droit dans l'air froid, sans regarder ailleurs. Quand il ne fut plus qu'à quelques mètres de la frange d'écume, il sentit l'odeur des profondeurs et il s'arrêta. Un point de côté brûlait son aine, et l'odeur puissante de l'eau salée l'empêchait de reprendre son souffle.

Il s'assit sur le sable mouillé, et il regarda la mer monter devant lui presque jusqu'au centre du ciel. Il avait tellement pensé à cet instant-là, il avait tellement imaginé le jour où il la verrait enfin, réellement, pas comme sur les photos ou comme au cinéma, mais vraiment, la mer tout entière, exposée autour de lui, gonflée, avec les gros dos des vagues qui se précipitent et déferlent, les nuages d'écume, les pluies d'embrun en poussière dans la lumière du soleil, et surtout, au loin, cet horizon courbe comme un mur devant le ciel ! Il avait tellement désiré cet instant-là qu'il n'avait plus de forces, comme s'il allait mourir, ou bien s'endormir.

C'était bien la mer, sa mer, pour lui seul maintenant, et il savait qu'il ne pourrait plus jamais s'en aller. Daniel resta longtemps couché sur le sable dur, il attendit si longtemps, étendu sur le côté, que la mer commença à monter le long de la pente et vint toucher ses pieds nus.

C'était la marée. Daniel bondit sur ses pieds, tous ses muscles tendus pour la fuite. Au loin, sur les brisants noirs, les vagues déferlèrent avec un bruit de tonnerre. Mais l'eau n'avait pas encore de forces. Elle se brisait, bouillonnait au bas de la plage, elle n'arrivait qu'en rampant. L'écume légère entourait les jambes de Daniel, creusait des puits autour de ses talons. L'eau froide mordit d'abord ses orteils et ses chevilles, puis les insensibilisa.

En même temps que la marée, le vent arriva. Il souffla du fond de l'horizon, il y eut des nuages dans le ciel. Mais c'étaient des nuages inconnus, pareils à l'écume de la mer, et le sel voyageait dans le vent comme des grains de sable. Daniel ne pensait plus à fuir. Il se mit à marcher le long de la mer dans la frange de l'écume. A chaque vague, il sentait le sable filer entre ses orteils écartés puis revenir. L'horizon, au loin, se gonflait et s'abaissait comme une respiration, lançait ses poussées vers la terre.

Daniel avait soif. Dans le creux de sa main, il prit un peu d'eau et d'écume et il but une gorgée. Le sel brûla sa bouche et sa langue, mais Daniel continua à boire, parce qu'il aimait le goût de la mer. Il y avait si longtemps qu'il pensait à toute cette eau, libre, sans frontières, toute cette eau qu'on pouvait boire pendant toute sa vie ! Sur le rivage, la dernière marée avait rejeté des morceaux de bois et des racines pareils à de grands ossements. Maintenant l'eau les reprenait lentement, les déposait un peu plus haut, les mélangeait aux grandes algues noires.

Daniel marchait au bord de l'eau, et il regardait tout avidement, comme s'il voulait savoir en un instant tout ce que la mer pouvait lui montrer. Il prenait dans ses mains les algues visqueuses, les morceaux de coquilles, il creusait dans la vase le long des galeries des vers, il cherchait partout, en marchant, ou bien à quatre pattes dans le sable mouillé. Le soleil était dur et fort dans le ciel, et la mer grondait sans arrêt.

De temps en temps, Daniel s'arrêtait, face à l'horizon, et il regardait les hautes vagues qui cherchaient à passer par-dessus les brisants. Il respirait de toutes ses forces, pour sentir le souffle, et c'était comme si la mer et l'horizon gonflaient ses poumons, son ventre, sa tête, et qu'il devenait une sorte de géant. Il regardait l'eau sombre, au loin, là où il n'y avait pas de terre ni d'écume mais seulement le ciel libre, et c'était à elle qu'il parlait, à voix basse, comme si elle avait pu l'entendre ; il disait :

« Viens ! Monte jusqu'ici, arrive ! Viens ! »

« Tu es belle, tu vas venir et tu vas recouvrir toute la terre, toutes les villes, tu vas monter jusqu'en haut des montagnes ! »

« Viens, avec tes vagues, monte, monte ! Par ici, par ici ! »

Puis il reculait, pas à pas, vers le haut de la plage.

Il apprit comme cela le cheminement de l'eau qui monte, qui se gonfle, qui se répand comme des mains le long des petites vallées de sable. Les crabes gris couraient devant lui, leurs pinces levées, légers comme des insectes. L'eau blanche emplissait les trous mystérieux, noyait les galeries secrètes. Elle montait, un peu plus haut à chaque vague, elle élargissait ses nappes mouvantes. Daniel dansait devant elle, comme les

crabes gris, il courait un peu de travers en levant les
bras et l'eau venait mordre ses talons. Puis il redescendait, il creusait des tranchées dans le sable pour qu'elle
monte plus vite, et il chantonnait ses paroles pour
l'aider à venir :

« Allez, monte, allez, vagues, montez plus haut,
venez plus haut, allez ! »

Il était dans l'eau jusqu'à la ceinture, maintenant,
mais il ne sentait pas le froid, il n'avait pas peur. Ses
habits trempés collaient à sa peau, ses cheveux tombaient devant ses yeux comme des algues. La mer
bouillonnait autour de lui, se retirait avec tant de
puissance qu'il devait s'agripper au sable pour ne pas
tomber à la renverse, puis s'élançait à nouveau et le
poussait vers le haut de la plage.

Les algues mortes fouettaient ses jambes, s'enla-
çaient à ses chevilles. Daniel les arrachait comme des
serpents, les jetait dans la mer en criant :

« Arrh ! Arrh ! »

Il ne regardait pas le soleil, ni le ciel. Il ne voyait
même plus la bande lointaine de la terre, ni les
silhouettes des arbres. Il n'y avait personne ici, personne d'autre que la mer, et Daniel était libre.

Tout à coup, la mer se mit à monter plus vite. Elle
s'était gonflée au-dessus des brisants, et maintenant
les vagues arrivaient du large, sans rien qui les
retienne. Elles étaient hautes et larges, un peu de biais,
avec leur crête qui fumait et leur ventre bleu sombre
qui se creusait sous elles, bordé d'écume. Elles arrivèrent si vite que Daniel n'eut pas le temps de se mettre à
l'abri. Il tourna le dos pour fuir, et la vague le toucha
aux épaules, passa par-dessus sa tête. Instinctivement,
Daniel accrocha ses ongles au sable et cessa de respirer. L'eau tomba sur lui avec un bruit de tonnerre,

tourbillonnant, pénétrant ses yeux, ses oreilles, sa bouche, ses narines.

Daniel rampa vers le sable sec, en faisant de grands efforts. Il était si étourdi qu'il resta un moment couché à plat ventre dans la frange d'écume, sans pouvoir bouger. Mais les autres vagues arrivaient, en grondant. Elles levaient encore plus haut leurs crêtes et leurs ventres se creusaient comme des grottes. Alors Daniel courut vers le haut de la plage, et il s'assit dans le sable des dunes, de l'autre côté de la barrière de varech. Pendant le reste de la journée, il ne s'approcha plus de la mer. Mais son corps tremblait encore, et il avait sur toute sa peau, et même à l'intérieur, le goût brûlant du sel, et au fond de ses yeux la tache éblouie des vagues.

A l'autre bout de la baie il y avait un cap noir, creusé de grottes. C'est là que Daniel vécut, les premiers jours, quand il est arrivé devant la mer. Sa grotte, c'était une petite anfractuosité dans les rochers noirs, tapissée de galets et de sable gris. C'est là que Daniel vécut, pendant tous ces jours, pour ainsi dire sans jamais quitter la mer des yeux.

Quand la lumière du soleil apparaissait, très pâle et grise, et que l'horizon était à peine visible comme un fil dans les couleurs mêlées du ciel et de la mer, Daniel se levait et il sortait de la grotte. Il grimpait en haut des rochers noirs pour boire l'eau de pluie dans les flaques. Les grands oiseaux de mer venaient là aussi, ils volaient autour de lui en poussant leurs longs cris grinçants, et Daniel les saluait en sifflant. Le matin, quand la mer était basse, les fonds mystérieux étaient découverts. Il y avait de grandes mares d'eau sombre, des torrents qui cascadaient entre les pierres, des chemins glissants, des collines d'algues vivantes. Alors Daniel quittait le cap et il descendait le long des rochers jusqu'au centre de la plaine découverte par la mer. C'était comme s'il arrivait au centre même de la mer, dans un pays étrange, qui n'existait que quelques heures.

Il fallait se dépêcher. La frange noire des brisants était toute proche, et Daniel entendait les vagues gronder à voix basse, et les courants profonds qui murmuraient. Ici, le soleil ne brillait pas longtemps. La mer reviendrait bientôt les couvrir de son ombre, et la lumière se réverbérait sur eux avec violence, sans parvenir à les réchauffer. La mer montrait quelques secrets, mais il fallait les apprendre vite, avant qu'ils ne disparaissent. Daniel courait sur les rochers du fond de la mer, entre les forêts des algues. L'odeur puissante montait des mares et des vallées noires, l'odeur que les hommes ne connaissent pas et qui les enivre.

Dans les grandes flaques, tout près de la mer, Daniel cherchait les poissons, les crevettes, les coquillages. Il plongeait ses bras dans l'eau, entre les touffes d'algues, et il attendait que les crustacés viennent chatouiller le bout de ses doigts; alors il les attrapait. Dans les flaques, les anémones de mer, violettes, grises, rouge sang ouvraient et fermaient leurs corolles.

Sur les rochers plats vivaient les patelles blanches et bleues, les nasses orange, les mitres, les arches, les tellines. Dans les creux des mares, quelquefois, la lumière brillait sur le dos large des tonnes, ou sur la nacre couleur d'opale d'une natice. Ou bien, soudain, entre les feuilles d'algues apparaissait la coquille vide irisée comme un nuage d'un vieil ormeau, la lame d'un couteau, la forme parfaite d'une coquille Saint-Jacques. Daniel les regardait, longtemps, là où elles étaient, à travers la vitre de l'eau, et c'était comme s'il vivait dans la flaque lui aussi, au fond d'une crevasse minuscule, ébloui par le soleil et attendant la nuit de la mer.

Pour manger, il chassait les patelles. Il fallait s'approcher d'elles sans faire de bruit, pour qu'elles ne se soudent pas à la pierre. Puis les décoller d'un coup de pied, en frappant avec le bout du gros orteil. Mais souvent les patelles entendaient le bruit de ses pas, ou le chuintement de sa respiration, et elles se collaient contre les rochers plats, en faisant une série de claquements. Quand Daniel avait pris suffisamment de crevettes et de coquillages, il déposait sa pêche dans une petite flaque, au creux d'un rocher, pour la faire cuire plus tard dans une boîte de conserve sur un feu de varech. Puis il allait voir plus loin, tout à fait à l'extrêmité de la plaine du fond de la mer, là où les vagues déferlaient. Car c'était là que vivait son ami poulpe.

C'était lui que Daniel avait connu tout de suite, le premier jour où il était arrivé devant la mer, avant même de connaître les oiseaux de mer et les anémones. Il était venu jusqu'au bord des vagues qui déferlent en tombant sur elles-mêmes, quand la mer et l'horizon ne bougent plus, ne se gonflent plus, et que les grands courants sombres semblent se retenir avant de bondir. C'était l'endroit le plus secret du monde, sans doute, là où la lumière du jour ne brille que pendant quelques minutes. Daniel avait marché très doucement, en se retenant aux parois des roches glissantes, comme s'il descendait vers le centre de la terre. Il avait vu la grande mare aux eaux lourdes, où bougeaient lentement les algues longues, et il était resté immobile, le visage touchant presque la surface. Alors il avait vu les tentacules du poulpe qui flottaient devant les parois de la mare. Ils sortaient d'une faille, tout près du fond, pareils à de la fumée, et ils glissaient doucement sur les algues. Daniel avait retenu son souffle, regardant les tentacules qui bougeaient à peine, mêlés aux filaments des algues.

Puis le poulpe était sorti. Le long corps cylindrique bougeait avec précaution, ses tentacules ondulant devant lui. Dans la lumière brisée du soleil éphémère, les yeux jaunes du poulpe brillaient comme du métal sous les sourcils proéminents. Le poulpe avait laissé flotter un instant ses longs tentacules aux disques violacés, comme s'il cherchait quelque chose. Puis il avait vu l'ombre de Daniel penchée au-dessus de la mare, et il avait bondi en arrière, en serrant ses tentacules et en lâchant un drôle de nuage gris-bleu.

Maintenant, comme chaque jour, Daniel arrivait au bord de la mare, tout près des vagues. Il se pencha au-dessus de l'eau transparente, et il appela doucement le poulpe. Il s'assit sur le rocher en laissant ses jambes nues plonger dans l'eau, devant la faille où habitait le poulpe, et il attendit, sans bouger. Au bout d'un moment, il sentit les tentacules qui touchaient légèrement sa peau, qui s'enroulaient autour de ses chevilles. Le poulpe le caressait avec précaution, quelquefois entre les orteils et sous la plante des pieds, et Daniel se mettait à rire.

« Bonjour Wiatt », dit Daniel. Le poulpe s'appelait Wiatt, mais il ne savait pas son nom, bien sûr. Daniel lui parlait à voix basse, pour ne pas l'effrayer. Il lui posait des questions sur ce qui se passe au fond de la mer, sur ce qu'on voit quand on est en dessous des vagues. Wiatt ne répondait pas, mais il continuait à caresser les pieds et les chevilles de Daniel, très doucement, comme avec des cheveux.

Daniel l'aimait bien. Il ne pouvait jamais le voir très longtemps, parce que la mer montait vite. Quand la pêche avait été bonne, Daniel lui apportait un crabe, ou des crevettes, qu'il lâchait dans la mare. Les tentacules gris jaillissaient comme des fouets, saisissaient les proies et les ramenait vers le rocher. Daniel ne voyait jamais le poulpe manger. Il restait presque toujours caché dans sa faille noire, immobile, avec ses longs tentacules qui flottaient devant lui. Peut-être qu'il était comme Daniel, peut-être qu'il avait voyagé longtemps pour trouver sa maison au fond de la mare, et qu'il regardait le ciel clair à travers l'eau transparente.

Lorsque la mer était tout à fait basse, il y avait comme une illumination. Daniel marchait au milieu des rochers, sur les tapis d'algues, et le soleil commençait à se réverbérer sur l'eau et sur les pierres, allumait des feux pleins de violence. Il n'y avait pas de vent à ce moment-là, pas un souffle. Au-dessus de la plaine du fond de la mer, le ciel bleu était très grand, il brillait d'une lumière exceptionnelle. Daniel sentait la chaleur sur sa tête et sur ses épaules, il fermait les yeux pour ne pas être aveuglé par le miroitement terrible. Il n'y avait rien d'autre alors, rien d'autre : le ciel, le soleil, le sel, qui commençaient à danser sur les rochers.

Un jour où la mer était descendue si loin qu'on ne voyait plus qu'un mince liséré bleu, vers l'horizon, Daniel se mit en route à travers les rochers du fond de la mer. Il sentit tout à coup l'ivresse de ceux qui sont entrés sur une terre vierge, et qui savent qu'ils ne pourront peut-être pas revenir. Il n'y avait plus rien de semblable, ce jour-là ; tout était inconnu, nouveau. Daniel se retourna et il vit la terre ferme loin derrière lui, pareille à un lac de boue. Il sentit aussi la solitude, le silence des rochers nus usés par l'eau de la mer, l'inquiétude qui sortait de toutes les fissures, de tous les puits secrets, et il se mit à marcher plus vite, puis à courir. Son cœur battait fort dans sa poitrine, comme le premier jour où il était arrivé devant la mer. Daniel courait sans reprendre haleine, bondissait par-dessus les mares et les vallées d'algues, suivait les arêtes rocheuses en écartant les bras pour garder son équilibre.

Il y avait parfois de larges dalles gluantes, couvertes d'algues microscopiques, ou bien des rocs aigus comme des lames, d'étranges pierres qui ressemblaient à des peaux de squale. Partout, les flaques d'eau étincelaient, frissonnaient. Les coquillages incrustés dans les roches crépitaient au soleil, les rouleaux d'algues faisaient un drôle de bruit de vapeur.

Daniel courait sans savoir où il allait, au milieu de la plaine du fond de la mer, sans s'arrêter pour voir la limite des vagues. La mer avait disparu maintenant, elle s'était retirée jusqu'à l'horizon comme si elle avait coulé par un trou qui communiquait avec le centre de la terre.

Daniel n'avait pas peur, mais il n'était plus tout à fait lui-même. Il n'appelait pas la mer, il ne lui parlait plus. La lumière du soleil se réverbérait sur l'eau des flaques comme sur des miroirs, elle se brisait sur les pointes des rochers, elle faisait des bonds rapides, elle multipliait ses éclairs. La lumière était partout à la fois, si proche qu'il sentait sur son visage le passage des rayons durcis, ou bien très loin, pareille à l'étincelle froide des planètes. C'était à cause d'elle que Daniel courait en zigzag à travers la plaine des rochers. La lumière l'avait rendu libre et fou, et il bondissait comme elle, sans voir. La lumière n'était pas douce et tranquille, comme celle des plages et des dunes. C'était un tourbillon insensé qui jaillissait sans cesse, rebondissait entre les deux miroirs du ciel et des rochers.

Surtout, il y avait le sel. Depuis des jours, il s'était accumulé partout sur les pierres noires, sur les galets, dans les coquilles des mollusques et même sur les petites feuilles pâles des plantes grasses, au pied de la falaise. Le sel avait pénétré la peau de Daniel, s'était déposé sur ses lèvres, dans ses sourcils et ses cils, dans ses cheveux et ses vêtements, et maintenant cela faisait une carapace dure qui brûlait. Le sel était même entré à l'intérieur de son corps, dans sa gorge, dans son ventre, jusqu'au centre de ses os, il rongeait et crissait comme une poussière de verre, il allumait des étincelles sur ses rétines douloureuses. La lumière du soleil avait enflammé le sel, et maintenant chaque prisme scintillait autour de Daniel et dans son corps. Alors il y avait cette sorte d'ivresse, cette électricité qui vibrait, parce que le sel et la lumière ne voulaient pas qu'on reste en place ; ils voulaient qu'on danse et qu'on coure, qu'on saute d'un rocher à l'autre, ils voulaient qu'on fuie à travers le fond de la mer.

Daniel n'avait jamais vu tant de blancheur. Même l'eau des mares, même le ciel étaient blancs. Ils brûlaient les rétines. Daniel ferma les yeux tout à fait et il s'arrêta, parce que ses jambes tremblaient et ne pouvaient plus le porter. Il s'assit sur un rocher plat, devant un lac d'eau de mer. Il écouta le bruit de la lumière qui bondissait sur les roches, tous les craquements secs, les claquements, les chuintements, et, près de ses oreilles, le murmure aigu pareil au chant des abeilles. Il avait soif, mais c'était comme si aucune eau ne pourrait le rassasier jamais. La lumière continuait à brûler son visage, ses mains, ses épaules, elle mordait avec des milliers de picotements, de fourmillements. Les larmes salées se mirent à couler de ses yeux fermés, lentement, traçant des sillons chauds sur ses joues. Entrouvrant ses paupières avec effort, il regarda la

plaine des roches blanches, le grand désert où brillaient les mares d'eau cruelle. Les animaux marins et
les coquillages avaient disparu, ils s'étaient cachés
dans les failles, sous les rideaux des algues.

Daniel se pencha en avant sur le rocher plat, et il mit
sa chemise sur sa tête, pour ne plus voir la lumière et le
sel. Il resta longtemps immobile, la tête entre ses
genoux, tandis que la danse brûlante passait et repas-
sait sur le fond de la mer.

Puis le vent est venu, faible d'abord, qui marchait
avec peine dans l'air épais. Le vent grandit, le vent
froid sorti de l'horizon, et les mares d'eau de mer
frémissaient et changeaient de couleur. Le ciel eut des
nuages, la lumière redevint cohérente. Daniel entendit
le grondement de la mer proche, les grandes vagues
qui frappaient leurs ventres sur les rochers. Des gouttes d'eau mouillèrent ses habits et il sortit de sa
torpeur.

La mer était là, déjà. Elle venait très vite, elle
entourait avec hâte les premiers rochers comme des
îles, elle noyait les crevasses, elle glissait avec un bruit
de rivière en crue. Chaque fois qu'elle avait englouti un
morceau de roche, il y avait un bruit sourd qui
ébranlait le socle de la terre, et un rugissement dans
l'air.

Daniel se leva d'un bond. Il se mit à courir vers le
rivage sans s'arrêter. Maintenant il n'avait plus sommeil, il ne craignait plus la lumière et le sel. Il sentait
une sorte de colère au fond de son corps, une force qu'il
ne comprenait pas, comme s'il avait pu briser les
rochers et creuser les fissures, comme cela, d'un seul
coup de talon. Il courait au-devant de la mer, en
suivant la route du vent, et il entendait derrière lui le
rugissement des vagues. De temps en temps, il criait,
lui aussi, pour les imiter :

« Ram ! Ram ! »
car c'était lui qui commandait la mer.

Il fallait courir vite ! La mer voulait tout prendre, les rochers, les algues, et aussi celui qui courait devant elle. Parfois elle lançait un bras, à gauche, ou à droite, un long bras gris et taché d'écume qui coupait la route de Daniel. Il faisait un bond de côté, il cherchait un passage au sommet des roches, et l'eau se retirait en suçant les trous des crevasses.

Daniel traversa plusieurs lacs déjà troubles, en nageant. Il ne sentait plus la fatigue. Au contraire, il y avait une sorte de joie en lui, comme si la mer, le vent et le soleil avaient dissous le sel et l'avaient libéré.

La mer était belle ! Les gerbes blanches fusaient dans la lumière, très haut et très droit, puis retombaient en nuages de vapeur qui glissaient dans le vent. L'eau nouvelle emplissait les creux des roches, lavait la croûte blanche, arrachait les touffes d'algues. Loin, près des falaises, la route blanche de la plage brillait. Daniel pensait au naufrage de Sindbad, quand il avait été porté par les vagues jusqu'à l'île du roi Mihrage, et c'était tout à fait comme cela, maintenant. Il courait vite sur les rochers, ses pieds nus choisissaient les meilleurs passages, sans même qu'il ait eu le temps d'y penser. Sans doute il avait vécu ici depuis toujours, sur la plaine du fond de la mer, au milieu des naufrages et des tempêtes.

Il allait à la même vitesse que la mer, sans s'arrêter, sans reprendre son souffle, écoutant le bruit des vagues. Elles venaient de l'autre bout du monde, hautes, penchées en avant, portant l'écume, elles glissaient sur les roches lisses et elles s'écrasaient dans les crevasses.

Le soleil brillait de son éclat fixe, tout près de l'horizon. C'était de lui que venait toute cette force, sa lumière poussait les vagues contre la terre. C'était une danse qui ne pouvait pas finir, la danse du sel quand la mer était basse, la danse des vagues et du vent quand le flot remontait vers le rivage.

Daniel entra dans la grotte quand la mer atteignit le rempart de varech. Il s'assit sur les galets pour regarder la mer et le ciel. Mais les vagues dépassèrent les algues et il dut reculer à l'intérieur de la grotte. La mer battait toujours, lançait ses nappes blanches qui frémissaient sur les cailloux comme une eau en train de bouillir. Les vagues continuèrent à monter, comme cela, une après l'autre, jusqu'à la dernière barrière d'algues et de brindilles. Elle trouvait les algues les plus sèches, les branches d'arbre blanchies par le sel, tout ce qui s'était amoncelé à l'entrée de la grotte depuis des mois. L'eau butait contre les débris, les séparait, les prenait dans le ressac. Maintenant Daniel avait le dos contre le fond de la grotte. Il ne pouvait plus reculer davantage. Alors il regarda la mer pour l'arrêter. De toutes ses forces, il la regardait, sans parler, et il renvoyait les vagues en arrière, en faisant des contre-lames qui brisaient l'élan de la mer.

Plusieurs fois, les vagues sautèrent par-dessus les remparts d'algues et de débris, éclaboussant le fond de la grotte et entourant les jambes de Daniel. Puis la mer cessa de monter tout d'un coup. Le bruit terrible s'apaisa, les vagues devinrent plus douces, plus lentes, comme alourdies par l'écume. Daniel comprit que c'était fini.

Il s'allongea sur les galets, à l'entrée de la grotte, la tête tournée vers la mer. Il grelottait de froid et de fatigue, mais il n'avait jamais connu un tel bonheur. Il s'endormit comme cela, dans la paix étale, et la lumière du soleil baissa lentement comme une flamme qui s'éteint.

Après cela, qu'est-il devenu ? Qu'a-t-il fait, tous ces jours, tous ces mois, dans sa grotte, devant la mer ? Peut-être qu'il est parti vraiment pour l'Amérique, ou jusqu'en Chine, sur un cargo qui allait lentement, de port en port, d'île en île. Les rêves qui commencent ainsi ne doivent pas s'arrêter. Ici, pour nous qui sommes loin de la mer, tout était impossible et facile. Tout ce que nous savions, c'est qu'il s'était passé quelque chose d'étrange.

C'était étrange, parce que cela avait un aspect illogique qui démentait tout ce que les gens sérieux disaient. Ils s'étaient tellement agités en tous sens pour retrouver la trace de Daniel Sindbad, les professeurs, les surveillants, les policiers, ils avaient posé tant de questions, et voilà qu'un jour, à partir d'une certaine date, ils ont fait comme si Daniel n'avait jamais existé. Ils ne parlaient plus de lui. Ils ont envoyé tous ses effets, et même ses vieilles copies à ses parents, et il n'est plus rien resté de lui dans le Lycée que son souvenir. Et même de cela, les gens ne voulaient plus. Ils ont recommencé à parler de choses et d'autres, de leurs femmes et de leurs maisons, de leurs autos et des élections cantonales, comme avant, comme s'il ne s'était rien passé.

Peut-être qu'ils ne faisaient pas semblant. Peut-être qu'ils avaient réellement oublié Daniel, à force d'avoir trop pensé à lui pendant des mois. Peut-être que s'il était revenu, et qu'il s'était présenté à la porte du Lycée, les gens ne l'auraient pas reconnu et lui auraient demandé :

« Qui êtes-vous ? Qu'est-ce que vous voulez ? »

Mais nous, nous ne l'avions pas oublié. Personne ne l'avait oublié, dans le dortoir, dans les classes, dans la cour, même ceux qui ne l'avaient pas connu. Nous parlions des choses du Lycée, des problèmes et des versions, mais nous pensions toujours très fort à lui, comme s'il était réellement un peu Sindbad et qu'il continuait à parcourir le monde. De temps en temps, nous nous arrêtions de parler, et quelqu'un posait la question, toujours la même :

« Tu crois qu'il est là-bas ? »

Personne ne savait au juste ce que c'était, là-bas, mais c'était comme si on voyait cet endroit, la mer immense, le ciel, les nuages, les récifs sauvages et les vagues, les grands oiseaux blancs qui planent dans le vent.

Quand la brise agitait les branches des châtaigniers, on regardait le ciel, et on disait, avec un peu d'inquiétude, à la manière des marins :

« Il va y avoir de la tempête. »

Et quand le soleil de l'hiver brillait dans le ciel bleu, on commentait :

« Il a de la chance aujourd'hui. »

Mais on ne disait jamais beaucoup plus, parce que c'était comme un pacte qu'on avait conclu sans le savoir avec Daniel, une alliance de secret et de silence qu'on avait passée un jour avec lui, ou bien peut-être comme ce rêve qu'on avait commencé, simplement, un matin, en ouvrant les yeux et en voyant dans la pénombre du dortoir le lit de Daniel, qu'il avait préparé pour le reste de sa vie, comme s'il ne devait plus jamais dormir.

Hazaran

La Digue des Français, ce n'était pas vraiment une ville, parce qu'il n'y avait pas de maisons, ni de rues, seulement des huttes de planche et de papier goudronné et de la terre battue. Peut-être qu'elle s'appelait comme cela parce qu'elle était habitée par des Italiens, Yougoslaves, Turcs, Portugais, Algériens, Africains, des maçons, des terrassiers, des paysans qui n'étaient pas sûrs de trouver du travail et qui ne savaient jamais s'ils allaient rester un an ou deux jours. Ils arrivaient ici, à la Digue, près des marécages qui bordent l'estuaire du fleuve, ils s'installaient là où ils pouvaient et ils construisaient leur hutte en quelques heures. Ils achetaient des planches à ceux qui partaient, des planches tellement vieilles et percées de trous qu'on voyait le jour au travers. Pour le toit, ils mettaient des planches aussi, et de grandes feuilles de papier goudronné, ou bien, quand ils avaient la chance d'en trouver, des morceaux de tôle ondulée tenus par du fil de fer et des cailloux. Ils bourraient les trous avec des bouts de chiffon.

C'était là que vivait Alia, à l'ouest de la Digue, non loin de la maison de Martin. Elle était arrivée ici en même temps que lui, tout à fait au début, quand il n'y avait qu'une dizaine de huttes, et que la terre était encore toute molle avec de grands champs d'herbe et des roseaux, au bord du marécage. Son père et sa mère étaient morts accidentellement, alors qu'elle ne savait rien faire d'autre que jouer avec les autres enfants, et sa tante l'avait prise chez elle. Maintenant, après quatre ans, la Digue s'était agrandie, elle couvrait la rive gauche de l'estuaire, depuis le talus de la grand-route jusqu'à la mer, avec une centaine d'allées de terre battue et tellement de huttes qu'on ne pouvait pas les compter. Chaque semaine, plusieurs camions s'arrêtaient à l'entrée de la Digue pour décharger de nouvelles familles et prendre celles qui s'en allaient. En allant chercher l'eau à la pompe, ou acheter du riz et des sardines à la coopérative, Alia s'arrêtait pour regarder les nouveaux venus qui s'installaient là où il y avait encore de la place. Quelquefois la police venait aussi à l'entrée de la Digue pour inspecter, et noter dans un cahier les départs et les arrivées.

Alia se souvenait très bien du jour où Martin était arrivé. La première fois qu'elle l'avait vu, il était descendu du camion avec d'autres personnes. Son visage et ses habits étaient gris de poussière, mais elle l'avait remarqué tout de suite. C'était un drôle d'homme grand et maigre, avec un visage assombri par le soleil, comme un marin. On pouvait croire qu'il était vieux, à cause des rides sur son front et sur ses joues, mais ses cheveux étaient très noirs et abondants, et ses yeux brillaient aussi fort que des miroirs. Alia pensait qu'il avait les yeux les plus intéressants de la Digue, et peut-être même de tout le pays, et c'est pour cela qu'elle l'avait remarqué.

Elle était restée immobile quand il était passé à côté d'elle. Il marchait lentement, en regardant autour de lui, comme s'il était simplement venu visiter l'endroit

et que le camion allait le reprendre dans une heure.
Mais il était resté.

Martin ne s'était pas installé au centre de la Digue. Il
était allé tout à fait au bout du marais, là où commencent les galets de la plage. C'était là qu'il avait
construit sa hutte, tout seul sur ce morceau de terre
dont personne d'autre n'aurait voulu, parce que c'était
trop loin de la route et des pompes d'eau douce. Sa
maison était vraiment la dernière maison de la ville.

Martin l'avait construite lui-même, sans l'aide de
personne, et Alia pensait que c'était aussi la maison la
plus intéressante de la région, à sa manière. C'était une
hutte circulaire, sans autre orifice qu'une porte basse
que Martin ne pouvait pas franchir debout. Le toit
était en papier goudronné, comme les autres, mais en
forme de couvercle. Quand on voyait la maison de
Martin, de loin, dans la brume du matin, tout à fait
seule au milieu des terrains vagues, à la limite du
marécage et de la plage, elle semblait plus grande et
plus haute, comme une tour de château.

C'était d'ailleurs le nom qu'Alia lui avait donné, dès
le début : le château. Les gens qui n'aimaient pas
Martin et qui se moquaient un peu de lui, comme le
gérant de la coopérative, par exemple, disaient que
c'était plutôt comme une niche, mais c'est parce qu'ils
étaient jaloux. C'est cela qui était étrange, d'ailleurs,
parce que Martin était très pauvre, encore plus pauvre
que n'importe qui dans cette ville, mais cette maison
sans fenêtres avait quelque chose de mystérieux et de
quasiment majestueux qu'on ne comprenait pas bien
et qui intimidait.

Martin habitait là tout seul, à l'écart. Il y avait
toujours du silence autour de sa maison, surtout le
soir, un silence qui rendait tout lointain et irréel.
Quand le soleil brillait au-dessus de la vallée poussié-

reuse et du marais, Martin restait assis sur une caisse, devant la porte de sa maison. Les gens n'allaient pas très souvent de ce côté-là, peut-être parce que le silence les intimidait vraiment, ou bien parce qu'ils ne voulaient pas déranger Martin. Le matin et le soir, parfois, il y avait les femmes qui cherchaient du bois mort, et les enfants qui revenaient de l'école. Martin aimait bien les enfants. Il leur parlait avec douceur, et c'étaient les seuls à qui il souriait vraiment. Alors ses yeux devenaient très beaux, ils brillaient comme des miroirs de pierre, pleins d'une lumière claire qu'Alia n'avait jamais vue ailleurs. Les enfants l'aimaient bien aussi, parce qu'il savait raconter des histoires et poser des devinettes. Le reste du temps, Martin ne travaillait pas réellement, mais il savait réparer de petites choses, dans les rouages des montres, dans les postes de radio, dans les pistons des réchauds à kérosène. Il faisait cela pour rien, parce qu'il ne voulait pas toucher d'argent.

Alors, depuis qu'il était arrivé ici, chaque jour, les gens envoyaient leurs enfants lui porter un peu de nourriture dans des assiettes, des pommes de terre, des sardines, du riz, du pain, ou un peu de café chaud dans un verre. Les femmes venaient aussi quelquefois lui donner de la nourriture, et Martin remerciait en disant quelques mots. Puis, quand il avait fini de manger, il rendait l'assiette aux enfants. C'était comme cela qu'il voulait être payé.

Alia aimait bien rendre visite à Martin, pour entendre ses histoires et voir la couleur de ses yeux. Elle prenait un morceau de pain dans la réserve, et elle traversait la Digue jusqu'au château. Quand elle arrivait, elle voyait l'homme assis sur sa caisse, devant sa maison, en train de réparer une lampe à gaz, et elle s'asseyait par terre devant lui pour le regarder.

La première fois qu'elle était venue lui porter du

pain, il l'avait regardée de ses yeux pleins de lumière et lui avait dit :

« Bonjour, lune. »

« Pourquoi m'appelez-vous lune ? » avait demandé Alia.

Martin avait souri, et ses yeux étaient encore plus brillants.

« Parce que c'est un nom qui me plaît. Tu ne veux pas que je t'appelle lune ? »

« Je ne sais pas. Je ne pensais pas que c'était un nom. »

« C'est un joli nom », avait dit Martin. « Tu as déjà regardé la lune, quand le ciel est très pur et très noir, les nuits où il fait très froid ? Elle est toute ronde et douce, et je trouve que tu es comme cela. »

Et depuis ce jour-là, Martin l'avait toujours appelée de ce nom : lune, petite lune. Et il avait un nom pour chacun des enfants qui venaient le voir, un nom de plante, de fruit ou d'animal qui les faisait bien rire. Martin ne parlait pas de lui-même, et personne n'aurait osé lui demander quoi que ce soit. Au fond, c'était comme s'il avait toujours été là, dans la Digue, bien avant les autres, bien avant même qu'on ait construit la route, le pont de fer et la piste d'atterrissage des avions. Il savait sûrement des choses que les gens d'ici ne savaient pas, des choses très anciennes et très belles qu'il gardait à l'intérieur de sa tête et qui faisaient briller la lumière dans ses yeux.

C'est cela qui était étrange, surtout, parce que Martin ne possédait rien, pas même une chaise ou un lit. Dans sa maison, il n'y avait rien d'autre qu'une natte pour dormir par terre et une cruche d'eau sur une caisse. Alia ne comprenait pas bien, mais elle sentait que c'était un désir chez lui, comme s'il ne voulait rien garder. C'était étrange, parce que c'était comme une parcelle de la lumière claire qui brillait toujours dans ses yeux, comme ces mares d'eau qui sont plus transparentes et plus belles quand il n'y a rien au fond.

Dès qu'elle avait fini son travail, Alia sortait de la maison de sa tante en serrant dans sa chemise le morceau de pain, et elle allait s'asseoir devant Martin. Elle aimait bien regarder aussi ses mains pendant qu'il réparait les choses. Il avait de grandes mains noircies par le soleil, avec des ongles cassés comme les terrassiers et les maçons, mais plus légères et habiles, qui savaient faire des nœuds avec des fils minuscules et tourner des écrous qu'on voyait à peine. Ses mains travaillaient pour lui, sans qu'il s'en occupe, sans qu'il les regarde, et ses yeux étaient fixés ailleurs au loin, comme s'il pensait à autre chose.

« A quoi pensez-vous ? » demandait Alia.

L'homme la regardait en souriant.

« Pourquoi me demandes-tu cela, petite lune ? Et toi, à quoi penses-tu ? »

Alia se concentrait et réfléchissait.

« Je pense que ça doit être beau, là d'où vous venez. »

« Qu'est-ce qui te fait croire cela ? »

« Parce que — »

Elle ne trouvait pas la réponse et rougissait.

« Tu as raison », disait Martin. « C'est très beau. »

« Je pense aussi que la vie est triste, ici », disait encore Alia.

« Pourquoi dis-tu cela ? Je ne trouve pas. »

« Parce que, ici, il n'y a rien, c'est sale, il faut aller chercher l'eau à la pompe, il y a des mouches, des rats, et tout le monde est si pauvre. »

« Moi aussi, je suis pauvre », disait Martin. « Et pourtant je ne trouve pas que c'est une raison pour être triste. »

Alia réfléchissait encore.

« Si c'est tellement beau, là d'où vous venez — Alors pourquoi est-ce que vous êtes parti, pourquoi est-ce que vous êtes venu ici où tout est si — si sale, si laid ? »

Martin la regardait avec attention, et Alia cherchait dans la lumière de ses yeux tout ce qu'elle pouvait voir de cette beauté que l'homme avait contemplée autrefois, le pays immense, aux reflets profonds et dorés qui était resté vivant dans la couleur de ses iris. Mais la voix de Martin était plus douce, comme lorsqu'il racontait une histoire.

« Est-ce que tu pourrais être heureuse d'avoir mangé, tout ce que tu aimes le mieux, petite lune, si tu savais qu'à côté de toi il y a une famille qui n'a pas mangé depuis deux jours ? »

Alia secouait la tête.

« Est-ce que tu pourrais être heureuse de regarder le ciel, la mer, les fleurs, ou d'écouter le chant des oiseaux, si tu savais qu'à côté de toi, dans la maison voisine, il y a un enfant qui est enfermé sans raison, et qui ne peut rien voir, rien entendre, rien sentir ? »

« Non », disait Alia. « J'irais d'abord ouvrir la porte de sa maison, pour qu'il puisse sortir. »

Et en même temps qu'elle disait cela, elle comprenait qu'elle venait de répondre à sa propre question. Martin la regardait encore en souriant, puis il continuait à réparer l'objet, un peu distraitement, sans regarder ses mains bouger.

Alia n'était pas sûre d'être tout à fait convaincue. Elle disait encore :

« Tout de même, ça doit être vraiment très beau, là-bas, chez vous. »

Quand l'homme avait fini de travailler, il se levait et prenait Alia par la main. Il la conduisait lentement jusqu'au bout du terrain vague, devant le marécage.

« Regarde », disait-il alors. Il montrait le ciel, la terre plate, l'estuaire de la rivière qui s'ouvrait sur la mer. « Voilà, c'est tout ça, là d'où je viens. »

« Tout ? »

« Tout, oui, tout ce que tu vois. »

Alia restait un long moment debout, immobile, à regarder tant qu'elle pouvait, jusqu'à ce que ses yeux lui fassent mal. Elle regardait de toutes ses forces, comme si le ciel allait enfin s'ouvrir et montrer tous ces palais, tous ces châteaux, ces jardins pleins de fruits et d'oiseaux, et le vertige l'obligeait à fermer les yeux.

Quand elle se retournait, Martin était parti. Sa haute silhouette maigre marchait entre les rangées des cabanes, vers l'autre bout de la ville.

C'est à partir de ce jour qu'Alia avait commencé à regarder le ciel, à le regarder vraiment, comme si elle ne l'avait jamais vu. Quand elle travaillait dans la maison de sa tante, parfois elle sortait un instant pour lever la tête en l'air, et quand elle rentrait, elle sentait quelque chose qui continuait à vibrer dans ses yeux et dans son corps, et elle se cognait un peu aux meubles, parce que ses rétines étaient éblouies.

Quand les autres enfants ont su d'où venait Martin, ils ont été bien étonnés. Alors à cette époque-là, il y avait beaucoup d'enfants ici, dans la Digue, qui se baladaient la tête levée en l'air, pour regarder le ciel, et qui se cognaient aux poteaux, et les gens se demandaient ce qui avait bien pu leur arriver. Peut-être qu'ils pensaient que c'était un nouveau jeu.

Quelquefois, personne ne savait pourquoi, Martin ne voulait plus manger. Les enfants venaient lui porter la nourriture dans des assiettes, comme chaque matin, et il refusait poliment, il disait :

« Non merci, pas aujourd'hui. »

Même quand Alia venait, avec son morceau de pain serré dans sa chemise, il souriait gentiment et secouait la tête. Alia ne comprenait pas pourquoi l'homme refusait de manger, parce que, autour de la maison, sur la terre, dans le ciel, tout était comme à l'ordinaire. Dans le ciel bleu il y avait le soleil, un ou deux nuages, et de temps en temps un avion à réaction qui atterrissait ou qui décollait. Dans les allées de la Digue, les enfants jouaient et criaient, et les femmes les interpellaient et leur donnaient des ordres en toutes sortes de langues. Alia ne voyait pas ce qui avait pu changer. Mais elle s'asseyait tout de même devant Martin, avec deux ou trois autres enfants, et ils attendaient qu'il leur parle.

Martin n'était pas comme les autres jours. Quand il ne mangeait pas, son visage semblait plus vieux, et ses yeux brillaient autrement, de la lueur inquiète des gens qui ont de la fièvre. Martin regardait ailleurs, par-dessus la tête des enfants, comme s'il voyait plus loin que la terre et le marais, de l'autre côté du fleuve et des collines, si loin qu'il aurait fallu des mois et des mois pour arriver jusque-là.

Ces jours-là, il ne parlait presque pas, et Alia ne lui posait pas de questions. Les gens venaient, comme les autres jours, pour lui demander un service, recoller une paire de chaussures, arranger une pendule, ou bien simplement écrire une lettre. Mais Martin leur répondait à peine, il secouait la tête et disait à voix basse, presque sans remuer les lèvres :

« Pas aujourd'hui, pas aujourd'hui... »

Alia avait compris qu'il n'était pas là pendant ces jours, qu'il était réellement ailleurs, même si son corps restait immobile, couché sur la natte, à l'intérieur de la maison. Il était peut-être retourné dans son pays

d'origine, là où tout est si beau, où tout le monde est
prince ou princesse, ce pays dont il avait montré un
jour la route qui passe à travers le ciel.

Chaque jour, Alia revenait avec un morceau de pain
neuf, pour attendre son retour. Cela durait parfois très
longtemps, et elle était un peu effrayée de voir son
visage qui se creusait, qui devenait gris comme si la
lumière avait cessé de brûler et qu'il ne restait que les
cendres. Puis, un matin, il était de retour, si faible qu'il
pouvait à peine marcher de sa couche jusqu'au terrain
vague devant sa maison. Quand il voyait Alia, il la
regardait enfin en souriant faiblement, et ses yeux
étaient ternis par la fatigue.

« J'ai soif », disait-il. Sa voix était lente et enrouée.

Alia posait le morceau de pain par terre, et elle
courait à travers la ville pour chercher un seau d'eau.
Quand elle revenait, à bout de souffle, Martin buvait
longuement, à même le seau. Puis il lavait son visage et
ses mains, il s'asseyait sur la caisse, au soleil, et il
mangeait le morceau de pain. Il faisait quelques pas
autour de la maison, il regardait autour de lui. La
lumière du soleil réchauffait son visage et ses mains, et
ses yeux recommençaient à briller.

Alia regardait l'homme avec impatience. Elle osait
lui demander :

« Comment était-ce ? »

Il paraissait ne pas comprendre.

« Comment était quoi ? »

« Comment était-ce, là où vous êtes allé ? »

Martin ne répondait pas. Peut-être qu'il ne se souvenait de rien, comme s'il était simplement passé à
travers un songe. Il recommençait à vivre et à parler
comme avant, assis au soleil devant la porte de sa
maison, à réparer les machines cassées, ou bien mar-

chant dans les allées de la Digue et saluant les gens au passage.

Plus tard, Alia avait encore demandé :

« Pourquoi vous ne voulez pas manger, quelque-fois ? »

« Parce que je dois jeûner », avait dit Martin.

Alia réfléchissait.

« Qu'est-ce que ça veut dire, jeûner ? »

Elle avait ajouté aussitôt :

« Est-ce que c'est comme voyager ? »

Mais Martin riait :

« Quelle drôle d'idée ! Non, jeûner, c'est quand on n'a pas envie de manger. »

Comment peut-on ne pas avoir envie de manger ? pensait Alia. Personne ne lui avait rien dit d'aussi bizarre. Malgré elle, elle pensait aussi à tous les enfants de la Digue qui cherchaient toute la journée quelque chose à manger, même ceux qui n'avaient pas faim. Elle pensait à ceux qui allaient voler dans les supermarchés, près de l'aéroport, à ceux qui partaient chaparder des fruits et des œufs dans les jardins des alentours.

Martin répondait tout de suite, comme s'il avait entendu ce que pensait Alia.

« Est-ce que tu as déjà eu très soif, un jour ? »

« Oui », disait Alia.

« Quand tu avais très soif, est-ce que tu avais envie de manger ? »

Elle secouait la tête.

« Non, n'est-ce pas ? Tu avais seulement envie de boire, très envie. Tu avais l'impression que tu aurais pu boire toute l'eau de la pompe et, à ce moment-là, si on t'avait donné une grande assiette de nourriture, tu l'aurais refusée, parce que c'était de l'eau qu'il te fallait. »

Martin s'arrêtait de parler un instant. Il souriait.

« Egalement, quand tu avais très faim, tu n'aurais pas aimé qu'on te donne une cruche d'eau. Tu aurais dit, non, pas maintenant, je veux d'abord manger, manger tant que je peux, et puis après, s'il reste une petite place, je boirai l'eau. »

« Mais vous ne mangez ni ne buvez ! » s'exclamait Alia.

« C'est ce que je voulais te dire, petite lune », disait Martin.

« Quand on jeûne, c'est qu'on n'a pas envie de nourriture ni d'eau, parce qu'on a très envie d'autre chose, et que c'est plus important que de manger ou de boire. »

« Et de quoi est-ce qu'on a envie, alors ? » demandait Alia.

« De Dieu », disait Martin.

Il avait dit cela simplement, comme si c'était évident, et Alia n'avait pas posé d'autres questions. C'était la première fois que Martin parlait de Dieu, et cela lui faisait un peu peur, pas exactement peur, mais cela l'éloignait tout à coup, la poussait loin en arrière, comme si toute l'étendue de la Digue avec ses huttes de planches et le marais au bord du fleuve la séparaient de Martin.

Mais l'homme ne semblait pas s'en apercevoir. Maintenant, il se levait, il regardait la plaine du marais où les roseaux se balançaient. Il passait sa main sur les cheveux d'Alia, et il s'en allait lentement sur le chemin qui traversait la ville, tandis que les enfants couraient devant lui en criant pour fêter son retour.

A cette époque-là, Martin avait déjà commencé son enseignement, mais personne ne le savait. Ce n'était pas vraiment un enseignement, je veux dire, comme celui d'un prêtre ou d'un instituteur, parce que cela se faisait sans solennité, et qu'on apprenait sans bien savoir ce qu'on avait appris. Les enfants avaient pris l'habitude de venir jusqu'au bout de la digue, devant le château de Martin, et ils s'asseyaient par terre pour parler et pour jouer, ou pour entendre des histoires. Martin, lui, ne bougeait pas de sa caisse, il continuait à réparer ce qu'il avait en train, une casserole, la valve d'un autocuiseur, ou bien une serrure, et l'enseignement commençait. C'étaient surtout les enfants qui venaient, après le repas de midi, ou au retour de l'école. Mais il y avait quelquefois des femmes et des hommes, quand le travail était fini, et qu'il faisait trop chaud pour dormir. Les enfants étaient assis devant, tout près de Martin, et c'était là qu'Alia aimait s'asseoir aussi. Ils faisaient beaucoup de bruit, ils ne restaient pas longtemps en place, mais Martin était content de les voir. Il parlait avec eux, il leur demandait ce qu'ils avaient fait et ce qu'ils avaient vu, dans la Digue, ou au bord de la mer. Il y en avait qui aimaient bien parler, qui auraient raconté n'importe quoi pendant des heures. D'autres restaient silencieux, se cachaient derrière leurs mains quand Martin s'adressait à eux.

Ensuite Martin racontait une histoire. Les enfants aimaient beaucoup entendre des histoires, c'était pour cela qu'ils étaient venus. Quand Martin commençait son histoire, même les plus turbulents restaient assis et cessaient de parler.

Martin savait beaucoup d'histoires, longues et un peu bizarres qui se passaient dans des pays inconnus qu'il avait sûrement visités autrefois.

Il y avait l'histoire des enfants qui descendaient un fleuve, sur un radeau de roseaux, et qui traversaient comme cela des royaumes extraordinaires, des forêts, des montagnes, des villes mystérieuses, jusqu'à la mer. Il y avait l'histoire de l'homme qui avait découvert un puits qui conduisait jusqu'au centre de la terre, là où se trouvaient les Etats du feu. Il y avait l'histoire de ce marchand qui croyait faire fortune en vendant de la neige, qui la descendait dans des sacs du haut de la montagne, mais quand il arrivait au bas, il ne possédait plus qu'une flaque d'eau. Il y avait l'histoire du garçon qui arrivait jusqu'au château où vivait la princesse des songes, celle qui envoie les rêves et les cauchemars sur la terre, l'histoire du géant qui sculptait les montagnes, celle de l'enfant qui avait apprivoisé les dauphins, ou celle du capitaine Tecum qui avait sauvé la vie d'un albatros, et l'oiseau pour le remercier lui avait appris le secret pour voler. C'étaient de belles histoires, si belles qu'on s'endormait parfois avant d'avoir entendu la fin. Martin les racontait doucement, en faisant des gestes, ou en s'arrêtant de temps à autre pour qu'on puisse poser des questions. Pendant qu'il parlait, ses yeux brillaient fort, comme s'il s'amusait bien lui aussi.

De toutes les histoires que racontait Martin, c'était celle d'Hazaran que les enfants préféraient. Ils ne la comprenaient pas bien, mais tous, ils retenaient leur souffle quand elle commençait.

Il y avait cette petite fille qui s'appelait Trèfle, d'abord, et c'était un drôle de nom qu'on lui avait donné, sans doute à cause d'une petite marque qu'elle avait sur la joue, près de l'oreille gauche, et qui ressemblait à un trèfle. Elle était pauvre, très pauvre, si pauvre qu'elle n'avait rien d'autre à manger qu'un peu de pain et les fruits qu'elle ramassait dans les buissons. Elle vivait seule dans une cabane de bergers, perdue au milieu des ronces et des rochers, sans personne pour s'occuper d'elle. Mais quand ils ont vu

qu'elle était si seule et triste, les petits animaux qui
vivaient dans les champs sont devenus ses amis. Ils
venaient souvent la voir, le matin, ou le soir, et ils lui
parlaient pour la distraire, ils faisaient des tours et ils
lui racontaient des histoires, car Trèfle savait parler
leur langage. Il y avait une fourmi qui s'appelait Zoé,
un lézard qui s'appelait Zoot, un moineau qui s'appelait Pipit, une libellule qui s'appelait Zelle, et toutes
sortes de papillons, des jaunes, des rouges, des bruns,
des bleus. Il y avait aussi un scarabée savant qui
s'appelait Kepr, et une grande sauterelle verte qui
prenait des bains de soleil sur les feuilles. La petite
Trèfle était gentille avec eux, et c'est pour cela qu'ils
l'aimaient bien. Un jour que Trèfle était encore plus
triste que d'habitude, parce qu'elle n'avait rien à
manger, la grande sauterelle verte l'a appelée. Veux-tu
changer de vie ? lui a-t-elle dit, en sifflant. Comment
pourrais-je changer de vie, a répondu Trèfle, je n'ai
rien à manger et je suis toute seule. Tu le peux si tu
veux, dit la sauterelle. Il suffit d'aller dans le pays
d'Hazaran. Quel est ce pays, demanda Trèfle. Je n'ai
jamais entendu parler de cet endroit. Pour y entrer, il
faut que tu répondes à la question que posera celui qui
garde les portes d'Hazaran. Mais il faut d'abord que tu
sois savante, très savante, pour pouvoir répondre.
Alors Trèfle est allée voir le scarabée Kepr, qui habitait
sur une tige de rosier, et elle lui a dit : Kepr, apprends-
moi ce qu'il faut savoir, car je veux partir pour
Hazaran. Pendant longtemps, le scarabée et la grande
sauterelle verte ont enseigné tout ce qu'ils savaient à la
petite fille. Ils lui ont appris à deviner le temps qu'il
ferait, ou ce que pensent les gens tout bas, ou à guérir
les fièvres et les maladies. Ils lui ont appris à demander
à la mante religieuse si les bébés qui naîtraient
seraient des filles ou des garçons, car la mante reli-

gieuse sait cela et répond en levant ses pinces pour un garçon, en les baissant pour une fille. La petite Trèfle a appris tout cela, et bien d'autres choses encore, des secrets et des mystères. Quand le scarabée et la grande sauterelle verte ont fini de lui apprendre ce qu'ils savaient, un jour, un homme est arrivé dans le village. Il était vêtu de riches habits et semblait un prince ou un ministre. L'homme passait dans le village et disait : *je cherche quelqu'un.* Mais les gens ne comprenaient pas. Alors Trèfle est allée vers l'homme, et elle lui a dit : je suis celle que vous cherchez. Je veux aller à Hazaran. L'homme était un peu étonné, parce que la petite Trèfle était très pauvre et semblait très ignorante. Sais-tu répondre aux questions ? demanda le ministre. Si tu ne peux pas répondre, tu ne pourras jamais aller au pays d'Hazaran. Je répondrai aux questions, dit Trèfle. Mais elle avait peur, parce qu'elle n'était pas sûre de pouvoir répondre. Alors réponds aux questions que je vais te poser. Si tu connais la réponse, tu seras la princesse d'Hazaran. Voici les questions, au nombre de trois.

Martin s'arrêtait de parler un instant, et les enfants attendaient.

Voici la première, disait le ministre. Au repas où je suis invité, mon père me donne trois nourritures très bonnes. Ce que ma main peut prendre, ma bouche ne peut le manger. Ce que ma main peut prendre, ma main ne peut le garder. Ce que ma bouche peut prendre, ma bouche ne peut le garder. La petite fille réfléchit, puis elle dit : je peux répondre à cette question. Le ministre la regarda avec surprise, parce que personne jusqu'alors n'avait donné la réponse. Voici la deuxième énigme, continua le ministre. Mon père m'invite dans ses quatre maisons. La première est au nord, elle est pauvre et triste. La deuxième est à l'est, elle est pleine de fleurs. La troisième est au sud, elle est la plus belle. La quatrième est à l'ouest, et quand j'y entre, je reçois un présent et pourtant je suis plus pauvre. Je peux répondre à cette question, dit encore Trèfle. Le ministre était encore plus étonné, car personne n'avait pu répondre à cette question non plus. Voici la troisième énigme, dit le ministre. Le visage de mon père est très beau, et pourtant je ne puis le voir. Pour lui, mon serviteur danse chaque jour. Mais ma mère est plus belle encore, sa chevelure est très noire et son visage est blanc comme la neige. Elle est ornée de bijoux, et elle veille sur moi quand je dors. Trèfle réfléchit encore, et elle fit signe qu'elle allait expliquer les énigmes. Voici la première réponse, dit-elle : le repas où je suis invitée est le monde où je suis née. Les trois nourritures excellentes que mon père me donne sont la terre, l'eau et l'air. Ma main peut prendre la terre, mais je ne peux pas la manger. Ma main peut prendre l'eau mais elle ne peut pas la retenir. Ma bouche peut prendre l'air mais je dois le rejeter en soufflant.

Martin s'arrêtait encore un instant et les enfants prenaient la terre dans leurs mains et faisaient couler l'eau entre leurs doigts. Ils soufflaient l'air devant eux.

Voici la réponse à la deuxième question : les quatre maisons où m'invite mon père sont les quatre saisons de l'année. Celle qui est au nord, et qui est triste et pauvre, est la maison de l'hiver. Celle qui est à l'est, où il y a beaucoup de fleurs, est la maison du printemps. Celle qui est au sud, et qui est la plus belle, est la maison de l'été. Celle qui est à l'ouest est la maison de l'automne, et quand j'y entre, je reçois en cadeau l'année nouvelle qui me rend plus pauvre en force, car je suis plus vieille. Le ministre fit un signe de tête en assentiment, car il était surpris du grand savoir de la petite fille. La dernière réponse est simple, dit Trèfle. Celui qu'on appelle mon père est le soleil que je ne peux regarder en face. Le serviteur qui danse pour lui est mon ombre. Celle qu'on appelle ma mère est la nuit, et sa chevelure est très noire et son visage est blanc comme celui de la lune. Ses bijoux sont les étoiles. Tel est le sens des énigmes. Quand le ministre a entendu les réponses de Trèfle, il a donné des ordres, et tous les oiseaux du ciel sont venus pour emporter la petite fille jusqu'au pays d'Hazaran. C'est un pays très loin, très loin, si loin que les oiseaux ont volé pendant des jours et des nuits, mais quand Trèfle est arrivée elle était émerveillée, parce qu'elle n'avait rien imaginé d'aussi beau, même dans ses rêves.

Là Martin s'arrêtait encore un peu, et les enfants s'impatientaient et disaient : comment c'était ? Comment était le pays d'Hazaran ?

Eh bien, tout était grand et beau, et il y avait des jardins pleins de fleurs et de papillons, des rivières si claires qu'on aurait dit de l'argent, des arbres très hauts et couverts de fruits de toutes sortes. C'était là que vivaient les oiseaux, tous les oiseaux du monde. Ils volaient de branche en branche, ils chantaient tout le temps et quand Trèfle est arrivée, ils l'ont entourée pour lui souhaiter la bienvenue. Ils avaient des habits de plumes de toutes les couleurs et ils dansaient aussi devant Trèfle, parce qu'ils étaient heureux d'avoir une princesse comme elle. Puis les merles sont venus, et c'étaient les ministres du roi des oiseaux, et ils l'ont conduite jusqu'au palais d'Hazaran. Le roi était un rossignol qui chantait si bien que tout le monde s'arrêtait de parler pour l'entendre. C'est dans son palais que Trèfle a vécu désormais, et comme elle savait parler le langage des animaux, elle a appris à chanter elle aussi, pour répondre au roi Hazaran. Elle est restée dans ce pays, et peut-être qu'elle y vit encore, et quand elle veut rendre visite à la terre, elle prend la forme d'une mésange, et elle vient en volant pour voir ses amis qui sont restés sur la terre. Puis elle retourne chez elle, dans le grand jardin où elle est devenue princesse.

Quand l'histoire était finie, les enfants partaient un à un, ils retournaient chez eux. Alia restait toujours la dernière devant la maison de Martin. Elle ne s'en allait que lorsque l'homme rentrait dans son château et étendait sa natte pour dormir. Elle marchait lentement dans les allées de la Digue, tandis que les lampes à gaz s'allumaient à l'intérieur des cabanes, et elle n'était plus triste. Elle pensait au jour où viendrait peut-être un homme vêtu comme un ministre, qui regarderait autour de lui et qui dirait :

« *Je suis venu chercher quelqu'un.* »

C'est à cette époque-là environ que le gouvernement a commencé à venir ici, à la Digue des Français. C'étaient des gens bizarres qui venaient une ou deux fois par semaine, dans des voitures noires et des camionnettes orange qui s'arrêtaient sur la route, un peu avant le commencement de la ville ; ils faisaient toutes sortes de choses sans raison, comme mesurer les distances dans les allées et entre les maisons, prendre un peu de terre dans des boîtes de fer, un peu d'eau dans des tubes de verre, et un peu d'air dans des sortes de petits ballons jaunes. Ils posaient aussi beaucoup de questions aux gens qu'ils rencontraient, aux hommes surtout, parce que les femmes ne comprenaient pas bien ce qu'ils disaient, et que de toute façon, elles n'osaient pas répondre.

En allant chercher l'eau à la pompe, Alia s'arrêtait pour les regarder passer, mais elle savait bien qu'ils ne venaient pas pour chercher quelqu'un. Ils ne venaient pas pour demander les questions qui permettent d'aller jusqu'au pays d'Hazaran. D'ailleurs, ils ne s'intéressaient pas aux enfants, et ils ne leur posaient jamais de questions. Il y avait des hommes à l'air sérieux qui étaient habillés de complets gris et qui portaient de petites valises de cuir, et des étudiants, des garçons et des filles vêtus de gros chandails et d'anoraks. Ceux-là étaient les plus bizarres, parce qu'ils posaient des questions que tout le monde pouvait comprendre, sur le temps qu'il faisait, ou sur la famille, mais justement on n'arrivait pas à comprendre pourquoi ils demandaient cela. Ils notaient les réponses sur des cahiers comme si ç'avait été des choses très importantes, et ils prenaient beaucoup de photos des maisons de planches comme si elles en avaient valu la peine. Ils photographiaient même ce qu'il y avait à l'intérieur des maisons avec une petite lampe qui s'allumait et qui éclairait plus fort que le soleil.

C'est un peu plus tard qu'on a compris, quand on a su que c'étaient des messieurs et des étudiants du gouvernement qui venaient pour tout transporter, la ville et les gens, dans un autre endroit. Le gouvernement avait décidé que la Digue ne devait plus exister, parce que c'était trop près de la route et de la piste des avions, ou peut-être parce qu'ils avaient besoin des terrains pour construire des immeubles et des bureaux. On l'a su parce qu'ils ont distribué des papiers à toutes les familles pour dire que tout le monde devait s'en aller, et que la ville devait être rasée par les machines et les camions. Les étudiants du gouvernement ont alors montré aux hommes des dessins qui représentaient la nouvelle ville qu'on allait construire, en haut de la rivière. C'étaient des dessins bien bizarres aussi, avec des maisons qui ne ressemblaient à rien de ce qu'on connaissait, de grandes maisons plates avec des fenêtres toutes pareilles comme des trous de brique. Au centre de chaque maison il y avait une grande cour et des arbres, et les rues étaient très droites comme les rails du chemin de fer. Les étudiants appelaient cela la Ville Future, et quand ils en parlaient aux hommes et aux femmes de la Digue, ils avaient l'air très content et leurs yeux brillaient, et ils faisaient des grands gestes. C'était probablement parce qu'ils avaient fait les dessins.

Quand le gouvernement a décidé qu'on détruirait la Digue, et que personne ne pourrait rester, il fallait l'accord du responsable. Mais il n'y avait pas de responsable à la Digue ; les gens avaient toujours vécu comme cela, sans responsable, parce que personne n'en avait eu besoin jusqu'alors. Le gouvernement a cherché quelqu'un qui voudrait être responsable, et c'est le gérant de la coopérative qui a été nommé. Alors le gouvernement allait souvent chez lui pour parler de la Ville Future, et quelquefois même, ils l'emmenaient dans une voiture noire pour qu'il aille dans les bureaux signer les papiers et que tout soit en règle. Le gouvernement aurait peut-être dû aller voir Martin dans son château, mais personne n'avait parlé de lui, et il habitait trop loin, tout à fait au bout de la Digue, près du marais. De toute façon, il n'aurait rien voulu signer, et les gens auraient pensé qu'il était trop vieux.

Quand Martin a appris la nouvelle, il n'a rien dit, mais on sentait bien que cela ne lui plaisait pas. Il avait construit son château là où il voulait, et il n'avait pas du tout envie d'aller habiter ailleurs, surtout dans une des maisons de la Ville Future qui ressemblait à une tranche de brique.

Ensuite, il a commencé à jeûner, mais ce n'était pas un jeûne de quelques jours, comme il en avait l'habitude. C'était un jeûne effrayant, qui semblait ne plus devoir finir, qui durait des semaines.

Chaque jour, Alia venait devant sa maison pour lui apporter du pain, et les autres enfants venaient aussi avec des assiettes de nourriture, en espérant que Martin se lèverait. Mais il restait couché sur sa natte, le

visage tourné vers la porte, et sa peau était devenue
très pâle sous le hâle ancien. Ses yeux sombres brillaient d'une mauvaise lumière, parce qu'ils étaient
fatigués et douloureux de regarder sans cesse. La nuit,
il ne dormait pas. Il restait comme cela, sans bouger,
allongé sur le sol, le visage tourné vers l'ouverture de la
porte, à regarder la nuit.

Alia s'asseyait à côté de lui, elle essuyait son visage
avec un linge humide pour enlever la poussière que le
vent déposait sur lui comme sur une pierre. Il buvait
un peu d'eau à la cruche, juste quelques gorgées pour
toute la journée. Alia disait :

« Vous ne voulez pas manger maintenant ? Je vous ai
apporté du pain. »

Martin essayait de sourire, mais sa bouche était trop
fatiguée, et seuls ses yeux parvenaient à sourire. Alia
sentait son cœur se serrer parce qu'elle pensait que
Martin allait bientôt mourir.

« C'est parce que vous ne voulez pas partir que vous
n'avez pas faim ? » demandait Alia.

Martin ne répondait pas, mais ses yeux répondaient,
avec leur lumière pleine de fatigue et de douleur. Ils
regardaient au-dehors, par l'ouverture de la porte
basse, la terre, les roseaux, le ciel bleu.

« Peut-être que vous ne devez pas venir avec nous là-
bas, dans la nouvelle ville. Peut-être que vous devez
repartir dans votre pays qui est si beau, là d'où vous
venez, là où tout le monde est comme des princesses et
des princes. »

Les étudiants du gouvernement venaient moins souvent maintenant. Puis ils cessèrent de venir tout à fait.
Alia les avait guettés tout en travaillant dans la maison
de sa tante, ou bien en allant chercher l'eau à la
pompe. Elle avait regardé si leurs voitures étaient

garées sur la route, à l'entrée de la ville. Puis elle avait couru jusqu'au château de Martin.

« Ils ne sont pas venus aujourd'hui non plus ! » Elle essayait de parler, mais son souffle manquait. « Ils ne viendront plus ici ! Vous entendez ? C'est fini, ils ne viendront plus, nous allons rester ici ! »

Son cœur battait très fort, parce qu'elle pensait que c'était Martin qui avait réussi à éloigner les étudiants, rien qu'en jeûnant.

« Tu es sûre ? » demandait Martin. Sa voix était très lente, et il se redressait un peu sur sa couche.

« Ils ne sont pas venus depuis trois jours ! »

« Trois jours ? »

« Ils ne reviendront plus maintenant, j'en suis sûre ! »

Elle rompait un morceau de pain et elle le tendait à Martin.

« Non, pas tout de suite », dit l'homme. « Il faut d'abord que je me lave. »

Appuyé sur Alia, il faisait quelques pas au-dehors, en titubant. Elle le conduisait jusqu'au fleuve, à travers les roseaux. Martin se mettait à genoux et il lavait son visage lentement. Puis il rasait sa barbe et il peignait ses cheveux, sans se presser, comme s'il venait simplement de se réveiller. Ensuite, il allait s'asseoir sur sa caisse, au soleil, et il mangeait le pain d'Alia. Les enfants maintenant venaient les uns après les autres en apportant de la nourriture, et Martin prenait tout ce qu'on lui donnait, en disant merci. Quand il avait assez mangé, il était retourné à l'intérieur de sa maison, et il s'était allongé sur sa couche.

« Je vais dormir, maintenant », dit-il.

Mais les enfants sont restés assis par terre devant sa porte, pour le regarder dormir.

C'est pendant qu'il dormait que les voitures neuves

sont revenues. Il y a eu d'abord les hommes en complet gris avec leurs valises noires. Ils sont allés tout droit dans la maison du gérant de la coopérative. Puis les étudiants sont arrivés, encore plus nombreux que la première fois.

Alia restait immobile, le dos contre le mur d'une maison, tandis qu'ils passaient devant elle et marchaient vite jusqu'à la place où il y avait la pompe d'eau douce. Ils étaient réunis là et ils semblaient attendre quelque chose. Puis les hommes en gris sont venus aussi, et le gérant de la coopérative marchait avec eux. Les hommes en gris lui parlaient, mais il secouait la tête, et à la fin, c'est un des hommes du gouvernement qui a annoncé à tout le monde, avec une voix claire qui portait loin. Il a dit simplement que le départ aurait lieu demain à partir de huit heures du matin. Les camions du gouvernement viendraient pour transporter tout le monde jusqu'au nouveau terrain, là où on allait construire bientôt la Ville du Futur. Il a dit encore que les étudiants du gouvernement aideraient bénévolement la population à charger les meubles et les effets dans les camions.

Alia n'osait pas bouger, même quand les hommes en gris et les étudiants en anorak sont repartis dans leurs autos. Elle pensait à Martin qui allait sûrement mourir maintenant, parce qu'il ne voudrait plus jamais manger.

Alors elle est partie se cacher le plus loin qu'elle a pu, au milieu des roseaux, près du fleuve. Elle est restée assise sur les cailloux, et elle a regardé le soleil descendre. Quand le soleil serait à la même place, demain, il n'y aurait plus personne ici, à la Digue. Les bulldozers auraient passé et repassé sur la ville, en poussant devant eux les maisons comme si ce n'étaient que des boîtes d'allumettes, et il ne resterait que les marques des pneus et des chenilles sur la terre écrasée.

Alia est restée longtemps sans bouger, au milieu des roseaux, près du fleuve. La nuit est venue, une nuit froide éclairée par la lune ronde et blanche. Mais Alia ne voulait pas retourner dans la maison de sa tante. Elle s'est mise à marcher à travers les roseaux, le long du fleuve, jusqu'à ce qu'elle arrive au marais. Un peu plus haut, elle devinait la forme ronde du château de Martin. Elle écoutait les coassements des crapauds et le bruit régulier de l'eau du fleuve, de l'autre côté du marais.

Quand elle est arrivée devant la maison de Martin, elle l'a vu, debout, immobile. Son visage était éclairé par la lumière de la lune, et ses yeux étaient comme l'eau du fleuve, sombres et brillants. Martin regardait dans la direction du marais, vers l'estuaire large du fleuve, là où s'étendait la grande plaine de cailloux phosphorescents.

L'homme s'est tourné vers elle et son regard était plein d'une force étrange, comme s'il donnait vraiment de la lumière.

« Je te cherchais », dit Martin simplement.

« Vous allez partir ? » Alia parlait à voix basse.

« Oui, je vais partir tout de suite. »

Il regardait Alia comme s'il s'amusait.

« Tu veux venir avec moi ? »

Alia sentait la joie gonfler tout à coup ses poumons et sa gorge. Elle dit, et sa voix maintenant criait presque :

« Attendez-moi ! Attendez-moi ! »

Elle courait maintenant à travers les rues de la ville, et elle frappait à toutes les portes en criant :

« Venez vite ! Venez ! Nous partons tout de suite ! »

Les enfants et les femmes sont sortis d'abord, parce

qu'ils avaient compris. Puis les hommes sont venus aussi, les uns après les autres. La foule des habitants de la Digue grossissait dans les allées. On emportait ce qu'on pouvait à la lueur des torches électriques, des sacs, des cartons, des ustensiles de cuisine. Les enfants criaient et couraient à travers les allées en répétant la même phrase :

« Nous partons ! Nous partons ! »

Quand tout le monde est arrivé devant la maison de Martin, il y a eu un instant de silence, comme une hésitation. Même le gérant de la coopérative n'osait plus rien dire, parce que c'était un mystère que tout le monde ressentait.

Martin, lui, restait immobile devant le chemin qui s'ouvrait entre les roseaux. Puis, sans dire une parole à la foule qui attendait, il a commencé à marcher sur le chemin, dans la direction du fleuve. Alors les autres se sont mis en route derrière lui. Il avançait de son pas régulier, sans se retourner, sans hésiter, comme s'il savait où il allait. Quand il a commencé à marcher dans l'eau du fleuve, sur le gué, les gens ont compris où il allait, et ils n'ont plus eu peur. L'eau noire étincelait autour du corps de Martin, tandis qu'il avançait sur le gué. Les enfants ont pris la main des femmes et des hommes, et très lentement, la foule s'est avancée elle aussi dans l'eau froide du fleuve. Devant elle, de l'autre côté du fleuve noir aux bancs de cailloux phosphorescents, tandis qu'elle marchait sur le fond glissant, sa robe collée à son ventre et à ses cuisses, Alia regardait la bande sombre de l'autre rive, où pas une lumière ne brillait.

Peuple du ciel

Petite Croix aimait surtout faire ceci : elle allait tout à fait au bout du village et elle s'asseyait en faisant un angle bien droit avec la terre durcie, quand le soleil chauffait beaucoup. Elle ne bougeait pas, ou presque, pendant des heures, le buste droit, les jambes bien étendues devant elle. Quelquefois ses mains bougeaient, comme si elles étaient indépendantes, en tirant sur les fibres d'herbe pour tresser des paniers ou des cordes. Elle était comme si elle regardait la terre au-dessous d'elle, sans penser à rien et sans attendre, simplement assise en angle droit sur la terre durcie, tout à fait au bout du village, là où la montagne cessait d'un seul coup et laissait la place au ciel.

C'était un pays sans hommes, un pays de sable et de poussière, avec pour seules limites les mesas rectangulaires, à l'horizon. La terre était trop pauvre pour donner à manger aux hommes, et la pluie ne tombait pas du ciel. La route goudronnée traversait le pays de part en part, mais c'était une route pour aller sans s'arrêter, sans regarder les villages de poussière, droit devant soi au milieu des mirages, dans le bruit mouillé des pneus surchauffés.

Ici, le soleil était très fort, beaucoup plus fort que la

terre. Petite Croix était assise, et elle sentait sa force sur son visage et sur son corps. Mais elle n'avait pas peur de lui. Il suivait sa route très longue à travers le ciel sans s'occuper d'elle. Il brûlait les pierres, il desséchait les ruisseaux et les puits, il faisait craquer les arbustes et les buissons épineux. Même les serpents, même les scorpions le craignaient et restaient à l'abri dans leurs cachettes jusqu'à la nuit.

Mais Petite Croix, elle, n'avait pas peur. Son visage immobile devenait presque noir, et elle couvrait sa tête avec un pan de sa couverture. Elle aimait bien sa place, en haut de la falaise, là où les rochers et la terre sont cassés d'un seul coup et fendent le vent froid comme une étrave. Son corps connaissait bien sa place, il était fait pour elle. Une petite place, juste à sa mesure, dans la terre dure, creusée pour la forme de ses fesses et de ses jambes. Alors elle pouvait rester là longtemps, assise en angle bien droit avec la terre, jusqu'à ce que le soleil soit froid et que le vieux Bahti vienne la prendre par la main pour le repas du soir.

Elle touchait la terre avec la paume de ses mains, elle suivait lentement du bout des doigts les petites rides laissées par le vent et la poussière, les sillons, les bosses. La poussière de sable faisait une poudre douce comme le talc qui glissait sous les paumes de ses mains. Quand le vent soufflait, la poussière s'échappait entre ses doigts, mais légère, pareille à une fumée, elle disparaissait dans l'air. La terre dure était chaude sous le soleil. Il y avait des jours, des mois que Petite Croix venait à cet endroit. Elle ne se souvenait plus très bien elle-même comment elle avait trouvé cet endroit. Elle se souvenait seulement de la question qu'elle avait posée au vieux Bahti, à propos du ciel, de la couleur du ciel.

« Qu'est-ce que le *bleu* ? »

C'était cela qu'elle avait demandé, la première fois, et puis elle avait trouvé cet endroit, avec ce creux dans la terre dure, tout prêt à la recevoir.

Les gens de la vallée sont loin, maintenant. Ils sont partis comme des insectes caparaçonnés sur leur route, au milieu du désert, et on n'entend plus leurs bruits. Ou bien ils roulent dans les camionnettes en écoutant la musique qui sort des postes de radio, qui chuinte et crisse comme les insectes. Ils vont droit sur la route noire, à travers les champs desséchés et les lacs des mirages, sans regarder autour d'eux. Ils s'en vont comme s'ils ne devaient jamais plus revenir.

Petite Croix aime bien quand il n'y a plus personne autour d'elle. Derrière son dos, les rues du village sont vides, si lisses que le vent ne peut jamais s'y arrêter, le vent froid du silence. Les murs des maisons à moitié ruinées sont comme les rochers, immobiles et lourds, usés par le vent, sans bruit, sans vie.

Le vent, lui, ne parle pas, ne parle jamais. Il n'est pas comme les hommes et les enfants, ni même comme les animaux. Il passe seulement, entre les murs, sur les rochers, sur la terre dure. Il vient jusqu'à Petite Croix et il l'enveloppe, il enlève un instant la brûlure du soleil de son visage, il fait claquer les pans de la couverture.

Si le vent s'arrêtait, alors peut-être qu'on entendrait les voix des hommes et des femmes dans les champs, le bruit de la poulie près du réservoir, les cris des enfants devant le bâtiment préfabriqué de l'école, en bas, dans le village des maisons de tôle. Peut-être que Petite Croix entendrait plus loin encore les trains de marchandises qui grincent sur les rails, les camions aux huit roues rugissantes sur la route noire, vers les villes plus bruyantes encore, vers la mer ?

Petite Croix sent maintenant le froid qui entre en elle, et elle ne résiste pas. Elle touche seulement la terre avec la paume de ses mains, puis elle touche son visage. Quelque part, derrière elle, les chiens aboient, sans raison, puis ils se recouchent en rond dans les coins de murs, le nez dans la poussière.

C'est le moment où le silence est si grand que tout peut arriver. Petite Croix se souvient de la question qu'elle demande, depuis tant d'années, la question qu'elle voudrait tellement savoir, à propos du ciel, et de sa couleur. Mais elle ne dit plus à voix haute :

« Qu'est-ce que le *bleu ?* »

Puisque personne ne connaît la bonne réponse. Elle reste immobile, assise en angle bien droit, au bout de la falaise, devant le ciel. Elle sait bien que quelque chose doit venir. Chaque jour l'attend, à sa place, assise sur la terre dure, pour elle seule. Son visage presque noir est brûlé par le soleil et par le vent, un peu levé vers le haut pour qu'il n'y ait pas une seule ombre sur sa peau. Elle est calme, elle n'a pas peur. Elle sait bien que la réponse doit venir, un jour, sans qu'elle comprenne comment. Rien de mauvais ne peut venir du ciel, cela est sûr. Le silence de la vallée vide, le silence du village derrière elle, c'est pour qu'elle puisse mieux entendre la réponse à sa question. Elle seule peut entendre. Même les chiens dorment, sans s'apercevoir de ce qui arrive.

C'est d'abord la lumière. Cela fait un bruit très doux sur le sol, comme un bruissement de balai de feuilles, ou un rideau de gouttes qui avance. Petite Croix écoute de toutes ses forces, en retenant un peu son souffle, et elle entend distinctement le bruit qui arrive. Cela fait chchchch, et aussi dtdtdt ! partout, sur la terre, sur les rochers, sur les toits plats des maisons. C'est un bruit

de feu, mais très doux et assez lent, un feu tranquille
qui n'hésite pas, qui ne lance pas d'étincelles. Cela
vient surtout d'en haut, face à elle, et vole à peine à
travers l'atmosphère, en bruissant de ses ailes minuscules. Petite Croix entend le murmure qui grandit, qui
s'élargit autour d'elle. Il vient de toutes parts maintenant, pas seulement du haut, mais aussi de la terre, des
rochers, des maisons du village, il jaillit en tous sens
comme des gouttes, il fait des nœuds, des étoiles, des
espèces de rosaces. Il trace de longues courbes qui
bondissent au-dessus de sa tête, des arcs immenses, des
gerbes.

C'est cela, le premier bruit, la première parole.
Avant même que le ciel s'emplisse, elle entend le
passage des rayons fous de la lumière, et son cœur
commence à battre plus vite et plus fort.

Petite Croix ne bouge pas la tête, ni le buste. Elle ôte
ses mains de la terre sèche, et elle les tend devant elle,
les paumes tournées vers l'extérieur. C'est comme cela
qu'il faut faire ; elle sent alors la chaleur qui passe sur
le bout de ses doigts, comme une caresse qui va et
vient. La lumière crépite sur ses cheveux épais, sur les
poils de la couverture, sur ses cils. La peau de la
lumière est douce et frissonne, en faisant glisser son
dos et son ventre immenses sur les paumes ouvertes de
la petite fille.

C'est toujours comme cela, au début, avec la lumière
qui tourne autour d'elle, et qui se frotte contre les
paumes de ses mains comme les chevaux du vieux
Bahti. Mais ces chevaux-là sont encore plus grands et
plus doux, et ils viennent tout de suite vers elle comme
si elle était leur maîtresse.

Ils viennent du fond du ciel, ils ont bondi d'une
montagne à l'autre, ils ont bondi par-dessus les gran-

des villes, par-dessus les rivières, sans faire de bruit, juste avec le froissement soyeux de leur poil ras.

Petite Croix aime bien quand ils arrivent. Ils ne sont venus que pour elle, pour répondre à sa question peut-être, parce qu'elle est la seule à les comprendre, la seule qui les aime. Les autres gens ont peur, et leur font peur, et c'est pour cela qu'ils ne voient jamais les chevaux du bleu. Petite Croix les appelle ; elle leur parle doucement, à voix basse, en chantant un peu, parce que les chevaux de la lumière sont comme les chevaux de la terre, ils aiment les voix douces et les chansons.

> « Chevaux, chevaux,
> petits chevaux du bleu
> emmenez-moi en volant
> emmenez-moi en volant
> petits chevaux du bleu »

Elle dit « petits chevaux » pour leur plaire, parce qu'ils n'aimeraient sûrement pas savoir qu'ils sont énormes.

C'est comme cela au début. Ensuite, viennent les nuages. Les nuages ne sont pas comme la lumière. Ils ne caressent pas leur dos et leur ventre contre les paumes des mains, car ils sont si fragiles et légers qu'ils risqueraient de perdre leur fourrure et de s'en aller en filoselle comme les fleurs du cotonnier.

Petite Croix les connaît bien. Elle sait que les nuages n'aiment pas trop ce qui peut les dissoudre et les faire fondre, alors elle retient son souffle, et elle respire à petits coups, comme les chiens qui ont couru long-temps. Cela fait froid dans sa gorge et ses poumons, et elle se sent devenir faible et légère, elle aussi, comme les nuages. Alors les nuages peuvent arriver.

Ils sont d'abord loin au-dessus de la terre, ils s'étirent et s'amoncellent, changent de forme, passent et repassent devant le soleil et leur ombre glisse sur la terre dure et sur le visage de Petite Croix comme le souffle d'un éventail.

Sur la peau presque noire de ses joues, de son front, sur ses paupières, sur ses mains, les ombres glissent, éteignent la lumière, font des taches froides, des taches vides. C'est cela, le blanc, la couleur des nuages. Le vieux Bahti et le maître d'école Jasper l'ont dit à Petite Croix : le blanc est la couleur de la neige, la couleur du sel, des nuages, et du vent du nord. C'est la couleur des os et des dents aussi. La neige est froide et fond dans la main, le vent est froid et personne ne peut le saisir. Le sel brûle les lèvres, les os sont morts, et les dents sont comme des pierres dans la bouche. Mais c'est parce que le blanc est la couleur du vide, car il n'y a rien après le blanc, rien qui reste.

Les nuages sont comme cela. Ils sont tellement loin, ils viennent de si loin, du centre du bleu, froids comme le vent, légers comme la neige, et fragiles ; ils ne font pas de bruit quand ils arrivent, ils sont tout à fait silencieux comme les morts, plus silencieux que les enfants qui marchent pieds nus dans les rochers, autour du village.

Mais ils aiment venir voir Petite Croix, ils n'ont pas peur d'elle. Ils se gonflent maintenant autour d'elle, devant la falaise abrupte. Ils savent que Petite Croix est une personne du silence. Ils savent qu'elle ne leur fera pas de mal. Les nuages sont gonflés et ils passent près d'elle, ils l'entourent, et elle sent la fraîcheur douce de leur fourrure, les millions de gouttelettes qui humectent la peau de son visage et ses lèvres comme la rosée de la nuit, elle entend le bruit très suave qui flotte autour d'elle, et elle chante encore un peu, pour eux,

« Nuages, nuages,
petits nuages du ciel
emmenez-moi en volant
emmenez-moi en volant
en volant
dans votre troupeau »

Elle dit aussi « petits nuages » mais elle sait bien qu'ils sont très très grands, parce que leur fourrure fraîche la recouvre longtemps, cache la chaleur du soleil si longtemps qu'elle frissonne.

Elle bouge lentement quand les nuages sont sur elle, pour ne pas les effrayer. Les gens d'ici ne savent pas bien parler aux nuages. Ils font trop de bruit, trop de gestes, et les nuages restent haut dans le ciel. Petite Croix lève lentement les mains jusqu'à son visage, et elle appuie les paumes sur ses joues.

Puis les nuages s'écartent. Ils vont ailleurs, là où ils ont affaire, plus loin que les remparts des mesas, plus loin que les villes. Ils vont jusqu'à la mer, là où tout est toujours bleu, pour faire pleuvoir leur eau, parce que c'est cela qu'ils aiment le mieux au monde : la pluie sur l'étendue bleue de la mer. La mer, a dit le vieux Bahti, c'est l'endroit le plus beau du monde, l'endroit où tout est vraiment bleu. Il y a toutes sortes de bleus dans la mer, dit le vieux Bahti. Comment peut-il y avoir plusieurs sortes de bleus, a demandé Petite Croix. C'est comme cela pourtant, il y a plusieurs bleus, c'est comme l'eau qu'on boit, qui emplit la bouche et coule dans le ventre, tantôt froide, tantôt chaude.

Petite Croix attend encore, les autres personnes qui doivent venir. Elle attend l'odeur de l'herbe, l'odeur du feu, la poussière d'or qui danse sur elle-même en tournant sur une seule jambe, l'oiseau qui croasse une seule fois en frôlant son visage du bout de son aile. Ils viennent toujours, quand elle est là. Ils n'ont pas peur d'elle. Ils écoutent sa question, toujours, à propos du ciel et de sa couleur, et ils passent si près d'elle qu'elle sent l'air qui bouge sur ses cils et dans ses cheveux.

Puis les abeilles sont venues. Elles sont parties tôt de chez elles, des ruches tout en bas de la vallée. Elles ont visité toutes les fleurs sauvages, dans les champs, entre les amas de roche. Elles connaissent bien les fleurs, et elles portent la poudre des fleurs dans leurs pattes, qui pendillent sous le poids.

Petite Croix les entend venir, toujours à la même heure, quand le soleil est très haut au-dessus de la terre dure. Elle les entend de tous les côtés à la fois, car elles sortent du bleu du ciel. Alors Petite Croix fouille dans les poches de sa veste, et elle sort les grains de sucre. Les abeilles vibrent dans l'air, leur chant aigu traverse le ciel, rebondit sur les rochers, frôle les oreilles et les joues de Petite Croix.

Chaque jour, à la même heure, elles viennent. Elles savent que Petite Croix les attend, et elles l'aiment bien aussi. Elles arrivent par dizaines, de tous les côtés, en faisant leur musique dans la lumière jaune. Elles se posent sur les mains ouvertes de Petite Croix, et elles mangent la poudre de sucre très goulûment. Puis sur son visage, sur ses joues, sur sa bouche, elles se promènent, elles marchent très doucement et leurs pattes légères chatouillent sa peau et la font rire. Mais Petite Croix ne rit pas trop fort, pour ne pas leur faire peur. Les abeilles vibrent sur ses cheveux noirs, près de ses oreilles, et ça fait un chant monotone qui parle des fleurs et des plantes, de toutes les fleurs et de toutes les plantes qu'elles ont visitées ce matin. « Ecoute-nous », disent les abeilles, « nous avons vu beaucoup de fleurs, dans la vallée, nous sommes allées jusqu'au bout de la vallée sans nous arrêter, parce que le vent nous portait, puis nous sommes revenues, d'une fleur à l'autre. » « Qu'est-ce que vous avez vu ? » demande Petite Croix. « Nous avons vu la fleur jaune du tournesol, la fleur rouge du chardon, la fleur de l'ocotillo qui ressemble à un serpent à tête rouge. Nous avons vu la grande fleur mauve du cactus pitaya, la fleur en dentelle des carottes sauvages, la fleur pâle du laurier. Nous avons vu la fleur empoisonnée du senecio, la fleur bouclée de l'indigo, la fleur légère de la sauge rouge. » « Et quoi d'autre ? » « Nous avons volé jusqu'aux fleurs lointaines, celle qui brille sur le phlox sauvage, la dévoreuse d'abeilles, nous avons vu l'étoile rouge du silène mexicain, la roue de feu, la fleur de lait. Nous avons volé au-dessus de l'agarita, nous avons bu longuement le nectar de la mille-feuilles, et l'eau de la menthe-citron. Nous avons même été sur la plus belle fleur du monde, celle qui jaillit très haut sur les feuilles en lame de sabre du yucca, et qui est aussi blanche que la neige. Toutes ces fleurs sont pour toi, Petite Croix, nous te les apportons pour te remercier. »

Ainsi parlent les abeilles, et bien d'autres choses encore. Elles parlent du sable rouge et gris qui brille au soleil, des gouttes d'eau qui s'arrêtent, prisonnières du duvet de l'euphorbe, ou bien en équilibre sur les aiguilles de l'agave. Elles parlent du vent qui souffle au ras du sol et couche les herbes. Elles parlent du soleil qui monte dans le ciel, puis qui redescend, et des étoiles qui percent la nuit.

Elles ne parlent pas la langue des hommes, mais Petite Croix comprend ce qu'elles disent, et les vibrations aiguës de leurs milliers d'ailes font apparaître des taches et des étoiles et des fleurs sur ses rétines. Les abeilles savent tant de choses ! Petite Croix ouvre bien

les mains pour qu'elles puissent manger les derniers
grains de sucre, et elle leur chante aussi une chanson,
en ouvrant à peine les lèvres, et sa voix ressemble alors
au bourdonnement des insectes :

> « Abeilles, abeilles,
> abeilles bleues du ciel
> emmenez-moi en volant
> emmenez-moi en volant
> en volant
> dans votre troupeau »

Il y a encore du silence, longtemps de silence, quand
les abeilles sont parties.

Le vent froid souffle sur le visage de Petite Croix, et
elle tourne un peu la tête pour respirer. Ses mains sont
jointes sur son ventre sous la couverture, et elle reste
immobile, en angle bien droit avec la terre dure. Qui va
venir maintenant ? Le soleil est haut dans le ciel bleu,
il marque des ombres sur le visage de la petite fille,
sous son nez, sous les arcades sourcilières.

Petite Croix pense au soldat qui est sûrement en
marche pour venir, à présent. Il doit marcher le long de
l'étroit sentier qui gravit le promontoire jusqu'au
vieux village abandonné. Petite Croix écoute, mais elle
n'entend pas les bruits de ses pas. D'ailleurs les chiens
n'ont pas aboyé. Ils dorment encore dans de vieux
coins de murs, le nez dans la poussière.

Le vent siffle et gémit sur les pierres, sur la terre
dure. Ce sont de longs animaux rapides, des animaux
au long nez et aux oreilles petites qui bondissent dans
la poussière en faisant un bruit léger. Petite Croix
connaît bien les animaux. Ils sortent de leurs tanières,
à l'autre bout de la vallée, et ils courent, ils galopent,
ils s'amusent à sauter par-dessus les torrents, les

ravins, les crevasses. De temps en temps, ils s'arrêtent, haletants, et la lumière brille sur leur pelage doré. Puis ils recommencent leurs bonds dans le ciel, leur chasse insensée, ils frôlent Petite Croix, ils bousculent ses cheveux et ses vêtements, leurs queues fouettent l'air en sifflant. Petite Croix tend les bras, pour essayer de les arrêter, pour les attraper par leur queue.

« Arrêtez ! Arrêtez-vous ! Vous allez trop vite ! Arrêtez-vous ! »

Mais les animaux ne l'écoutent pas. Ils s'amusent à bondir tout près d'elle, à se glisser entre ses bras, ils soufflent leur haleine sur son visage. Ils se moquent d'elle. Si elle pouvait en attraper un, rien qu'un, elle ne le lâcherait plus. Elle sait bien ce qu'elle ferait. Elle sauterait sur son dos, comme sur un cheval, elle serrerait très fort ses bras autour de son cou, et waoh yap ! d'un seul bond l'animal l'emporterait jusqu'au milieu du ciel. Elle volerait, elle courrait avec lui, si vite que personne ne pourrait la voir. Elle irait haut par-dessus les vallées et les montagnes, par-dessus les villes, jusqu'à la mer même, elle irait tout le temps dans le bleu du ciel. Ou bien elle glisserait au ras de la terre, dans les branches des arbres et sur l'herbe en faisant son bruit très doux comme l'eau qui coule. Ce serait bien.

Mais Petite Croix ne peut jamais saisir un animal. Elle sent la peau fluide qui glisse entre ses doigts, qui tourbillonne dans ses vêtements et ses cheveux. Parfois les animaux sont très lents et froids comme les serpents.

Il n'y a personne en haut du promontoire. Les enfants du village ne viennent plus ici, sauf de temps en temps, pour chasser les couleuvres. Un jour, ils sont venus sans que Petite Croix les entende. L'un d'eux a dit : « On t'a apporté un cadeau. » « Qu'est-ce que c'est ? » a demandé Petite Croix. « Ouvre tes mains, tu vas savoir », a dit l'enfant. Petite Croix a ouvert les mains, et quand l'enfant a déposé la couleuvre dans ses mains, elle a tressailli, mais elle n'a pas crié. Elle a frissonné de la tête aux pieds. Les enfants ont ri, mais Petite Croix a laissé simplement le serpent glisser par terre, sans rien dire, puis elle a caché ses mains sous sa couverture.

Maintenant, ils sont ses amis, tous ceux qui glissent sans faire de bruit sur la terre dure, ceux aux longs corps froids comme l'eau, les serpents, les orvets, les lézards. Petite Croix sait leur parler. Elle les appelle doucement, en sifflant entre ses dents, et ils viennent vers elle. Elle ne les entend pas venir, mais elle sait qu'ils s'approchent, par reptations, d'une faille à l'autre, d'un caillou à l'autre, et ils dressent leur tête pour mieux entendre le sifflement doux, et leur gorge palpite.

« Serpents,
serpents »

chante aussi Petite Croix. Ils ne sont pas tous des serpents, mais c'est comme cela qu'elle les nomme.

« Serpents
serpents
emmenez-moi en volant
emmenez-moi en volant »

Ils viennent, sans doute, ils montent sur ses genoux, ils restent un instant au soleil et elle aime bien leur poids léger sur ses jambes. Puis ils s'en vont soudain, parce qu'ils ont peur, quand le vent souffle, ou bien quand la terre craque.

Petite Croix écoute le bruit des pas du soldat. Il vient chaque jour à la même heure, quand le soleil brûle bien en face et que la terre dure est tiède sous les mains. Petite Croix ne l'entend pas toujours arriver, parce qu'il marche sans faire de bruit sur ses semelles de caoutchouc. Il s'assoit sur un caillou, à côté d'elle, et il la regarde un bon moment sans rien dire. Mais Petite Croix sent son regard posé sur elle, et elle demande :

« Qui est là ? »

C'est un étranger, il ne parle pas bien la langue du pays, comme ceux qui viennent des grandes villes, près de la mer. Quand Petite Croix lui a demandé qui il était, il a dit qu'il était soldat, et il a parlé de la guerre qu'il y avait eu autrefois, dans un pays lointain. Mais peut-être qu'il n'est plus soldat maintenant.

Quand il arrive, il lui porte quelques fleurs sauvages qu'il a cueillies en marchant le long du sentier qui monte jusqu'en haut de la falaise. Ce sont des fleurs maigres et longues, avec des pétales écartés, et qui sentent comme les moutons. Mais Petite Croix les aime bien, et elle les serre dans ses mains.

« Que fais-tu ? » demande le soldat.

« Je regarde le ciel », dit Petite Croix. « Il est très bleu aujourd'hui, n'est-ce pas ? »

« Oui », dit le soldat.

Petite Croix répond toujours ainsi, parce qu'elle ne peut pas oublier sa question. Elle tourne son visage un peu vers le haut, puis elle passe lentement ses mains sur son front, ses joues, ses paupières.

« Je crois que je sais ce que c'est », dit-elle.

« Quoi ? »

« Le bleu. C'est très chaud sur mon visage. »

« C'est le soleil », dit le soldat.

Il allume une cigarette anglaise, et il fume sans se presser, en regardant droit devant lui. L'odeur du tabac enveloppe Petite Croix et lui fait tourner un peu la tête.

« Dites-moi... Racontez-moi. »

Elle demande toujours cela. Le soldat lui parle doucement, en s'interrompant de temps en temps pour tirer sur sa cigarette.

« C'est très beau », dit-il. « D'abord il y a une grande plaine avec des terrains jaunes, ça doit être du maïs sur pied, je crois bien. Il y a un sentier de terre rouge qui va tout droit au milieu des champs, et une cabane de bois... »

« Est-ce qu'il y a un cheval ? » demande Petite Croix.

« Un cheval ? Attends... Non, je ne vois pas de cheval. »

« Alors ce n'est pas la maison de mon oncle. »

« Il y a un puits, près de la cabane, mais il est sec je crois bien... Des rochers noirs qui ont une drôle de forme, on dirait des chiens couchés... Plus loin il y a la route, et les poteaux télégraphiques. Après il y a un *wash*, mais il doit être sec parce qu'on voit les cailloux au fond... Gris, plein de rocaille et de poussière... Après, c'est la grande plaine qui va loin, loin, jusqu'à l'horizon, à la troisième mesa. Il y a des collines vers l'est, mais partout ailleurs, la plaine est bien plate et lisse comme un champ d'aviation. A l'ouest, il y a les montagnes, elles sont rouge sombre et noires, on dirait aussi des animaux endormis, des éléphants... »

« Elles ne bougent pas ? »

« Non, elles ne bougent pas, elles dorment pendant des milliers d'années, sans bouger. »

« Ici aussi, la montagne dort ? » demande Petite Croix. Elle pose ses mains à plat sur la terre dure.

« Oui, elle dort aussi. »

« Mais quelquefois elle bouge », dit Petite Croix.

« Elle bouge un peu, elle se secoue un peu, et puis elle se rendort. »

Le soldat ne dit rien pendant un moment. Petite Croix est bien en face du paysage pour sentir ce qu'a raconté le soldat. La grande plaine est longue et douce contre sa joue, mais les ravins et les sentiers rouges la brûlent un peu, et la poussière gerce ses lèvres.

Elle redresse le visage et elle sent la chaleur du soleil.

« Qu'est-ce qu'il y a en haut ? » demande Petite Croix.

« Dans le ciel ? »

« Oui. »

« Eh bien... », dit le soldat. Mais il ne sait pas raconter cela. Il plisse les yeux à cause de la lumière du soleil.

« Est-ce qu'il y a beaucoup de bleu aujourd'hui ? »

« Oui, le ciel est très bleu. »

« Il n'y a pas de blanc du tout ? »

« Non, pas le moindre point blanc. »

Petite Croix tend ses mains en avant.

« Oui, il doit être très bleu, il brûle si fort aujourd'hui, comme le feu. »

Elle baisse la tête parce que la brûlure lui fait mal.

« Est-ce qu'il y a du feu dans le bleu ? » demande Petite Croix.

Le soldat n'a pas l'air de bien comprendre.

« Non... », dit-il enfin. « Le feu est rouge, pas bleu. »

« Mais le feu est caché », dit Petite Croix. « Le feu est caché tout au fond du bleu du ciel, comme un renard, et il regarde vers nous, il regarde et ses yeux sont brûlants. »

« Tu as de l'imagination », dit le soldat. Il rit un peu, mais il scrute le ciel, lui aussi, avec sa main en visière devant ses yeux.

« Ce que tu sens, c'est le soleil. »

« Non, le soleil n'est pas caché, il ne brûle pas de cette façon-là », dit Petite Croix. « Le soleil est doux, mais le bleu, c'est comme les pierres du four, ça fait mal sur la figure. »

Tout à coup, Petite Croix pousse un léger cri, et sursaute.

« Qu'y a-t-il ? » demande le soldat.

La petite fille passe ses mains sur son visage et geint un peu. Elle courbe sa tête vers le sol.

« Elle m'a piquée... », dit-elle.

Le soldat écarte les cheveux de Petite Croix et passe le bout de ses doigts durcis sur sa joue.

« Qu'est-ce qui t'a piquée ? Je ne vois rien... »

« Une lumière... Une guêpe », dit Petite Croix.

« Il n'y a rien, Petite Croix », dit le soldat. « Tu as rêvé. »

Ils restent un bon moment sans rien dire. Petite Croix est toujours assise en équerre sur la terre dure, et le soleil éclaire son visage couleur de bronze. Le ciel est calme, comme s'il suspendait son souffle.

« Est-ce qu'on ne voit pas la mer aujourd'hui ? » demande Petite Croix.

Le soldat rit.

« Ah non ! C'est beaucoup trop loin d'ici. »

« Ici, il n'y a que les montagnes ? »

« La mer, c'est à des jours et des jours d'ici. Même en avion, il faudrait des heures avant de la voir. »

Petite Croix voudrait bien la voir quand même. Mais c'est difficile, parce qu'elle ne sait pas comment est la mer. Bleue, bien sûr, mais comment ?

« Est-ce qu'elle brûle comme le ciel, ou est-ce qu'elle est froide comme l'eau ? »

« Ça dépend. Quelquefois, elle brûle les yeux comme la neige au soleil. Et d'autres fois, elle est triste et sombre, comme l'eau des puits. Elle n'est jamais pareille. »

« Et vous aimez mieux quand elle est froide ou quand elle brûle ? »

« Quand il y a des nuages très bas, et qu'elle est toute tachée d'ombres jaunes qui avancent sur elle comme de grandes îles d'algues, c'est comme cela que je la préfère. »

Petite Croix se concentre, et elle sent sur son visage quand les nuages bas passent au-dessus de la mer. Mais c'est seulement quand le soldat est là qu'elle peut imaginer tout cela. C'est peut-être parce qu'il a tellement regardé la mer, autrefois, qu'elle sort un peu de lui et se répand autour de lui.

« La mer, ça n'est pas comme ici », dit encore le soldat. « C'est vivant, c'est comme un très grand animal vivant. Ça bouge, ça saute, ça change de forme et d'humeur, ça parle tout le temps, ça ne reste pas une seconde sans rien faire, et tu ne peux pas t'ennuyer avec elle. »

« C'est méchant ? »

« Parfois, oui, elle attrape des gens, des bateaux, elle les avale, hop ! Mais c'est seulement les jours où elle est très en colère, et il vaut mieux rester chez soi. »

« J'irai voir la mer », dit Petite Croix.

Le soldat la regarde un instant sans rien dire.

« Je t'emmènerai », dit-il ensuite.

« Est-ce qu'elle est plus grande que le ciel ? » demande Petite Croix.

« Ce n'est pas pareil. Il n'y a rien de plus grand que le ciel. »

Comme il en a assez de parler, il allume une autre cigarette anglaise et il recommence à fumer. Petite Croix aime bien l'odeur douce du tabac. Quand le soldat a presque fini sa cigarette, il la donne à Petite

Croix pour qu'elle prenne quelques bouffées avant de
l'éteindre. Petite Croix fume en respirant très fort.
Quand le soleil est très chaud et que le bleu du ciel
brûle, la fumée de la cigarette fait un écran très doux,
et fait siffler le vide dans sa tête, comme si elle tombait
du haut de la falaise.

Quand elle a fini la cigarette, Petite Croix la jette
devant elle, dans le vide.

« Est-ce que vous savez voler ? » demande-t-elle.

Le soldat rit à nouveau.

« Comment cela, voler ? »

« Dans le ciel, comme les oiseaux. »

« Personne ne sait faire cela, voyons. »

Puis tout d'un coup, il entend le bruit de l'avion qui
traverse la stratosphère, si haut qu'on ne voit qu'un
point d'argent au bout du long sillage blanc qui divise
le ciel. Le bruit des turboréacteurs se répercute avec
retard sur la plaine et dans les creux des torrents,
pareil à un tonnerre lointain.

« C'est un Stratofortress, il est haut », dit le soldat.

« Où est-ce qu'il va ? »

« Je ne sais pas. »

Petite Croix tend son visage vers le haut du ciel, elle
suit la progression lente de l'avion. Son visage est
assombri, ses lèvres sont serrées, comme si elle avait
peur, ou mal.

« Il est comme l'épervier », dit-elle. « Quand l'épervier passe dans le ciel, je sens son ombre, très froide,
elle tourne lentement, lentement, parce que l'épervier
cherche une proie. »

« Alors, tu es comme les poules. Elles se serrent
quand l'épervier passe au-dessus d'elles ! » Le soldat
plaisante, et pourtant il sent cela, lui aussi, et le bruit
des réacteurs dans la stratosphère fait battre son cœur
plus vite.

Il voit le vol du Stratofortress au-dessus de la mer, vers la Corée, pendant des heures longues ; les vagues sur la mer ressemblent à des rides, le ciel est lisse et pur, bleu sombre au zénith, bleu turquoise à l'horizon, comme si le crépuscule n'en finissait jamais. Dans les soutes de l'avion géant, les bombes sont rangées les unes à côté des autres, la mort en tonnes.

Puis l'avion s'éloigne vers son désert, lentement, et le vent balaie peu à peu le sillage blanc de la condensation. Le silence qui suit est lourd, presque douloureux, et le soldat doit faire un effort pour se lever de la pierre sur laquelle il est assis. Il reste un instant debout, il regarde la petite fille assise en équerre sur la terre durcie.

« Je m'en vais », dit-il.

« Revenez demain », dit Petite Croix.

Le soldat hésite à dire qu'il ne reviendra pas demain, ni après ni aucun autre jour peut-être, parce qu'il doit s'envoler lui aussi vers la Corée. Mais il n'ose rien dire, il répète seulement encore une fois, et sa voix est maladroite :

« Je m'en vais. »

Petite Croix écoute le bruit de ses pas qui s'éloignent sur le chemin de terre. Puis le vent revient, froid maintenant, et elle tremble un peu sous sa couverture de laine. Le soleil est bas, presque à l'horizontale, sa chaleur vient par bouffées, comme une haleine.

Maintenant, c'est l'heure où le bleu s'amincit, se résorbe. Petite Croix sent cela sur ses lèvres gercées, sur ses paupières, au bout de ses doigts. La terre elle-même est moins dure, comme si la lumière l'avait traversée, usée.

A nouveau, Petite Croix appelle les abeilles, ses amies, les lézards aussi, les salamandres ivres de soleil, les insectes-feuilles, les insectes-brindilles, les fourmis

en colonnes serrées. Elle les appelle tous, en chantant
la chanson que lui a enseignée le vieux Bahti,

> « Animaux, animaux,
> emmenez-moi
> emmenez-moi en volant
> emmenez-moi en volant
> dans votre troupeau »

Elle tend les mains en avant, pour retenir l'air et la
lumière. Elle ne veut pas s'en aller. Elle veut que tout
reste, que tout demeure, sans retourner dans ses
cachettes.

C'est l'heure où la lumière brûle et fait mal, la
lumière qui jaillit du fond de l'espace bleu. Petite Croix
ne bouge pas, et la peur grandit en elle. A la place du
soleil il y a un astre très bleu qui regarde, et son regard
appuie sur le front de Petite Croix. Il porte un masque
d'écailles et de plumes, il vient en dansant, en frappant
la terre de ses pieds, il vient en volant comme l'avion et
l'épervier, et son ombre recouvre la vallée comme un
manteau.

Il est seul, Saquasohuh comme on l'appelle, et il
marche vers le village abandonné, sur sa route bleue
dans le ciel. Son œil unique regarde Petite Croix, d'un
regard terrible qui brûle et glace en même temps.

Petite Croix le connaît bien. C'est lui qui l'a piquée
tout à l'heure comme une guêpe, à travers l'immensité
du ciel vide. Chaque jour, à la même heure, quand le
soleil décline et que les lézards rentrent dans leurs
fissures de roche, quand les mouches deviennent lourdes et se posent n'importe où, alors il arrive.

Il est comme un guerrier géant, debout de l'autre
côté du ciel, et il regarde le village de son terrible

regard qui brûle et qui glace. Il regarde Petite Croix dans les yeux, comme jamais personne ne l'a regardée.

Petite Croix sent la lumière claire, pure et bleue qui va jusqu'au fond de son corps comme l'eau fraîche des sources et qui l'enivre. C'est une lumière douce comme le vent du sud, qui apporte les odeurs des plantes et des fleurs sauvages.

Maintenant, aujourd'hui, l'astre n'est plus immobile. Il avance lentement à travers le ciel, en planant, en volant, comme le long d'un fleuve puissant. Son regard clair ne quitte pas les yeux de Petite Croix, et brille d'une lueur si intense qu'elle doit se protéger avec ses deux mains.

Le cœur de Petite Croix bat très vite. Jamais elle n'a rien vu de plus beau.

« Qui es-tu ? » crie-t-elle.

Mais le guerrier ne répond pas. Saquasohuh est debout sur le promontoire de pierre, devant elle.

D'un seul coup, Petite Croix comprend qu'il est l'étoile bleue qui vit dans le ciel, et qui est descendue sur la terre pour danser sur la place du village.

Elle veut se lever et partir en courant, mais la lumière qui sort de l'œil de Saquasohuh est en elle et l'empêche de bouger. Quand le guerrier commencera sa danse, les hommes et les femmes et les enfants commenceront à mourir dans le monde. Les avions tournent lentement dans le ciel, si haut qu'on les entend à peine, mais ils cherchent leur proie. Le feu et la mort sont partout, autour du promontoire, la mer elle-même brûle comme un lac de poix. Les grandes villes sont embrasées par la lumière intense qui jaillit du fond du ciel. Petite Croix entend les roulements du tonnerre, les déflagrations, les cris des enfants, les cris des chiens qui vont mourir. Le vent tourne sur lui-même de toutes ses forces, et ce n'est plus une danse, c'est comme la course d'un cheval fou.

Petite Croix met les mains devant ses yeux. Pourquoi les hommes veulent-ils cela ? Mais il est trop tard, déjà, peut-être, et le géant de l'étoile bleue ne retournera pas dans le ciel. Il est venu pour danser sur la place du village, comme le vieux Bahti a dit qu'il avait fait à Hotevilla, avant la grande guerre.

Le géant Saquasohuh hésite, debout devant la falaise, comme s'il n'osait pas entrer. Il regarde Petite Croix et la lumière de son regard entre et brûle si fort l'intérieur de sa tête qu'elle ne peut plus tenir. Elle crie, se met debout d'un bond, et reste immobile, les bras rejetés derrière elle, le souffle arrêté dans sa gorge, le cœur serré, car elle vient de voir soudain, comme si l'œil unique du géant s'était ouvert démesurément, le ciel bleu devant elle.

Petite Croix ne dit rien. Les larmes emplissent ses paupières, parce que la lumière du soleil et du bleu est trop forte. Elle chancelle au bord de la falaise de terre dure, elle voit l'horizon tourner lentement autour d'elle, exactement comme le soldat avait dit, la grande plaine jaune, les ravins sombres, les chemins rouges, les silhouettes énormes des mesas. Puis elle s'élance, elle commence à courir dans les rues du village abandonné, dans l'ombre et la lumière, sous le ciel, sans pousser un seul cri.

Les bergers

1

La route droite et longue traversait le pays des dunes. Il n'y avait rien d'autre ici que le sable, les arbustes épineux, les herbes sèches qui craquent sous les pieds et, par-dessus tout cela, le grand ciel noir de la nuit. Dans le vent, on entendait distinctement tous les bruits, les bruits mystérieux de la nuit qui effraient un peu. Des sortes de petits craquements, que font les pierres qui se resserrent, les crissements du sable sous les semelles des chaussures, les brindilles qui se cassent. La terre paraissait immense à cause de ces bruits, à cause du ciel noir aussi et des étoiles qui brillaient d'un éclat fixe. Le temps paraissait immense, très lent, avec par instants de drôles d'accélérations incompréhensibles, des vertiges, comme si on traversait le courant d'un fleuve. On marchait dans l'espace, comme suspendu dans le vide parmi les amas d'étoiles.

De tous les côtés venaient les bruits des insectes, un grincement continu qui résonnait dans le ciel. C'était peut-être le bruit des étoiles, les messages stridents venus du vide. Il n'y avait pas de lumières sur la terre, sauf les lucioles qui zigzaguaient au-dessus de la route. Dans la nuit aussi noire que le fond de la mer, les pupilles dilatées cherchaient la moindre source de clarté.

Tout était aux aguets. Les animaux du désert couraient entre les dunes : les lièvres des sables, les rats, les serpents. Le vent soufflait parfois de la mer, et on entendait le grondement des vagues qui déferlaient sur la côte. Le vent poussait les dunes. Dans la nuit elles luisaient faiblement, pareilles à des voiles de bateau. Le vent soufflait, il soulevait des nuages de sable qui brûlaient la peau du visage et des mains.

Il n'y avait personne, et pourtant l'on sentait partout la présence de la vie, des regards. C'était comme d'être la nuit dans une grande ville endormie, et de marcher devant toutes ces fenêtres qui cachent les gens.

Les bruits résonnaient ensemble. Dans la nuit ils étaient plus forts, plus précis. Le froid rendait la terre vibrante, sonore, grandes étendues de sable chantonnantes, grandes dalles de pierre qui parlaient. Les insectes crissaient, et aussi les scorpions, les mille-pattes, les serpents du désert. De temps en temps on entendait la mer, le grondement sourd des vagues de l'océan qui venaient s'effondrer sur le sable de la plage. Le vent apportait la voix de la mer, jusqu'ici, par bouffées, avec un peu d'embruns.

Où est-ce qu'on était, maintenant ? Il n'y avait pas de points de repère. Seulement les dunes, les rangées de dunes, l'étendue invisible du sable où tremblotaient les touffes d'herbe, où cliquetaient les feuilles des arbustes, tout cela, à perte de vue. Pas très loin, pourtant, il y avait sûrement les maisons, la ville plate, les réverbères, les phares des camions. Mais maintenant on ne savait plus où c'était. Le vent froid avait tout balayé, tout lavé, tout usé avec ses grains de sable.

Le grand ciel noir était absolument lisse, dur, percé

de petites lumières lointaines. C'était le froid qui commandait sur ce pays, qui faisait entendre sa voix.

Peut-être que là où on allait, on ne pourrait plus revenir en arrière, jamais. Peut-être que le vent recouvrait vos traces, comme cela, avec son sable, et qu'il fermait tous les chemins derrière vous. Puis les dunes se mouvaient lentement, imperceptiblement, pareilles aux longues lames de la mer. La nuit vous enveloppait. Elle vidait votre tête, elle vous faisait tourner en rond. Le bruit rugissant de la mer arrivait comme à travers le brouillard. Les grincements des insectes s'éloignaient, revenaient, repartaient, jaillissaient de tous les côtés à la fois, et c'étaient la terre entière et le ciel qui criaient.

Comme la nuit était longue dans ce pays ! Elle était si longue qu'on avait oublié comment c'était quand il faisait jour. Les étoiles giraient lentement dans le vide, descendaient vers l'horizon. Parfois, une étoile filante rayait le ciel. Elle glissait par-dessus les autres, très vite, puis elle s'éteignait. Les lucioles filaient aussi dans le vent, s'accrochaient aux branches des buissons. Elles restaient là, en faisant clignoter leurs ventres. En haut des dunes, on voyait le désert qui s'allumait et s'éteignait sans cesse, de tous côtés.

C'était peut-être à cause de cela qu'on sentait cette présence, ces regards. Et puis il y avait ces bruits, tous ces bruits étranges et menus qui vivaient alentour. Les petits animaux inconnus détalaient dans les creux de sable, entraient dans leurs terriers. On était chez eux, dans leur pays. Ils lançaient leurs signaux d'alerte. Les engoulevents volaient d'un buisson à l'autre. Les gerboises suivaient leurs chemins minuscules. Entre les dalles de pierre froide, la couleuvre coulait son corps. C'étaient eux, les habitants, qui couraient, s'arrêtaient, cœur palpitant, cou dressé, yeux fixes. C'était ici leur monde.

Un peu avant l'aube, quand le ciel devenait gris peu à peu, un chien s'est mis à aboyer, et les chiens sauvages ont répondu. Ils ont poussé de longs cris aigus, la tête renversée en arrière. C'était étrange, cela faisait frissonner la peau.

Il n'y avait plus de bruits d'insectes à présent. Les pierres ne craquaient plus. Le brouillard montait de la mer, en suivant le lit des torrents à sec. Il passait très lentement sur les dunes, il s'étirait comme de la fumée.

Les étoiles s'effaçaient dans le ciel. Une lumière faisait une tache, à l'est, au-dessus du désert. La terre commençait à apparaître, pas du tout belle, mais grise et terne, parce qu'elle dormait encore. Les chiens sauvages erraient entre les dunes, à la recherche de nourriture. C'étaient de petits chiens maigres avec un dos arqué et de longues pattes. Ils avaient des oreilles pointues comme les renards.

La lumière augmentait, on commençait à distinguer les formes. Il y avait une plaine, semée de rochers brûlés, et quelques huttes en pisé avec des toits de palmes. Les huttes étaient en ruine, probablement abandonnées depuis des mois, sauf une où vivaient les enfants. Autour des maisons, c'était la grande plaine de pierres, les dunes. Derrière les dunes, la mer. Quelques sentiers traversaient la plaine ; c'étaient les pieds nus des enfants et les sabots des chèvres qui les avaient tracés.

Quand le soleil apparut au-dessus de la terre, loin, à l'est, la lumière fit briller d'un seul coup la plaine. Le sable des dunes brillait comme de la poussière de cuivre. Le ciel était lisse et clair comme de l'eau. Les chiens sauvages s'approchèrent des maisons et du troupeau de chèvres.

C'était ici leur monde, sur la grande étendue de pierres et de sable.

Quelqu'un arrivait le long des sentiers, entre les dunes. C'était un jeune garçon vêtu comme les gens de la ville. Il portait sur l'épaule une veste de lin un peu froissée, et ses chaussures de toile blanche étaient couvertes de poussière. De temps en temps il s'arrêtait et hésitait, parce que les sentiers se divisaient. Il repérait le bruit de la mer, à sa gauche, puis il recommençait à marcher. Le soleil était déjà haut sur l'horizon, mais il ne sentait pas sa chaleur. La lumière qui se réverbérait sur le sable l'obligeait à fermer les yeux. Son visage n'était pas habitué au soleil ; il était rouge par endroits, sur le front, et surtout sur le nez, où la peau commençait à partir. Le jeune garçon n'était pas très habitué non plus à marcher dans le sable ; cela se voyait à la façon dont il tordait ses chevilles en marchant sur les pentes des dunes.

Quand il arriva devant le mur de pierres sèches, le garçon s'arrêta. C'était un très long mur qui barrait la plaine. A chaque extrémité, le mur disparaissait sous les dunes. Il fallait faire un grand détour pour trouver un passage. Le garçon hésita. Il regarda en arrière, pensant qu'il allait peut-être revenir sur ses pas.

C'est alors qu'il entendit des bruits de voix. Cela venait de l'autre côté du mur, des cris étouffés, des appels. C'étaient des voix d'enfants. Le vent les portait par-dessus la muraille, un peu irréelles, mêlées au grondement de la mer. Les chiens sauvages aboyaient plus fort, parce qu'ils avaient senti la présence du nouveau venu.

Le jeune garçon escalada la muraille et regarda de l'autre côté. Mais il n'aperçut pas les enfants. De ce côté du mur, c'était toujours la même plaine de rochers, les mêmes arbustes et, au loin, la ligne douce des dunes.

Le jeune garçon avait très envie d'aller voir là-bas. Il y avait beaucoup de traces sur le sol, des sentiers, des brisées dans les fourrés qui indiquaient le passage des gens. Sur les rochers, le soleil faisait briller les parcelles de mica.

Le jeune garçon était attiré par cet endroit. Il sauta du mur et il se sentit plus léger, plus libre. Il écouta le bruit du vent et de la mer, il vit les creux où vivent les lézards, les buissons où les oiseaux font leurs nids.

Il commença à marcher sur la plaine de pierres. Ici, les arbustes étaient plus hauts. Certains portaient des baies rouges.

Tout à coup, il s'arrêta, parce qu'il avait entendu tout près de lui :

« Frrtt ! Frrtt ! »

un bruit bizarre, comme si on jetait de petits cailloux sur la terre. Mais personne ne se montrait.

Le jeune garçon recommença à avancer. Il suivait un petit sentier qui conduisait à un groupe de rochers, au centre de l'enceinte de pierres sèches.

Encore une fois, il entendit, tout près de lui :

« Frrtt ! Frrtt ! »

Cela venait de derrière, maintenant. Mais il ne vit que la muraille, les buissons, les dunes. Il n'y avait personne.

Mais le jeune garçon sentait qu'on le regardait. Cela venait de tous les côtés à la fois, un regard insistant qui le guettait, qui suivait chacun de ses mouvements. Il y avait longtemps qu'on le regardait ainsi, mais le jeune garçon venait seulement de s'en rendre compte. Il n'avait pas peur ; il faisait grand jour maintenant, et d'ailleurs le regard n'avait rien d'effrayant.

Pour voir ce qui allait se passer, le garçon s'accroupit

près d'un buisson et il attendit, comme s'il cherchait quelque chose par terre. Au bout d'une minute, il entendit un bruit de course. Debout, il vit des ombres qui se cachaient entre les arbustes, et il entendit des rires étouffés.

Alors il sortit de sa poche un petit miroir, et il dirigea le reflet dans la direction des arbustes. Le petit cercle blanc voltigeait, et semblait enflammer les feuilles sèches.

Soudain, au milieu des branches, le rond blanc éclaira un visage et fit briller une paire d'yeux. Le jeune garçon maintint le reflet du soleil sur le visage, jusqu'à ce que l'inconnu se lève, ébloui par la lumière.

Ils se levèrent tous les quatre ensemble : c'étaient des enfants. Le jeune garçon les regarda avec étonnement. Ils étaient petits, pieds nus, habillés de vêtements en vieille toile. Leurs visages étaient couleur de cuivre, leurs cheveux couleur de cuivre aussi tombaient en larges boucles. Au milieu, il y avait une petite fille à l'air farouche, vêtue d'une chemise bleue trop grande pour elle. L'aîné des quatre enfants tenait dans sa main droite une longue lanière verte, qui semblait faite de paille tressée.

Comme le jeune garçon restait immobile, les enfants s'approchèrent. Ils se parlaient à mi-voix et riaient, mais le jeune garçon ne comprenait pas ce qu'ils disaient. Il leur demanda d'où ils venaient, et qui ils étaient, mais les enfants secouèrent la tête et continuèrent à rire un peu.

Avec une voix un peu enrouée, le jeune garçon dit :
« Je m'appelle — Gaspar. »

Les enfants se regardèrent et ils éclatèrent de rire. Ils répétaient :
« Gach Pa ! Gach Pa ! »
comme cela, avec des voix aiguës. Et ils riaient

comme s'ils n'avaient jamais rien entendu de plus comique.

« Qu'est-ce que c'est ? » dit Gaspar. Il prit dans sa main la lanière verte que tenait l'aîné des enfants. Le garçon se baissa et ramassa une petite pierre par terre. Il la plaça dans le creux de la lanière et la fit tournoyer au-dessus de sa tête. Il ouvrit la main, la lanière se détendit et le caillou fila haut dans le ciel en sifflant. Gaspar essaya de le suivre des yeux, mais le caillou disparut dans l'air. Quand il retomba sur la terre, à vingt mètres, un petit nuage de poussière montra l'endroit qu'il avait frappé.

Les autres enfants crièrent et battirent des mains. L'aîné tendit la lanière à Gaspar et dit :

« Goum ! »

Le jeune garçon choisit à son tour un caillou sur le sol et il le plaça dans la boucle de la fronde. Mais il ne savait pas tenir la lanière. L'enfant aux cheveux couleur de cuivre lui montra comment glisser l'extrémité de la lanière autour de son poignet et replia les doigts de Gaspar sur l'autre extrémité. Puis il se recula un peu et il dit encore :

« Goum ! Goum ! »

Gaspar commença à faire tournoyer son bras au-dessus de sa tête. Mais la lanière était lourde et longue, et c'était beaucoup moins facile qu'il l'avait cru. Il fit tournoyer plusieurs fois la lanière, de plus en plus vite, et au moment où il s'apprêtait à ouvrir la main, il fit un faux mouvement. La tresse siffla et cingla son dos, si fort qu'elle déchira sa chemise.

Gaspar avait mal et il était en colère, mais les enfants riaient tant qu'il ne put s'empêcher de rire, lui aussi. Les enfants battaient des mains et criaient :

« Gach Pa ! Gach Paaa ! »

Ensuite ils s'assirent par terre. Gaspar montra son

petit miroir. L'aîné des enfants s'amusa un instant avec le reflet du soleil, puis il se regarda dans le miroir.

Gaspar aurait bien voulu connaître leurs noms. Mais les enfants ne parlaient pas sa langue. Ils parlaient une drôle de langue, volubile et un peu rauque, qui faisait une musique qui allait bien avec le paysage de pierres et de dunes. C'était comme les craquements des pierres dans la nuit, comme les cliquetis des feuilles sèches, comme le bruit du vent sur le sable.

Seule la petite fille restait un peu à l'écart. Elle était assise sur ses talons, les genoux et les pieds couverts par sa grande chemise bleue. Ses cheveux étaient couleur de cuivre rose et tombaient en boucles épaisses sur ses épaules. Elle avait des yeux très noirs, comme les garçons, mais plus brillants encore. Il y avait une drôle de lumière dans ses yeux, comme un sourire qui ne voulait pas trop se montrer. L'aîné montra la petite fille à Gaspar et il répéta plusieurs fois :

« Khaf... Khaf... Khaf... »

Alors Gaspar l'appela ainsi : Khaf. C'était un nom qui lui allait bien.

Le soleil brillait fort, maintenant. Il allumait toutes ses étincelles sur les rochers aigus, de petits éclairs clignotants, comme s'il y avait eu des miroirs.

Le bruit de la mer avait cessé, parce que le vent soufflait maintenant de l'intérieur des terres, du désert. Les enfants restaient assis. Ils regardaient du côté des dunes en plissant les yeux. Ils semblaient attendre.

Gaspar se demandait comment ils vivaient ici, loin de la ville. Il aurait bien aimé poser des questions à l'aîné des garçons, mais ce n'était pas possible. Même s'ils avaient parlé le même langage, Gaspar n'aurait pas osé lui poser des questions. C'était comme ça.

C'était un endroit où on ne devait pas poser de questions.

Quand le soleil était en haut du ciel, les enfants partaient rejoindre le troupeau. Sans rien dire à Gaspar, ils partirent dans la direction des grands rochers brûlés, là-bas, à l'est, en marchant à la file indienne le long du sentier étroit.

Gaspar les regarda partir, assis sur le tas de pierres. Il se demandait ce qu'il fallait faire. Peut-être qu'il fallait retourner en arrière et revenir vers la route, vers les maisons de la ville, vers les gens qui l'attendaient, là-bas, de l'autre côté de la muraille et des dunes.

Quand les enfants furent assez loin, à peine grands comme des insectes noirs sur la plaine des rochers, l'aîné se retourna vers Gaspar. Il fit tournoyer sa fronde d'herbe au-dessus de sa tête. Gaspar ne vit rien venir, mais il entendit un sifflement près de son oreille, et le caillou frappa derrière lui. Il se redressa, sortit son petit miroir et lança un reflet vers les enfants.

« Haa-hou-haa ! »

Les enfants crièrent avec leur voix aiguë. Ils faisaient des signes avec la main. Seule la petite Khaf continuait à marcher sans se retourner le long du sentier.

Gaspar bondit et se mit à courir de toutes ses forces à travers la plaine, sautant par-dessus les pierres et les buissons. En quelques secondes il rejoignit les enfants, et ensemble ils continuèrent leur route.

Il faisait très chaud maintenant. Gaspar avait ouvert sa chemise et roulé ses manches. Pour se protéger du soleil, il mit la veste de toile sur sa tête. L'air brûlant était traversé par des essaims de mouches minuscules qui bourdonnaient autour des cheveux des enfants. Le soleil dilatait les pierres et faisait crépiter les branches des arbustes. Le ciel était absolument pur, mais à présent il avait une couleur pâle de gaz surchauffé.

Gaspar marchait derrière l'aîné des enfants, les yeux à demi fermés à cause de la lumière. Personne ne parlait. La chaleur avait séché les gorges. Gaspar avait respiré par la bouche, et sa gorge était si douloureuse qu'il étouffait. Il s'arrêta et il dit à l'aîné :

« J'ai soif... »

Il répéta plusieurs fois en montrant sa gorge. Le garçon secoua la tête. Il n'avait peut-être pas compris. Gaspar vit que les enfants n'étaient plus comme tout à l'heure. Maintenant ils avaient des visages durcis. La peau de leurs joues était rouge sombre, d'une couleur qui ressemblait à la terre. Leurs yeux aussi étaient sombres, ils brillaient d'un dur éclat minéral.

La petite Khaf s'approcha. Elle fouilla dans les poches de sa chemise bleue, et elle en sortit une poignée de graines qu'elle tendit à Gaspar. C'étaient des graines semblables à des fèves, vertes et poussiéreuses. Dès que Gaspar en mit une dans sa bouche, cela le brûla comme du poivre, et aussitôt sa gorge et son nez s'humectèrent.

L'aîné des enfants montra les graines et dit :

« Lula. »

Ils recommencèrent à marcher, et franchirent une première chaîne de collines. De l'autre côté, il y avait une plaine identique à celle d'où ils étaient partis. C'était une grande plaine de rochers, avec de l'herbe qui poussait en son centre.

C'est là que paissait le troupeau.

Il y avait en tout une dizaine de moutons noirs, quelques chèvres, et un grand bouc noir qui se tenait un peu à l'écart. Gaspar s'arrêta pour se reposer, mais les enfants ne l'attendirent pas. Ils descendaient en courant le ravin qui conduisait à la plaine. Ils poussaient de drôles de cris,

« Hawa ! Hahouwa ! »

comme des aboiements. Puis ils sifflaient entre leurs doigts.

Les chiens se levèrent et répondirent :

« Haw ! Haw ! Haw ! Haw ! »

Le grand bouc tressaillit et frappa le sol avec ses sabots. Puis il rejoignit le troupeau et toutes les bêtes s'écartèrent. Un nuage de poussière commençait à tourner autour du troupeau. C'étaient les chiens sauvages qui décrivaient des cercles rapides. Le bouc tournait en même temps qu'eux, la tête baissée, présentant ses deux longues cornes acérées.

Les enfants approchaient en aboyant et en sifflant. L'aîné fit tournoyer sa fronde d'herbe. Chaque fois qu'il ouvrait la main, un caillou frappait une bête dans le troupeau. Les enfants couraient et agitaient leurs bras, sans cesser de crier :

« Ha ! Hawa ! Hawap ! »

Quand le troupeau fut rassemblé autour du bouc, les enfants éloignèrent les chiens à coups de pierres. Gaspar descendit le ravin à son tour. Un chien sauvage gronda, les crocs à l'air, et Gaspar fit tournoyer sa veste en criant, lui aussi :

« Ha ! Haaa ! »

Il n'avait plus soif à présent. Sa fatigue avait disparu. Il courait sur la plaine de rochers en faisant tournoyer sa veste. Le soleil très haut dans le ciel blanc brillait avec violence. L'air était saturé de poussière, l'odeur des moutons et des chèvres enveloppait tout, pénétrait tout.

Lentement, le troupeau avançait à travers l'herbe jaune, dans la direction des collines. Les bêtes étaient serrées les unes contre les autres et criaient avec leurs voix plaintives. A l'arrière du troupeau, le bouc marchait lourdement, en baissant parfois ses cornes pointues. L'aîné des enfants le surveillait. Sans s'arrêter, il ramassait un caillou et faisait siffler sa fronde. Le bouc soufflait rageusement, puis bondissait quand le caillou frappait son dos.

L'air fou, les chiens sauvages continuaient à courir autour du troupeau en criant. Les enfants leur répondaient et leur jetaient des pierres. Gaspar faisait comme eux ; son visage était tout gris de poussière, ses cheveux étaient collés par la sueur. Il avait tout oublié, maintenant, tout ce qu'il connaissait avant d'arriver. Les rues de la ville, les salles d'étude sombres, les grands bâtiments blancs de l'internat, les pelouses, tout cela avait disparu comme un mirage dans l'air surchauffé de la plaine déserte.

C'était le soleil surtout qui était cause de ce qui se passait ici. Il était au centre du ciel blanc, et sous lui tournaient les bêtes dans leur nuage de poussière. Les ombres noires des chiens traversaient la plaine, revenaient, repartaient. Les sabots martelaient la terre dure, et cela faisait un bruit qui roulait et grondait comme la mer. Les cris des chiens, les voix des moutons, les appels et les sifflements des enfants n'arrêtaient pas.

Comme cela, lentement, le troupeau commença à franchir la deuxième chaîne de collines, en suivant le lit des torrents. Le sable montait dans l'air et, pris par les rafales de vent, descendait vers la plaine en formant des trombes.

Les ravins devenaient plus étroits, bordés par des buissons épineux. Les moutons laissaient sur leur passage des touffes de poils noirs. Gaspar déchirait ses vêtements aux branches. Ses mains saignaient, mais le vent chaud arrêtait le sang tout de suite. Les enfants escaladaient les collines sans fatigue, mais Gaspar tomba plusieurs fois en glissant sur les cailloux.

Quand ils arrivèrent au sommet, les enfants s'arrêtèrent pour regarder. Gaspar n'avait jamais rien vu d'aussi beau. Devant eux, la plaine et les dunes descendaient lentement, par vagues, jusqu'à la limite de l'horizon. C'était une très grande étendue ondoyante, avec de gros blocs de rocher sombres et des monticules de sable rouge et jaune. Tout était très lent, très calme. A l'est, la plaine était dominée par une falaise blanche qui étendait son ombre noire. Entre les collines et les dunes, il y avait une vallée qui serpentait, descendant chaque niveau par une marche. Et au bout de la vallée, au loin, si loin que cela devenait presque irréel, on voyait la terre entre les collines : à peine, grise, bleue, verte, légère comme un nuage, la terre lointaine, la plaine d'herbe et d'eau. Légère, douce, délicate comme la mer vue de loin.

Ici le ciel était grand, la lumière plus belle, plus pure. Il n'y avait pas de poussière. Le vent soufflait par intermittence, le long de la vallée, le vent frais qui vous rendait calme.

Gaspar et les enfants regardaient sans bouger la plaine lointaine, et ils sentaient une sorte de bonheur dans leurs corps. Ils auraient voulu voler aussi vite que le regard et se poser là-bas, au centre de la vallée.

Le troupeau n'avait pas attendu les enfants. Le grand bouc noir à sa tête, il dévalait les pentes et suivait le ravin. Les chiens sauvages n'aboyaient plus ; ils trottaient derrière le troupeau.

Gaspar regarda les enfants. Debout sur un rocher en surplomb, ils contemplaient le paysage sans parler. Le vent agitait leurs vêtements. Leurs visages étaient moins durs. La lumière jaune brillait sur leurs fronts, dans leurs cheveux. Même la petite Khaf avait perdu

son air farouche. Elle distribua aux garçons des poignées de graines poivrées. Elle tendit la main, et
montra à Gaspar la vallée qui miroitait près de
l'horizon, et elle dit :

« Genna. »

Les enfants reprirent la route, sur les traces des
moutons. Gaspar marchait le dernier. A mesure qu'ils
redescendaient les collines, la vallée lointaine disparaissait derrière les dunes. Mais ils n'avaient plus
besoin de la voir. Ils suivaient le ravin, dans la
direction du soleil levant.

Il faisait moins chaud, déjà. Sans qu'ils s'en aperçoi-
vent, la journée avait passé. Le ciel était doré maintenant, et la lumière ne se réverbérait plus sur les
parcelles de mica.

Le troupeau avait une demi-heure d'avance sur les
enfants. Quand ils arrivaient au sommet d'un monticule, ils le voyaient qui remontait de l'autre côté, en
faisant ébouler les pierres.

Le soleil se coucha vite. Il y eut un bref crépuscule, et
l'ombre commença à recouvrir le ravin. Alors les
enfants s'assirent dans un creux et ils attendirent la
nuit. Gaspar s'installa à côté d'eux. Il avait très soif et
sa bouche était enflée à cause des graines poivrées. Il
enleva ses chaussures et vit que ses pieds saignaient ; le
sable avait pénétré à l'intérieur des chaussures et avait
arraché sa peau.

Les enfants allumèrent un feu de brindilles. Puis un
des jeunes garçons partit dans la direction du troupeau. A la nuit, il revint en portant une outre pleine de
lait. A tour de rôle, les enfants burent. La petite Khaf
but la dernière, et elle apporta l'outre à Gaspar.
Gaspar but trois longues gorgées. Le lait était doux et

tiède, et cela calma tout de suite l'ardeur de sa bouche et de sa gorge.

Le froid arriva. Il sortait de la terre, comme le souffle d'une cave. Gaspar s'approcha du feu et s'allongea dans le sable. A côté de lui, la petite Khaf dormait déjà, et Gaspar étendit sur elle sa veste de toile. Puis, les yeux fermés, il écouta les bruits du vent. Cela faisait avec les craquements du feu une bonne musique pour s'endormir. On entendait aussi, au loin, les bêlements des chèvres et des moutons.

L'inquiétude légère réveilla Gaspar. Il ouvrit les yeux, et vit d'abord le ciel noir étoilé qui semblait tout près. La lune pleine, blanche, éclairait comme une lampe. Le feu était éteint, et les enfants dormaient. En tournant la tête, Gaspar vit l'aîné des enfants debout à côté de lui. Abel (Gaspar avait entendu son nom plusieurs fois quand les enfants se parlaient) était immobile, sa longue fronde d'herbe à la main. La lumière de la lune éclairait son visage et brillait dans ses yeux. Gaspar se redressa en se demandant combien de temps il avait dormi. C'était le regard d'Abel qui l'avait réveillé. Le regard d'Abel disait :

« Viens avec moi. »

Gaspar se leva et marcha derrière le garçon. Le froid de la nuit était vif, et cela acheva de le réveiller. Au bout de quelques pas, il s'aperçut qu'il avait oublié de mettre ses chaussures ; mais ses pieds écorchés étaient mieux ainsi, et il continua.

Ensemble, ils escaladèrent la pente du ravin. A la lumière de la lune, les rochers étaient blancs, un peu bleus. Le cœur battant, Gaspar suivait Abel vers le sommet de la colline. Il ne se demandait même pas où il allait. Quelque chose de mystérieux l'attirait, quelque chose dans le regard d'Abel peut-être, un instinct qui le guidait, l'aidait à marcher pieds nus sur les cailloux coupants, sans faire de bruit. Devant lui, la silhouette svelte d'Abel bondissait d'un rocher à l'autre, silencieuse et souple comme un chat.

En haut du ravin, ils furent pris par le vent, un vent froid qui coupait la respiration. Abel s'arrêta et examina les alentours. Ils étaient sur une sorte de plateau de pierre. Quelques buissons noirs bougeaient dans le vent. Les dalles lisses luisaient à la lumière lunaire, séparées par des fissures.

Sans bruit, Gaspar rejoignit Abel. Le jeune garçon guettait. Rien ne bougeait sur son visage, excepté les yeux. Malgré le vent qui sifflait, il semblait à Gaspar qu'il entendait le cœur d'Abel battre dans sa poitrine. Il voyait briller le petit nuage de vapeur devant son visage, chaque fois qu'Abel respirait.

Sans quitter des yeux le plateau éclairé, Abel ramassa un caillou et le plaça dans sa fronde d'herbe. Puis, soudain, il fit tournoyer la lanière au-dessus de sa tête. De plus en plus vite, la fronde tournait comme une hélice. Gaspar s'écarta. Il scrutait le plateau lui aussi, examinant chaque pierre, chaque fissure, chaque buisson noir. La fronde tournait en faisant un sifflement continu, d'abord grave et pareil au hurlement du vent, puis aigu comme le bruit d'une sirène.

La musique de la fronde d'herbe paraissait emplir tout l'espace. Tout le ciel résonnait, et la terre, les rochers, les arbustes, les herbes. Cela allait jusqu'à l'horizon, c'était une voix qui appelait. Que voulait-elle ? Gaspar ne baissait pas les yeux, il regardait le même point, droit devant lui, sur le plateau lunaire, et ses yeux brûlaient de fatigue et de désir. Le corps d'Abel frissonnait. C'était comme si le sifflement de la fronde d'herbe sortait de lui, par la bouche et par les yeux, pour couvrir la terre et aller jusqu'au fond du ciel noir.

Tout d'un coup, quelqu'un apparut sur le plateau de pierre. C'était un grand lièvre du désert, couleur de sable. Il était debout sur ses pattes, ses longues oreilles dressées. Ses yeux brillaient comme de petits miroirs tandis qu'il regardait vers les enfants. Le lièvre resta immobile, figé au bord de la dalle de pierre, écoutant la musique de la fronde d'herbe.

Il y eut le claquement de la lanière et le lièvre se coucha sur le côté, car la pierre l'avait frappé exactement entre les deux yeux.

Abel se tourna vers son compagnon et le regarda. Son visage était éclairé de contentement. Ensemble les enfants coururent pour ramasser le lièvre. Abel sortit un petit couteau de sa poche, et sans hésiter il trancha la gorge de l'animal, puis il le maintint par les pattes arrière pour qu'il se vide de son sang. Il donna le lièvre à Gaspar, et avec ses deux mains il arracha la peau jusqu'à la tête. Ensuite il l'éventra et il arracha les entrailles qu'il jeta dans une crevasse.

Ils redescendirent vers le ravin. En passant près d'un arbuste, Abel choisit une longue branche qu'il émonda avec son couteau.

Quand ils rejoignirent le campement, Abel réveilla les enfants. Ils rallumèrent le feu avec de nouvelles brindilles. Abel embrocha le lièvre sur la branche et il s'accroupit près du feu pour le faire rôtir. Quand le lièvre fut cuit, Abel le partagea avec ses doigts. Il tendit une cuisse à Gaspar et garda l'autre pour lui.

Les enfants mangèrent rapidement, et ils jetèrent les os aux chiens sauvages. Puis ils se recouchèrent autour des braises et ils s'endormirent. Gaspar resta quelques minutes. les yeux ouverts à regarder la lune blanche qui ressemblait à un phare au-dessus de l'horizon.

2

Il y avait plusieurs jours maintenant que les enfants vivaient à Genna. Ils étaient arrivés là un peu avant le coucher du soleil, ils étaient entrés dans la vallée en même temps que le troupeau. Tout à coup, au détour du chemin, ils avaient vu la grande plaine verte qui brillait doucement, et ils s'étaient arrêtés un instant, sans pouvoir bouger, tellement c'était beau.

C'était vraiment beau ! Devant eux, l'espace d'herbes hautes ondulait dans le vent, et les arbres se balançaient, beaucoup d'arbres élancés, aux troncs noirs et aux larges frondaisons vertes ; des amandiers, des peupliers, des lauriers géants ; il y avait aussi de hauts palmiers dont les feuilles bougeaient. Autour de la plaine, les collines de pierres étendaient leur ombre, et du côté de la mer, les dunes de sable étaient couleur d'or et de cuivre. C'était ici que le troupeau arrivait, c'était leur terre.

Les enfants regardaient l'herbe sans bouger, comme s'ils n'osaient pas y marcher. Au centre de la plaine, entouré de palmiers, le lac brillait comme un miroir, et Gaspar sentit une vibration dans son corps. Il se retourna et regarda les enfants. Leurs visages étaient éclairés par la lumière douce qui venait de la plaine d'herbe. Les yeux de la petite Khaf n'étaient plus sombres ; ils étaient devenus transparents, couleur d'herbe et d'eau.

C'est elle qui partit la première. Elle jeta ses paquets, en criant de toutes ses forces un mot étrange,

« Mouïa-a-a-a !... »

et elle se mit à courir à travers les herbes.

« C'est l'eau ! C'est l'eau ! » pensa Gaspar. Mais avec les autres il cria le mot étrange, et il commença à courir vers le lac.

« Mouïa ! Mouïa-a-a ! »

Gaspar courait vite. Les longues herbes cinglaient ses mains et son visage, s'écartaient devant son corps en crissant. Gaspar courait à travers la plaine, ses pieds nus frappaient le sol humide, ses bras fauchaient les feuilles coupantes de l'herbe. Il entendait le bruit de son cœur, le grincement des herbes qui se repliaient derrière lui. A quelques mètres à gauche, Abel courait aussi vite, en poussant des cris. Parfois il disparaissait sous les herbes, puis reparaissait, bondissant par-dessus les pierres. Leurs routes se croisaient, s'éloignaient, et les autres enfants couraient derrière eux, en sautant pour voir où ils allaient. Ils appelaient, et Gaspar répondait :

« Mouïa-a-a-a !... »

Ils sentaient l'odeur de la terre humide, l'odeur âcre de l'herbe écrasée, l'odeur des arbres. Les lames d'herbe lacéraient leurs visages comme des fouets, et ils continuaient à courir sans reprendre haleine, ils criaient sans se voir, ils s'appelaient, se guidaient vers l'eau.

« Mouïa ! Mouïa ! »

Gaspar voyait la nappe d'eau devant lui, scintillante au milieu des herbes. Il pensait qu'il arriverait le premier, et il courait encore plus vite. Mais tout à coup il entendit la voix de Khaf derrière lui. Elle criait avec détresse, comme quelqu'un qui s'est perdu :

« Mouïa-a-a ! »

Alors Gaspar revint en arrière, et il la chercha entre les herbes. Elle était si petite qu'il ne la voyait pas. En décrivant des cercles, il l'appela :

« Mouïa ! »

Il la trouva loin derrière les autres enfants. Elle courait à petits pas, en protégeant sa figure avec ses avant-bras. Elle avait dû tomber plusieurs fois, parce que sa chemise et ses jambes étaient couvertes de terre. Gaspar la souleva et la mit sur ses épaules, et il repartit en avant. C'était elle qui le guidait maintenant. Cramponnée à ses cheveux, elle le poussait dans la direction de l'eau, et elle criait :

« Mouïa ! Mouïa-a-a !... »

En quelques enjambées, Gaspar rattrapa son retard. Il dépassa les deux plus jeunes garçons. Il arriva au bord de l'eau en même temps qu'Abel. Ils tombèrent tous les trois dans l'eau fraîche, à bout de souffle, et ils se mirent à boire en riant.

Avant la nuit, les enfants construisirent une maison. Abel était l'architecte. Il avait coupé de longs roseaux et des branches. Avec l'aide des autres garçons, il avait formé la carcasse en ployant les roseaux en arc et en les liant au sommet avec des herbes. Puis il avait bouché les interstices avec de petites branches. Pendant ce temps, la petite Khaf et Augustin, l'un des jeunes garçons, accroupis au bord du lac, fabriquaient de la boue.

Quand la pâte fut prête, ils l'étalèrent sur les murs de la maison en tapotant avec les paumes de la main. Le travail avançait vite, et au coucher du soleil, la maison était finie. C'était une sorte d'igloo en terre, avec un

côté ouvert pour entrer. Abel et Gaspar ne pouvaient y
entrer qu'à quatre pattes, mais la petite Khaf pouvait
s'y tenir droite. La maison était sur le bord du lac, au
centre d'une plage de sable. Autour de la maison, les
hautes herbes formaient une muraille verte. De l'autre
côté du lac vivaient les hauts palmiers. Ce sont eux qui
fournirent les feuilles pour le toit de la maison.

Après avoir bu, le troupeau s'était éloigné à travers
la plaine d'herbe. Mais les enfants ne semblaient pas
s'en soucier. De temps en temps, ils écoutaient les
bêlements qui venaient dans le vent, de l'autre côté de
l'herbe.

Quand le soir était venu, le plus jeune des garçons
était parti traire les chèvres. Ensemble ils avaient bu le
lait doux et tiède, puis ils s'étaient couchés, serrés les
uns contre les autres à l'intérieur de la maison. Une
sorte de brouillard léger montait du lac, le vent avait
cessé. Gaspar sentait l'odeur de la terre mouillée sur
les murs de la maison. Il écoutait le bruit des grenouil-
les et des insectes de la nuit.

C'était ici qu'ils vivaient depuis des jours, c'était ici
leur maison. Les journées étaient très longues, le ciel
était toujours immense et pur, le soleil parcourait
longtemps sa route d'un horizon à l'autre.

Chaque matin, en se réveillant, Gaspar voyait la
plaine d'herbes ruisselante de petites gouttes qui
brillaient dans la lumière. Au-dessus de la plaine, les
collines de pierres avaient la couleur du cuivre. Les
rochers aigus se découpaient contre le ciel clair. A
Genna, il n'y avait jamais de nuages sauf, quelquefois,
le sillage blanc d'un avion à réaction qui traversait
lentement la stratosphère. On pouvait rester des heures à regarder le ciel, sans rien faire d'autre. Gaspar
franchissait la plaine d'herbes, et il allait s'asseoir

auprès d'Augustin, à côté du troupeau. Ensemble ils regardaient le grand bouc noir qui arrachait des touffes d'herbes. Les chèvres et les moutons marchaient derrière lui. Les chèvres avaient de longues têtes d'antilope, aux yeux obliques couleur d'ambre. Les moucherons vrombrissaient sans cesse dans l'air.

Abel montra à Gaspar comment fabriquer une fronde. Il choisit plusieurs lames d'une herbe spéciale, vert sombre, qu'il appelait *goum*. En les maintenant avec ses orteils, il en fit une tresse. C'était difficile, parce que l'herbe était dure et glissante. La tresse se défaisait tout le temps, et Gaspar devait reprendre depuis le début. Les bords des brins d'herbe étaient tranchants, et ses mains saignaient. La tresse allait en s'élargissant pour former la poche où on plaçait le caillou. A chaque extrémité, Abel montra à Gaspar comment fermer la tresse par une boucle solide, qu'il consolida avec un brin d'herbe plus étroit.

Quand la tresse fut terminée, Abel l'examina avec soin. Il tira sur chaque extrémité pour éprouver la solidité de la lanière. Elle était longue et souple, mais plus courte que celle d'Abel. Abel l'essaya tout de suite. Il choisit un caillou rond par terre et il le plaça au centre de la lanière. Puis il montra à nouveau comment placer les deux extrémités : une boucle autour du poignet, l'autre entre les doigts et la paume de la main.

Il commença à faire tourner la fronde. Gaspar écoutait le sifflement régulier de la lanière. Mais Abel ne lança pas la pierre. D'un mouvement brusque et précis, il arrêta la lanière et la donna à Gaspar. Puis il lui montra le tronc d'un palmier au loin.

Gaspar fit tourner la fronde à son tour. Mais il allait trop vite et son buste était entraîné par le poids de la pierre. Il recommença plusieurs fois, en accélérant progressivement. Quand il entendit la lanière vrombir au-dessus de sa tête comme un moteur d'avion, il sut qu'il avait atteint la bonne vitesse. Lentement son corps tourna sur lui-même, et s'orienta vers le palmier debout à l'autre bout de la plaine. Il était sûr de lui maintenant, et la fronde faisait partie de lui-même. Il lui semblait voir un grand arc de cercle qui l'unissait au tronc de l'arbre. Au moment même où Abel cria :

« Gia ! »

Gaspar ouvrit sa main et la lanière d'herbe fouetta l'air. Le caillou invisible bondit vers le ciel et deux secondes plus tard, Gaspar entendit le bruit de l'impact sur le tronc du palmier.

A partir de ce moment, Gaspar sut qu'il n'était plus le même. Maintenant, il accompagnait l'aîné des enfants quand il ramenait le troupeau vers le centre de la plaine. Ils partaient tous les deux à l'aurore, et ils traversaient les hautes herbes. Abel le guidait en faisant siffler sa fronde au-dessus de sa tête, et Gaspar répondait avec sa propre fronde.

Au loin, sur les premières dunes, les chiens sauvages avaient repéré une chèvre égarée. Leurs aboiements aigus déchiraient le silence. Abel courait sur les pierres. Le plus grand des chiens avait déjà attaqué la chèvre. Ses poils noirs hérissés, il tournait autour d'elle et, de temps à autre, il attaquait en grondant. La chèvre reculait en présentant ses cornes ; mais un peu de sang coulait de sa gorge.

Quand Abel et Gaspar arrivèrent, les autres chiens s'enfuirent. Mais le chien au poil noir se tourna contre eux. Sa gueule bavait et ses yeux brillaient de colère. Rapidement, Abel chargea sa fronde avec une pierre tranchante et il la fit tournoyer. Mais le chien sauvage connaissait le bruit de la fronde et quand la pierre partit, il fit un bond de côté et l'évita. La pierre frappa le sol. Alors le chien attaqua. D'une seule détente il sauta sur le jeune garçon. Abel cria quelque chose à Gaspar qui comprit tout de suite. A son tour il chargea sa fronde avec une pierre aiguë et la fit tourner de toutes ses forces. Le chien noir s'arrêta et se tourna vers Gaspar en grondant. Le caillou pointu le frappa à la tête et brisa son crâne. Gaspar courut vers Abel et l'aida à marcher, car il tremblait sur ses jambes. Abel serra très fort le bras de Gaspar et, ensemble, ils ramenèrent la chèvre vers le troupeau. Tandis qu'ils s'éloignaient, Gaspar se retourna et vit les chiens sauvages qui dévoraient le corps du chien noir.

Les journées passaient comme cela, des journées si longues que ç'aurait aussi bien pu être des mois. Gaspar ne se souvenait plus très bien de ce qu'il avait connu avant qu'ils arrivent ici, à Genna. Quelquefois il pensait aux rues de la ville, avec leurs noms bizarres, aux voitures et aux camions. La petite Khaf aimait bien qu'il fasse pour elle le bruit des autos, surtout les grosses voitures américaines qui foncent tout droit sur les routes en faisant éclater leur klaxon :

iiiiiaaaaooooo !

Elle riait aussi beaucoup à cause du nez de Gaspar. Le soleil l'avait brûlé, et il perdait sa peau par petites écailles. Lorsque Gaspar s'asseyait devant la maison et sortait son petit miroir de sa poche, elle s'asseyait à côté de lui et riait en répétant un mot étrange :

« Zezay ! Zezay ! »

Alors les autres enfants riaient et répétaient, eux aussi :

« Zezay ! »

Gaspar finit par comprendre. Un jour, la petite Khaf lui fit signe de la suivre. Sans bruit, elle marcha jusqu'à une pierre plate, dans le sable, près des palmiers. Elle s'arrêta et montra quelque chose à Gaspar, sur la pierre. C'était un long lézard gris qui perdait sa peau au soleil.

« Zezay ! » dit-elle. Et elle toucha le nez de Gaspar en riant.

Maintenant la petite fille n'avait plus peur du tout. Elle aimait bien Gaspar, peut-être parce qu'il ne savait pas parler, ou bien à cause de son nez si rouge.

La nuit, quand le froid montait de la terre et du lac, elle passait par-dessus le corps des autres enfants endormis et elle venait se blottir contre Gaspar. Gaspar faisait semblant de ne pas se réveiller, et il restait longtemps sans bouger, jusqu'à ce que le souffle de la petite fille devienne régulier parce qu'elle s'était endormie. Alors il la couvrait avec sa veste de lin et il s'endormait lui aussi.

Maintenant qu'ils étaient deux à chasser, les enfants mangeaient souvent à leur faim. C'étaient des lièvres du désert qu'ils rencontraient à la limite des dunes, ou qui s'aventuraient au bord du lac. Ou bien des perdrix grises qu'ils allaient chercher à la tombée de la nuit dans les hautes herbes. Elles s'envolaient par groupes au-dessus de la plaine, et les pierres sifflantes brisaient leur vol. Il y avait aussi des cailles qui volaient au ras de l'herbe, et il fallait mettre deux ou trois cailloux dans les frondes pour pouvoir les atteindre. Gaspar aimait bien les oiseaux, et il regrettait de les tuer. Ceux qu'il préférait, c'étaient de petits oiseaux gris à longues pattes qui s'enfuyaient en courant dans le sable, et qui poussaient de drôles de cris aigus :

« Courliii ! Courliii ! Courliii ! »

Ils ramenaient les oiseaux à la petite Khaf qui les plumait. Puis elle les enveloppait avec de la boue et les mettait à cuire dans la braise.

Abel et Gaspar chassaient toujours ensemble. Parfois

Abel réveillait son ami, sans faire de bruit, comme la première fois, rien qu'en le regardant. Gaspar ouvrait les yeux, il se levait à son tour et serrait la fronde d'herbe dans son poing. Ils partaient l'un derrière l'autre à travers l'herbe haute, dans la lumière grise de l'aurore. Abel s'arrêtait de temps en temps pour écouter. Le vent qui passait sur l'herbe apportait les bruits ténus de la vie, les odeurs. Abel écoutait, puis il changeait un peu de direction. Les bruits devenaient plus précis. Des criaillements d'étourneaux dans le ciel, des roucoulements de ramiers, qu'il fallait distinguer des bruits des insectes et des crissements des herbes. Les deux garçons se glissaient à travers les hautes herbes comme des serpents, sans bruit. Chacun tenait sa fronde chargée, et un caillou dans la main gauche. Quand ils arrivaient à l'endroit où étaient assis les oiseaux, ils s'écartaient l'un de l'autre, et ils se redressaient en faisant tournoyer leurs lanières. Soudain, les étourneaux s'envolaient, jaillissaient dans le ciel. L'un après l'autre, les garçons ouvraient leur main droite, et les pierres sifflantes abattaient les oiseaux.

Quand ils revenaient vers la maison, les enfants avaient déjà allumé le feu, et la petite Khaf avait préparé les cuves d'eau. Ensemble ils mangeaient les oiseaux, pendant que le soleil apparaissait au-dessus des collines, à l'autre bout de Genna.

Le matin, l'eau du lac était couleur de métal. Les moustiques et les araignées d'eau couraient à la surface. Gaspar accompagnait la petite fille qui allait traire les chèvres. Il l'aidait en tenant les bêtes, pendant qu'elle vidait les mamelles dans les grandes outres. Elle faisait cela tranquillement, sans relever la tête, en chantonnant une chanson dans sa langue un peu étrange. Puis ils retournaient vers la maison pour apporter le lait tiède aux autres enfants.

Les deux jeunes frères (Gaspar pensait qu'ils s'appelaient Augustin et Antoine, mais il n'en était pas tout à
fait certain) l'emmenaient relever les pièges. C'était de
l'autre côté du lac, à l'endroit où commençait le
marécage. Sur le chemin des lièvres, Antoine avait
placé des nœuds coulants faits de brins d'herbe tressée,
attachés à des brindilles recourbées. Quelquefois ils
trouvaient un lièvre étranglé, mais le plus souvent, les
lacets avaient été arrachés. Ou bien c'étaient des rats
qu'il fallait jeter au loin. Quelquefois aussi les chiens
sauvages étaient passés les premiers et avaient dévoré
les captures.

Avec l'aide d'Antoine, Gaspar creusa une fosse pour
attraper un renard. Il recouvrit la fosse avec des
brindilles et de la terre. Puis il frotta le chemin qui
conduisait à la fosse avec une peau de lièvre fraîche. Le
piège resta intact plusieurs nuits, mais un matin,
Antoine revint en portant quelque chose dans sa
chemise. Quand il ouvrit son paquet, les enfants virent
un tout jeune renard qui clignait des yeux à la lumière
du soleil. Gaspar le prit par la peau du cou comme un
chat et le donna à la petite Khaf. Au début, ils avaient
un peu peur l'un de l'autre, mais elle lui donna à boire
du lait de chèvre dans le creux de sa main et ils
devinrent de bons amis. Le renard s'appelait Mîm.

A Genna, le temps ne passait pas de la même façon
qu'ailleurs. Peut-être même que les jours ne passaient
pas du tout. Il y avait les nuits, et les jours, et le soleil
qui remontait lentement dans le ciel bleu, et les
ombres qui raccourcissaient, puis qui s'allongeaient
sur le sol, mais ça n'avait plus la même importance.
Gaspar ne s'en souciait pas. Il avait l'impression que
c'était tout le temps la même journée qui recommen-

çait, une très très longue journée qui n'en finirait
jamais.

La vallée de Genna n'avait pas de fin, elle non plus.
On n'avait jamais terminé de l'explorer. On trouvait
sans cesse des endroits nouveaux où on n'était jamais
allé. De l'autre côté du lac, par exemple, il y avait une
zone d'herbe jaune et courte, et une sorte de marécage
où poussaient des papyrus. Les enfants étaient allés là
pour cueillir des roseaux pour la petite Khaf qui
voulait tresser des paniers.

Ils s'étaient arrêtés au bord du marécage, et Gaspar
regardait l'eau qui luisait entre les roseaux. De grandes
libellules volaient au ras de l'eau, en traçant des
sillages légers. Le soleil se réverbérait avec force, et
l'air était lourd. Les moustiques dansaient dans la
lumière autour des cheveux des enfants. Pendant
qu'Augustin et Antoine cueillaient les roseaux, Gaspar
s'était avancé à l'intérieur du marécage. Il marchait
lentement en écartant les plantes, tâtant la vase avec
ses pieds nus. Bientôt l'eau était arrivée jusqu'à sa
taille. C'était une eau fraîche et tranquille, et Gaspar se
sentait bien. Il avait continué longtemps à marcher
dans le marécage, puis, tout à coup, loin devant lui, il
avait vu ce grand oiseau blanc qui nageait à la surface
de l'eau. Son plumage faisait une tache éblouissante
sur l'eau grise du marécage. Quand Gaspar s'approchait trop, l'oiseau se levait, battait des ailes et
s'éloignait de quelques mètres.

Gaspar n'avait jamais vu d'oiseau aussi beau. Il
brillait comme l'écume de la mer, au milieu des herbes
et des roseaux gris. Gaspar aurait voulu l'appeler, lui
parler, mais il ne voulait pas l'effrayer. De temps en
temps, l'oiseau blanc s'arrêtait et regardait Gaspar.
Puis il s'envolait un peu, l'air indifférent, parce que le
marécage était à lui et qu'il voulait rester seul.

Gaspar était resté longtemps immobile dans l'eau à regarder l'oiseau blanc. La vase douce enveloppait ses pieds, et la lumière étincelait à la surface de l'eau. Puis, au bout d'un moment, l'oiseau s'était approché de Gaspar. Il n'avait pas peur, parce que le marécage était vraiment à lui, à lui tout seul. Il voulait simplement voir l'étranger qui restait immobile dans l'eau.

Ensuite, il s'était mis à danser. Il battait des ailes, et son corps blanc se soulevait un peu au-dessus de l'eau qui se troublait et agitait les roseaux. Puis il retombait, et il nageait en décrivant des cercles autour du jeune garçon. Gaspar aurait bien voulu pouvoir lui parler, dans sa langue, pour lui dire qu'il l'admirait, qu'il ne lui voulait aucun mal, qu'il voulait seulement être son ami. Mais il n'osait pas faire du bruit avec sa voix.

Tout était tellement silencieux à cet endroit. On n'entendait plus les cris des enfants sur la rive, ni les jappements aigus des chiens. On entendait seulement le vent léger qui arrivait sur les roseaux et qui faisait frissonner les feuilles des papyrus. Il n'y avait plus de collines de pierres, ni de dunes, ni d'herbes. Il n'y avait que l'eau couleur de métal, le ciel, et la tache éblouissante de l'oiseau qui glissait sur le marécage.

Maintenant il ne s'occupait plus de Gaspar. Il nageait et pêchait dans la vase, avec des mouvements agiles de son long cou. Puis il se reposait en écartant ses larges ailes blanches, et il avait vraiment l'air d'un roi, hautain et indifférent, qui régnait sur son domaine d'eau.

Soudain, il battit des ailes, et le jeune garçon vit son corps couleur d'écume qui s'élevait lentement, tandis que ses longues pattes traînaient à la surface du marécage comme les flotteurs d'un hydravion. L'oiseau blanc décolla et fit un grand virage dans le ciel. Il passa devant le soleil et disparut, confondu avec la lumière.

Gaspar resta encore longtemps immobile dans l'eau, espérant que l'oiseau reviendrait. Après cela, tandis qu'il revenait en arrière dans la direction des voix des enfants, il y avait une drôle de tache devant ses yeux, une tache éblouissante comme l'écume qui se déplaçait avec son regard et fuyait au milieu des roseaux gris.

Mais Gaspar était heureux parce qu'il savait qu'il avait rencontré le roi de Genna.

3

Hatrous, c'était le nom du grand bouc noir. Il vivait de l'autre côté de la plaine d'herbes, à la limite des dunes, entouré par les chèvres et les moutons. C'était Augustin qui avait la garde d'Hatrous. Quelquefois, Gaspar allait à sa recherche. Il s'approchait à travers les hautes herbes, en sifflant et en criant pour l'avertir, comme ceci :

« Ya-ha-ho ! »

et il entendait la voix d'Augustin qui lui répondait au loin.

Ils s'asseyaient par terre, et ils regardaient le bouc et les chèvres, sans parler. Augustin était beaucoup plus jeune qu'Abel, mais il était plus sérieux. Il avait un beau visage lisse qui ne souriait pas souvent, et des yeux sombres et profonds qui semblaient voir loin derrière vous, vers l'horizon. Gaspar aimait bien son regard plein de mystère.

Augustin était le seul qui pouvait s'approcher du bouc. Il marchait lentement vers lui, il lui disait des paroles à voix basse, des paroles douces et chantantes, et le bouc s'arrêtait de manger pour le regarder et tendre les oreilles. Le bouc avait un regard comme celui d'Augustin, les mêmes larges yeux en amande, sombres et dorés, qui semblaient vous voir en transparence.

Gaspar restait assis à l'écart pour ne pas les déranger. Il aurait bien aimé s'approcher d'Hatrous, pour toucher ses cornes et la laine épaisse sur son front. Hatrous savait tellement de choses, non pas de ces choses qu'on trouve dans les livres, dont les hommes aiment parler, mais des choses silencieuses et fortes, des choses pleines de beauté et de mystère.

Augustin restait longtemps debout, appuyé sur le bouc. Il lui offrait des herbes et des racines à manger, et tout le temps il lui parlait à l'oreille. Le bouc s'arrêtait de mastiquer l'herbe pour écouter la voix du petit garçon, puis il faisait quelques pas en secouant la tête et Augustin marchait avec lui.

Hatrous avait vu toute la terre, au-delà des dunes et des collines de pierres. Il connaissait les prairies, les champs de blé, les lacs, les arbustes, les sentiers. Il connaissait les traces des renards et des serpents mieux que personne. C'était cela qu'il enseignait à Augustin, toutes les choses du désert et des plaines qu'il faut apprendre pendant une vie entière.

Il restait auprès du jeune garçon, mangeant dans sa main les herbes et les racines. Il écoutait les paroles douces et chantonnantes, et le poil de son dos frissonnait un peu. Ensuite il secouait la tête, avec deux ou trois mouvements brusques des cornes. Puis il allait rejoindre son troupeau.

Alors Augustin revenait s'asseoir à côté de Gaspar, et ils regardaient ensemble le bouc noir qui avançait lentement au milieu des chèvres qui dansaient. Il les conduisait vers une autre pâture, un peu plus loin, là où l'herbe était vierge.

Il y avait aussi le chien d'Augustin. Ce n'était pas vraiment son chien, c'était un chien sauvage comme les autres, mais c'était lui qui restait près d'Hatrous et du troupeau, et Augustin était devenu son ami. Il l'avait appelé Noun. C'était un grand lévrier à poils longs, couleur de sable, avec un nez effilé et des oreilles courtes. De temps à autre, Augustin jouait avec lui. Il sifflait entre ses doigts et il criait son nom :

« Noun ! Noun ! »

Alors l'herbe haute s'ouvrait et Noun arrivait à toute vitesse, en poussant des cris brefs. Il s'arrêtait, dressé sur ses longues jambes, le ventre palpitant. Augustin faisait semblant de lui jeter une pierre, puis il criait encore son nom :

« Noun ! Noun ! »

et il partait en courant à travers les herbes. Le lévrier bondissait derrière lui en aboyant, rapide comme une flèche. Comme il allait beaucoup plus vite que l'enfant, il faisait de grands détours dans la plaine, bondissait par-dessus les pierres, s'arrêtait, le museau dressé, aux aguets. Il entendait à nouveau la voix d'Augustin et il repartait. En quelques bonds, il l'avait rejoint au milieu des herbes, et il faisait semblant de l'attaquer en grondant. Augustin lui lançait des pierres, s'enfuyait à nouveau, tandis que le lévrier tournait autour de lui. A la fin, ils sortaient tous les deux de la plaine d'herbes, à bout de souffle.

Hatrous n'aimait pas trop ces bruits. Il soufflait et piétinait avec colère, et il conduisait son troupeau un peu plus loin. Quand Augustin revenait s'asseoir à côté de Gaspar, le lévrier se couchait sur le sol, les pattes arrière repliées de côté, les deux pattes avant bien droites, la tête haute. Il fermait les yeux et restait sans bouger, tout à fait pareil à une statue. Seules ses oreilles étaient mobiles, à l'affût des bruits.

A lui aussi, Augustin parlait. Il ne lui parlait pas avec des mots, comme au bouc noir, mais en sifflotant entre ses dents, très doucement. Mais le lévrier n'aimait pas qu'on l'approche. Dès qu'Augustin se levait, il se levait aussi, et restait à distance.

Quand il y avait eu de la viande, Augustin traversait la plaine d'herbes et il apportait des os pour Noun. Il les posait par terre, et il s'éloignait de quelques pas en sifflant. Alors Noun venait manger. Personne n'avait le droit de venir vers lui à ce moment-là ; les autres chiens rôdaient autour, et Noun grondait sans relever la tête.

C'était bien d'avoir ces amis, à Genna. On n'était jamais seul.

Le soir, quand l'air alourdi par le soleil arrêtait le vent, la petite Khaf allumait le feu pour chasser les moucherons qui dansaient près des yeux et des oreilles. Puis elle partait avec Gaspar pour traire les chèvres. Quand ils traversaient ensemble les hautes herbes, la petite fille s'arrêtait. Gaspar comprenait ce qu'elle voulait, et il la mettait sur ses épaules, comme la première fois où ils étaient arrivés devant le lac. Elle était si légère que Gaspar la sentait à peine sur ses épaules. En courant, il rejoignait la région où Hatrous vivait auprès de son troupeau. Augustin était toujours assis au même endroit, en train de regarder le bouc noir, et les collines lointaines.

La petite Khaf rentrait seule en portant l'outre gonflée de lait. Gaspar restait avec Augustin jusqu'à la tombée de la nuit. Quand l'ombre venait, il y avait un drôle de frisson sur toutes les choses. C'était l'heure que Gaspar et Augustin préféraient. La lumière déclinait peu à peu, l'herbe et la terre devenaient grises alors que le haut des dunes était encore éclairé. A ce moment-là, le ciel était si transparent qu'on avait l'impression de voler, très haut en décrivant des cercles lents comme un vautour. Il n'y avait plus de vent, plus de mouvement sur la terre, et les bruits venaient de loin, très doux et très calmes. On entendait les chiens qui s'interpellaient d'une colline à l'autre, les moutons et les chèvres qui se serraient autour du grand bouc noir en poussant leurs bêlements un peu plaintifs. L'ombre emplissait tout le ciel comme de la fumée, et les étoiles apparaissaient, une à une. Augustin montrait leurs feux, il donnait à chacun un nom étrange que Gaspar essayait de retenir. C'étaient les noms des étoiles de Genna, les noms qu'il fallait apprendre, et qui brillaient fort dans l'espace bleu sombre,

« Altaïr... Eltanin... Kochab... Merak... »

Il disait leurs noms, comme cela, lentement, avec sa voix chantonnante, et elles apparaissaient dans le ciel bleu-noir, faibles d'abord, un seul point de lumière vacillante, tantôt rouge, tantôt bleu. Puis fixes et puissantes, élargies, dardant leurs rayons aigus, elles brillaient comme des brasiers au milieu du vide. Gaspar écoutait intensément leurs noms magiques, et c'étaient les mots les plus beaux qu'il eût jamais entendus,

« Fecda... Alioth... Mizar... Alkaïd... »

La tête renversée en arrière, Augustin appelait les étoiles. Il attendait un peu entre chaque nom, comme si les lumières obéissaient à son regard et grandissaient, traversaient le vide du ciel, arrivaient jusqu'à lui, au-dessus de Genna. Entre elles maintenant il y avait de nouvelles étoiles, plus petites, à peine visibles, une poussière de sable qui s'effaçait par instants, puis revenait,

« Alderamin... Deneb... Chedir... Mirach... »

Les feux ressemblaient à une flottille au bord de l'horizon. Ils s'unissaient entre eux et dessinaient des figures étranges qui couvraient le ciel. Sur la terre, il n'y avait plus rien, presque plus rien. Les dunes de sable étaient voilées par l'ombre, les herbes étaient englouties. Autour du grand bouc noir, le troupeau de moutons et de chèvres marchait sans bruit vers le haut de la vallée. Les yeux grands ouverts, Gaspar et Augustin regardaient le ciel. Là-haut il y avait beaucoup de monde, beaucoup de peuples allumés, des oiseaux, des serpents, des chemins qui sinuaient entre les villes de lumière, des rivières, des ponts ; il y avait des animaux inconnus arrêtés, des taureaux, des chiens aux yeux étincelants, des chevaux,

« Enif... »

des corbeaux aux ailes déployées dont le plumage luisait, des géants couronnés de diamants, immobiles, et qui regardaient la terre,

« Alnilam, Jouyera... »

des couteaux, des lances et des épées d'obsidienne, un cerf-volant enflammé suspendu dans le vent du vide. Il y avait surtout, au centre des signes magiques, un éclair luisant au bout de sa longue corne acérée, le grand bouc noir Hatrous debout dans la nuit, qui régnait sur son univers,

« Ras Alhague... »

Alors Augustin se couchait sur le dos et il contemplait toutes les étoiles qui brillaient pour lui dans le ciel. Il ne les appelait plus, il ne bougeait plus. Gaspar frissonnait, et retenait son souffle. Il écoutait de toutes ses forces, pour entendre ce que disaient les étoiles. C'était comme s'il regardait avec tout son corps, son visage, ses mains, pour entendre le murmure léger qui résonnait au fond du ciel, le bruit d'eau et de feu des lumières lointaines.

On pouvait rester là toute la nuit, au milieu de la plaine de Genna. On entendait le chant des insectes qui commençait, pas très fort au début, puis qui grandis-

sait, qui emplissait tout. Le sable des dunes restait
chaud, et les enfants creusaient des trous pour dormir.
Seul, le grand bouc noir ne dormait pas. Il veillait
devant son troupeau, ses yeux brillant comme des
flammes vertes. Peut-être qu'il restait éveillé pour
apprendre de nouvelles choses sur les étoiles et sur le
ciel. Parfois, il secouait sa lourde toison de laine, il
soufflait à travers ses naseaux, parce qu'il avait
entendu le glissement d'un serpent, ou parce qu'un
chien sauvage rôdait. Les chèvres partaient en courant,
et leurs sabots frappaient la terre sans qu'on sache où
elles étaient. Puis le silence revenait.

Quand la lune se levait au-dessus des collines de
pierres, Gaspar se réveillait. L'air de la nuit le faisait
frissonner. Il regardait autour de lui, et voyait qu'Augustin était parti. A quelques mètres, le jeune garçon
était assis à côté d'Hatrous. Il lui parlait à voix basse,
toujours avec les mêmes paroles chantonnantes.

Hatrous remuait ses mâchoires, il se penchait sur
Augustin et soufflait sur son visage. Alors Gaspar
comprenait qu'il était en train de lui enseigner de
nouvelles choses. Il lui enseignait ce qu'il avait appris
dans le désert, les journées sous le soleil qui brûle, les
choses de la lumière et de la nuit. Peut-être qu'il lui
parlait du croissant de lune suspendu au-dessus de
l'horizon, ou bien du grand serpent de la voie lactée
qui rampe à travers le ciel.

Gaspar restait debout, il regardait de toutes ses
forces le grand bouc noir pour essayer de comprendre
un peu des belles choses qu'il enseignait à Augustin.
Puis il traversait le champ d'herbes et il retournait
jusqu'à la maison où les enfants dormaient.

Il restait un moment debout devant la porte de la
maison. Il regardait le mince croissant un peu de
travers dans le ciel noir. Un souffle léger venait

derrière Gaspar. Sans se retourner, il savait que c'était la petite Khaf qui s'était réveillée. Il sentait sa main tiède qui se plaçait dans la sienne et qui la serrait très fort.

Alors, ils montaient tous les deux ensemble dans le ciel, devenus légers comme des plumes, ils flottaient vers le croissant de lune. La tête levée, ils s'en allaient très longtemps, très longtemps, sans quitter des yeux le croissant couleur d'argent, sans penser à rien, presque sans respirer. Ils flottaient au-dessus de la vallée de Genna, plus haut que les éperviers, plus haut que les avions à réaction. Ils voyaient toute la lune, maintenant, le grand disque sombre de l'arc de cercle éblouissant couché dans le ciel qui ressemblait à un sourire. La petite Khaf serrait la main de Gaspar de toutes ses forces, pour ne pas tomber à la renverse. Mais c'était elle la plus légère, c'était elle qui entraînait le jeune garçon vers le croissant de lune.

Quand ils avaient longtemps regardé la lune, et qu'ils étaient arrivés tout près d'elle, tellement près qu'ils sentaient la radiation fraîche de la lumière sur leurs visages, ils retournaient à l'intérieur de la maison. Ils restaient longtemps sans dormir, à regarder à travers l'ouverture étroite de la porte la lumière pâle, à écouter les chants stridents des criquets. Les nuits étaient belles et longues, à Genna.

4

Les enfants allaient de plus en plus loin dans la vallée. Gaspar partait tôt le matin, alors que les hautes herbes étaient encore pleines de rosée et que le soleil ne pouvait pas chauffer toutes les pierres et tout le sable des dunes.

Ses pieds nus se posaient sur les traces de la veille, suivaient les sentiers. Il fallait faire attention aux épines cachées dans le sable, et aux silex tranchants. Parfois Gaspar escaladait un gros rocher, au bout de la vallée, et il regardait autour de lui. Il voyait la mince fumée qui montait droit dans le ciel. Il imaginait la petite Khaf accroupie devant le feu, en train de faire cuire la viande et les racines.

Plus loin encore, il voyait le nuage de poussière que faisait le troupeau en marchant. Conduites par le grand bouc Hatrous, les chèvres se dirigeaient vers le lac. En scrutant chaque coin de la vallée, Gaspar apercevait les autres enfants. Il les saluait de loin en faisant briller son petit miroir. Les enfants répondaient en criant :

« Ha-hou ha ! »

A mesure qu'on s'éloignait du centre de la vallée, la terre devenait plus sèche. Elle était toute craquelée et

durcie par le soleil, elle résonnait sous les pieds comme
une peau de tambour. Ici vivaient de drôles d'insectes
en forme de brindilles, des scarabées, des scolopen-
dres, des scorpions. Avec précaution, Gaspar retournait les vieilles pierres, pour voir les scorpions s'enfuir,
la queue dressée. Gaspar ne les craignait pas. C'était
un peu comme s'il était leur semblable, maigre et sec
sur la terre poussiéreuse. Il aimait bien les dessins
qu'ils laissaient dans la poussière, de petits chemins
sinueux et fins comme les barbes des plumes d'oiseaux.
Il y avait aussi les fourmis rouges, qui couraient vite
sur les dalles de pierre, fuyant les rayons mortels du
soleil. Gaspar les suivait du regard, et il pensait
qu'elles aussi avaient des choses à enseigner. C'étaient
sûrement des choses très petites et incroyables, quand
les cailloux devenaient grands comme des montagnes
et les touffes d'herbe hautes comme des arbres. Quand
on regardait les insectes, on perdait sa taille et on
commençait à comprendre ce qui vibrait sans cesse
dans l'air et sur la terre. On oubliait tout le reste.
C'était peut-être pour cela que les jours étaient si longs
à Genna. Le soleil n'en finissait pas de rouler dans le
ciel blanc, le vent soufflait pendant des mois, des
années.

Plus loin, quand on avait franchi une première
colline, on arrivait dans le pays des termites. Gaspar et
Abel étaient arrivés là, un jour, et ils s'étaient arrêtés,
un peu effrayés. C'était un assez grand plateau de terre
rouge, raviné de torrents à sec, où rien ne poussait, pas
un arbuste, pas une herbe. Il y avait seulement la ville
des termites.

Des centaines de tours alignées, faites de terre rouge,
avec des toits effilochés et des pans de mur en ruine.
Certaines étaient très hautes, neuves et solides comme
des gratte-ciel ; d'autres paraissaient inachevées, ou

brisées, avec des parois tachées de noir comme si elles avaient brûlé.

Il n'y avait pas de bruit dans cette ville. Abel regardait, penché en arrière, prêt à s'enfuir : mais Gaspar avançait déjà le long des rues, au milieu des hautes tours, en balançant sa fronde le long de sa jambe. Abel courut le rejoindre. Ensemble, ils circulèrent à travers la ville. Autour des édifices, la terre était dure et compacte comme si on l'avait foulée. Les tours n'avaient pas de fenêtres. C'étaient de grands immeubles aveugles, debout dans la lumière violente du soleil, usés par le vent et par la pluie. Les forteresses étaient dures comme la pierre. Gaspar frappa contre les murs avec son poing, puis essaya de les entamer avec un caillou. Mais il ne parvenait à détacher qu'un peu de poudre rouge.

Les enfants marchaient entre les tours, en regardant les murailles épaisses. Ils entendaient le sang battre contre leurs tempes et la respiration siffler de leur bouche parce qu'ils se sentaient étrangers, et qu'ils avaient peur. Ils n'osaient pas s'arrêter. Au centre de la ville, il y avait une termitière encore plus haute que les autres. Sa base était large comme le tronc d'un palmier, et les deux enfants l'un sur l'autre n'auraient pu atteindre son sommet. Gaspar s'arrêta et contempla la termitière. Il pensait à ce qu'il y avait à l'intérieur de la tour, à ces gens qui vivaient tout en haut, suspendus dans le ciel, mais qui ne voyaient jamais la lumière. La chaleur les enveloppait, mais ils ne savaient pas où était le soleil. Il pensait à cela, et aussi aux fourmis, aux scorpions, aux scarabées qui laissent leurs traces dans la poussière. Ils avaient beaucoup de choses à enseigner, des choses étranges et minuscules, quand les journées duraient aussi longtemps qu'une vie. Alors il s'appuya contre le mur rouge, et il écouta. Il sifflait, pour appeler les gens de l'intérieur ; mais personne ne répondait. Il n'y avait que le bruit du vent qui chantonnait en passant entre les tours de la ville, et le bruit de son cœur qui résonnait. Quand Gaspar frappa avec ses poings la haute muraille, Abel eut peur et s'enfuit. Mais la termitière restait silencieuse. Peut-être que ses habitants dormaient, tout entourés de vent et de lumière, à l'abri dans leur forteresse. Gaspar prit une grosse pierre et il la lança de toutes ses forces contre la tour. La pierre brisa un morceau de la termitière en faisant un bruit de verre brisé. Dans les débris de la muraille, Gaspar vit de drôles d'insectes qui se débattaient. Dans la poussière rouge, ils ressemblaient à des gouttes de miel. Mais le silence n'avait pas cessé sur la ville, un silence qui pesait et menaçait du haut de toutes les tours. Gaspar sentit la peur, comme Abel. Il se mit à courir dans les rues de la ville, aussi vite qu'il put. Quand il eut rejoint Abel, ils redescendirent ensemble en courant vers la plaine d'herbes, sans se retourner.

Le soir, quand le soleil déclinait, les enfants s'asseyaient près de la maison pour regarder la petite Khaf danser. Antoine et Augustin fabriquaient des petites flûtes avec les roseaux de l'étang. Ils taillaient plusieurs tubes de longueur différente, qu'ils liaient ensemble avec des herbes. Quand ils commençaient à souffler dans les roseaux, la petite Khaf se mettait à danser. Gaspar n'avait jamais entendu une musique comme celle-là. C'étaient seulement des notes qui glissaient, montant, descendant, avec des bruits aigus comme des cris d'oiseaux. Les deux garçons jouaient à tour de rôle, se répondaient, se parlaient, toujours avec les mêmes notes glissantes. Devant eux, la tête un peu inclinée, la petite Khaf faisait bouger ses hanches en cadence, le buste bien droit, les mains écartées le long de son corps. Puis elle frappa le sol avec ses pieds nus, d'un mouvement rapide de la plante du pied et des talons, et cela faisait un roulement qui résonnait à l'intérieur de la terre, comme des coups de tambour. Les garçons se levèrent à leur tour, et ils continuèrent à jouer de la flûte en frappant le sol avec leurs pieds nus. Ils jouèrent et la petite Khaf dansa ainsi, jusqu'à ce que le soleil se couche sur la vallée. Puis ils s'assirent à côté du feu allumé. Mais Augustin partit de l'autre côté des hautes herbes, là où vivaient le grand bouc noir et le troupeau. Il continua à jouer tout seul là-bas, et le vent apportait par moments les sons légers de la musique, les notes glissantes et frêles comme des cris d'oiseaux.

Dans le ciel presque noir, les enfants regardaient passer un avion à réaction. Il brillait très haut comme un moucheron d'étain, et derrière lui son sillage blanc s'élargissait, fendait le ciel en deux.

Peut-être que l'avion avait aussi des choses à enseigner, des choses que ne savent pas les oiseaux.

Il y avait beaucoup de choses à apprendre, ici à Genna. On ne les apprenait pas avec les paroles, comme dans les écoles des villes ; on ne les apprenait pas de force, en lisant des livres ou en marchant dans les rues pleines de bruit et de lettres brillantes. On les apprenait sans s'en apercevoir, quelquefois très vite, comme une pierre qui siffle dans l'air, quelquefois très lentement, journée après journée. C'étaient des choses très belles, qui duraient longtemps, qui n'étaient jamais pareilles, qui changeaient et bougeaient tout le temps. On les apprenait, puis on les oubliait, puis on les apprenait encore. On ne savait pas bien comment elles venaient : elles étaient là, dans la lumière, dans le ciel, sur la terre, dans les silex et les parcelles de mica, dans le sable rouge des dunes. Il suffisait de les voir, de les entendre. Mais Gaspar savait bien que les gens d'ailleurs ne pouvaient pas les apprendre. Pour les apprendre, il fallait être à Genna, avec les bergers, avec le grand bouc Hatrous, le chien Noun, le renard Mîm, avec toutes les étoiles au-dessus de vous, et, quelque part dans le marécage gris, le grand oiseau au plumage couleur d'écume.

C'était le soleil qui enseignait surtout, à Genna. Très haut dans le ciel, il brillait et donnait sa chaleur aux pierres, il dessinait chaque colline, il mettait à chaque chose son ombre. Pour lui, la petite Khaf fabriquait avec de la boue des assiettes et des plats qu'elle mettait à sécher sur les feuilles. Elle faisait aussi des sortes de poupées avec de la boue, qu'elle coiffait de brins d'herbe et qu'elle habillait avec des bouts de chiffon. Puis elle s'asseyait et elle regardait le soleil cuire les poteries et les poupées, et sa peau devenait couleur de terre aussi, et ses cheveux ressemblaient à de l'herbe.

Le vent parlait souvent, lui-même. Ce qu'il ensei-gnait n'avait pas de fin. Cela venait d'un côté de la vallée, vous traversait et partait vers l'autre côté, passait comme un souffle à travers votre gorge et votre poitrine. Invisible et léger, cela vous emplissait, vous gonflait, sans jamais vous rassasier. Quelquefois, Abel et Gaspar s'amusaient à retenir leur respiration, en se bouchant le nez. Ils faisaient comme s'ils étaient en plongée sous la mer, très profond, à la recherche du corail. Ils résistaient plusieurs secondes, comme cela, la bouche et le nez fermés. Puis, d'un coup de talon, ils remontaient à la surface, et le vent entrait à nouveau dans leurs narines, le vent violent qui enivre. La petite Khaf essayait un peu, elle aussi, mais ça lui donnait le hoquet.

Gaspar pensait que s'il arrivait à comprendre tous les enseignements, il serait pareil au grand bouc

Hatrous, très grand et plein de force sur la terre poussiéreuse, avec ces yeux qui jetaient des éclairs verts. Il serait comme les insectes aussi, et il pourrait construire de grandes maisons de boue, hautes comme des phares, avec juste une fenêtre au sommet, d'où on verrait toute la vallée de Genna.

Ils connaissaient bien ce pays, maintenant. Rien qu'avec la plante de leurs pieds, ils auraient pu dire où ils étaient. Ils connaissaient tous les bruits, ceux qui vont avec la lumière du jour, ceux qui naissent dans la nuit. Ils savaient où trouver les racines et les herbes bonnes à manger, les fruits âpres des arbustes, les fleurs sucrées, les graines, les dattes, les amandes sauvages. Ils connaissaient les chemins des lièvres, les lieux où les oiseaux s'asseyent, les œufs dans les nids. Quand Abel revenait, à la nuit tombante, les chiens sauvages aboyaient pour réclamer leur part des entrailles. La petite Khaf leur jetait des tisons ardents pour les éloigner. Elle serrait le renard Mîm dans sa chemise. Seul le chien Noun avait le droit de s'approcher, parce qu'il était l'ami d'Augustin.

Quand le vol de sauterelles arriva, c'était un matin, alors que le soleil était déjà haut dans le ciel. C'est Mîm qui les entendit le premier, bien avant qu'elles aient apparu au-dessus de la vallée. Il s'arrêta devant la porte de la maison, les oreilles tendues, le corps tremblant. Puis le bruit arriva, et les enfants s'immobilisèrent à leur tour.

C'était un nuage bas, couleur de fumée jaune, qui avançait en flottant au-dessus des herbes. Tous les enfants se mirent à crier soudain, à courir à travers la vallée, tandis que le nuage se balançait, hésitait, tourbillonnait sur place au-dessus des herbes, et le bruit grinçant des milliers d'insectes emplissait l'espace. Abel et Gaspar couraient au-devant du nuage, en faisant siffler les lanières de leurs frondes. Les autres enfants jetaient des branches sèches dans le feu et bientôt de grandes flammes claires jaillirent. En quelques secondes, le ciel fut obscurci. Le nuage des insectes passait lentement devant le soleil, couvrant la terre d'ombre. Les insectes frappaient le visage des enfants, griffaient leur peau avec leurs pattes dentelées. A l'autre bout du champ d'herbes, le troupeau fuyait vers les dunes, et le grand bouc noir reculait en piétinant la terre avec fureur. Gaspar courait sans s'arrêter, la fronde tournant au-dessus de sa tête comme une hélice. Le vrombissement continu des ailes des insectes résonnait dans ses oreilles et il continuait à courir sans voir où il allait, en frappant dans l'air avec sa lanière. Interminablement, le nuage tournoyait autour de la plaine d'herbes, comme s'il cherchait un endroit où s'abattre. Les nappes brunes des insectes se déroulaient, oscillaient, se recouvraient. Par endroits, les insectes tombaient sur le sol, puis recommençaient à voler lourdement, ivres de leur propre bruit. Les joues et les mains d'Abel étaient marquées de zébrures sanglantes, et il courait sans reprendre haleine, entraîné par le mouvement de sa fronde. Chaque fois que sa lanière frappait dans le nuage vivant, il poussait un cri, et Gaspar lui répondait.

Mais le vol des sauterelles ne s'arrêtait pas. Peu à peu, il s'éloignait au-dessus du marécage, toujours se balançant, hésitant, il fuyait vers les collines de pierres. Déjà les derniers insectes remontaient dans l'air et le ciel se vidait. Le bruit crissant diminuait, s'en allait. Quand la lumière du soleil reparut, les enfants retournèrent vers la maison, épuisés. Ils s'allongèrent par terre, la gorge sèche, le visage tuméfié.

Puis les plus jeunes enfants partirent en criant à travers les hautes herbes, pour ramasser les sauterelles assommées. Ils revinrent en portant des brassées d'insectes. Assis autour des braises chaudes, les enfants mangèrent les sauterelles jusqu'au soir. Pour les chiens sauvages aussi, ce jour-là, il y eut un grand festin parmi les herbes hautes.

5

Combien de jours avaient passé ? La lune avait grossi, puis était redevenue un mince croissant couché au-dessus des collines. Elle avait disparu quelque temps du ciel noir, et quand elle était revenue, les enfants l'avaient saluée à leur manière, en poussant des cris et en faisant des révérences. Maintenant, elle était à nouveau ronde et lisse dans le ciel nocturne, et elle baignait la vallée de Genna de sa lumière douce, un peu bleue. Il y avait quelque chose d'étrange dans sa lumière pourtant. Il y avait comme du froid et du silence. Les enfants se couchaient tôt dans la maison, mais Gaspar restait longtemps assis sur le seuil, à regarder la lune qui flottait dans le ciel. Abel aussi était inquiet. Le jour, il partait seul très loin, et personne ne savait où il allait. Il partait en balançant sa fronde d'herbe le long de sa cuisse, et il ne revenait qu'à la nuit tombante. Il ne rapportait plus de viande, seulement de temps à autre de maigres petits oiseaux aux plumes souillées qui ne calmaient pas la faim. La nuit, il se couchait avec les autres enfants à l'intérieur de la maison, mais Gaspar savait qu'il ne dormait pas ; il écoutait les bruits des insectes et les chants des crapauds autour de la maison.

Les nuits étaient froides. La lune brillait avec force, sa lumière était comme du givre. Le vent froid brûlait le visage de Gaspar tandis qu'il contemplait la vallée éclairée. Chaque fois qu'il expirait, la vapeur fumait en sortant de ses narines. Tout était sec et froid, dur, sans ombre. Gaspar voyait avec netteté tous les dessins sur la face de la lune, les taches sombres, les fissures, les cratères.

Les chiens sauvages ne dormaient pas. Ils rôdaient tout le temps à travers la plaine éclairée, en poussant des grognements et des jappements. La faim rongeait leurs ventres, et ils cherchaient en vain des restes de nourriture. Quand ils s'approchaient trop de la maison, Gaspar leur jetait des pierres. Ils faisaient des bonds en arrière en grondant, puis ils revenaient.

Cette nuit-là, Abel décida de faire la chasse à Nach le serpent. Vers le milieu de la nuit, il se leva et vint rejoindre Gaspar. Debout à côté de lui, il regarda la vallée éclairée par la lune. Le froid était intense, les pierres micassées étincelaient et les hautes herbes luisaient comme des lames. Il n'y avait pas de vent. La lune semblait très proche, comme s'il n'y avait rien entre la terre et le ciel, et qu'on touchait le vide. Autour de la lune, les étoiles ne scintillaient pas.

Abel fit quelques pas, puis il se retourna et regarda Gaspar pour lui demander de venir avec lui. La clarté de la lune peignait son visage en blanc, et ses yeux étaient allumés dans l'ombre des orbites. Gaspar prit sa fronde d'herbe et il marcha avec lui. Mais ils ne traversèrent pas le champ d'herbes. Ils longèrent le marécage, dans la direction des collines de pierres.

Quand ils passèrent devant des arbustes, Abel noua sa lanière autour de son cou. Avec son petit couteau, il coupa deux longues branches qu'il émonda avec soin.

Il donna une baguette à Gaspar et garda l'autre dans sa main droite.

Maintenant, il marchait vite sur le sol caillouteux. Il marchait penché en avant, sans faire de bruit, le visage aux aguets. Gaspar le suivait en imitant ses gestes. Au début, il ne savait pas qu'ils avaient commencé la chasse à Nach. Peut-être qu'Abel avait aperçu les traces d'un lièvre du désert, et qu'il allait bientôt faire tournoyer sa fronde. Mais cette nuit-là, tout était différent. La lumière était douce et froide, et l'enfant marchait silencieusement, la longue baguette dans sa main droite. Seul Nach le serpent, qui glisse lentement dans la poussière en lançant ses anneaux, pareil aux racines des arbres, habitait dans cette région de Genna.

Gaspar n'avait jamais vu Nach. Il l'avait seulement entendu, la nuit, parfois, quand il passait près du troupeau. C'était le même bruit qu'il avait entendu la première fois, quand il avait franchi le mur de pierres sur le chemin de Genna. La petite Khaf lui avait montré comment danse le serpent, en balançant sa tête, et comment il rampe lentement sur le sol. En même temps, elle disait : « Nach ! Nach ! Nach ! Nach ! Nach ! » et avec sa bouche elle imitait le bruit de crécelle qu'il fait avec le bout de sa queue contre les pierres et sur les branches mortes.

Cette nuit-là était vraiment la nuit de Nach. Tout était comme lui, froid et sec, brillant d'écailles. Quelque part, au pied des collines de pierres, sur les dalles froides, Nach faisait glisser son long corps et goûtait la poussière avec la pointe de sa langue double. Il cherchait une proie. Lentement, il descendait vers le troupeau des moutons et des chèvres, s'arrêtant de temps à autre, immobile comme une racine, puis repartant.

Gaspar s'était séparé d'Abel. A présent, ils marchaient de front, à quelques mètres de distance. Penchés en avant, ils avaient plié les genoux, et ils
faisaient de lents mouvements du buste et des bras,
comme s'ils nageaient. Leurs yeux s'étaient accoutu-
més à la lumière de la lune, ils étaient froids et pâles
comme elle, ils voyaient chaque détail sur la terre,
chaque pierre, chaque fissure.

C'était un peu comme à la surface de la lune. Ils
avançaient lentement sur le sol nu, entre les rochers
cassés et les crevasses noires. Au loin, les collines
déchiquetées comme les bords d'un volcan luisaient
contre le ciel noir. Tout autour d'eux, ils voyaient les
étincelles du mica, du gypse, du sel gemme. Les deux
enfants marchaient avec des gestes ralentis, au milieu
du pays de pierre et de poussière. Leurs visages et leurs
mains étaient très blancs, et leurs vêtements étaient
phosphorescents, teintés de bleu.

C'était ici, le pays de Nach.

Les enfants le cherchaient, examinant le terrain
mètre par mètre, écoutant tous les bruits. Abel s'écarta
davantage de Gaspar, parcourant un grand cercle
autour du plateau calcaire. Même quand il fut très
loin, Gaspar voyait la buée qui brillait devant son
visage, et il entendait le bruit de son souffle ; tout était
net et précis, à cause du froid.

Maintenant Gaspar avançait à travers les broussailles, le long d'un ravin. Tout d'un coup, alors qu'il
passait près d'un arbre sans feuilles, un acacia brûlé
par la sécheresse et le froid, le jeune garçon tressaillit.
Il s'arrêta, le cœur battant, parce qu'il avait entendu le
même bruit de froissement, le « Frrrtt-frrrtt » qui
avait résonné le jour où il avait franchi le vieux mur de
pierres sèches. Juste au-dessus de sa tête, il vit Nach le
serpent qui déroulait son corps le long d'une branche.

Nach descendait lentement de l'acacia, chaque écaille de sa peau luisant comme du métal.

Caspar ne pouvait plus bouger. Il regardait fixement le serpent qui n'en finissait pas de glisser le long de la branche, puis qui s'enroulait autour du tronc et descendait vers le sol. Sur la peau du serpent, chaque dessin brillait avec netteté. Le corps glissait vers le bas, presque sans toucher le tronc de l'arbre, et au bout du corps il y avait la tête triangulaire aux yeux pareils à du métal. Nach descendait longuement, sans bruit. Gaspar n'entendait que les coups de son propre cœur qui frappaient fort dans le silence. La lumière de la lune étincelait sur les écailles de Nach, sur ses pupilles dures.

Gaspar dut faire un mouvement, parce que Nach s'arrêta et dressa la tête. Il regarda le jeune garçon, et Gaspar sentit son corps se glacer. Il aurait voulu crier, appeler Abel, mais sa gorge ne laissait passer aucun son. Il ne respirait plus. Au bout d'un long moment, Nach reprit son mouvement. Quand il toucha à terre, c'était comme de l'eau qui coulait dans la poussière, un très long ruisseau d'eau pâle qui sortait lentement du tronc de l'arbre. Gaspar entendit le bruit de sa peau qui frottait sur la terre, un crissement léger, électrique, pareil au vent sur les feuilles mortes.

Gaspar resta sans bouger jusqu'à ce que Nach ait disparu. Alors il commença à trembler, si violemment qu'il dut s'asseoir par terre pour ne pas tomber. Il sentait encore sur son visage le regard dur de Nach, il voyait encore le mouvement d'eau froide du corps glissant le long de l'arbre. Gaspar resta longtemps, immobile comme une pierre, écoutant les coups de son cœur dans sa poitrine. Au-dessus de la terre, la lune très ronde éclairait le ravin désert.

Gaspar entendit Abel qui l'appelait. Il sifflait très

doucement entre ses dents, mais l'air sonore rendait le
bruit très proche. Puis Gaspar entendit le bruit de ses
pas. Le jeune garçon approchait si vite que ses pieds
semblaient effleurer à peine le sol. Gaspar se leva et
rejoignit Abel. Ensemble ils suivirent le ravin, sur les
traces de Nach.

Abel recommença à siffler, et Gaspar comprit que
c'était pour Nach; il l'appelait comme cela, doucement, en faisant un bruit continu et monotone. Dans
les cachettes entre les racines des acacias, Nach perce-
vait le sifflement, et il tendait son cou en balançant sa
tête triangulaire. Son corps glissait sur lui-même,
s'enroulait. Inquiet, Nach cherchait à comprendre d'où
venait le sifflement, mais la vibration aiguë l'entourait, semblait venir de tous les côtés à la fois. C'était
une onde étrange qui l'empêchait de s'enfuir, l'obligeait à nouer son corps.

Quand les deux enfants apparurent, hautes silhouettes blanches dans la lumière de la lune, Nach frappa
avec colère sa queue contre les cailloux, et cela fit un
crépitement d'étincelles. La peau de Nach semblait
phosphorescente. Elle bougeait à peine, comme un
frisson, sur le sol de poussière. Le corps se déroulait sur
place, glissant sur les graviers, s'étirant, se dévidant, et
Gaspar regardait à nouveau la tête triangulaire aux
yeux sans paupières. Il sentait le même froid que tout à
l'heure qui engourdissait ses membres et arrêtait son
esprit. Abel se pencha en avant et se mit à siffler plus
fort, et Gaspar l'imita. Tous les deux, ils commencè-
rent à danser la danse de Nach, avec des gestes ralentis
de nageurs. Leurs pieds glissaient sur le sol, en avant,
en arrière, en frappant des talons. Leurs bras tendus
traçaient des cercles, et la baguette sifflait aussi dans
l'air. Nach continua à avancer vers les enfants, en

lançant ses anneaux de côté, et en haut de son cou dressé, sa tête se balançait pour suivre la danse.

Quand Nach ne fut qu'à quelques mètres des enfants, ils accélérèrent le mouvement de leur danse. Maintenant Abel parlait. C'est-à-dire qu'il parlait en même temps qu'il sifflait entre ses dents, et cela faisait des bruits étranges et rythmés, avec des explosions violentes et des grincements, comme une musique de vent qui résonnait à travers le plateau rocheux jusqu'aux collines lointaines et jusqu'aux dunes. C'étaient des paroles comme les craquements des pierres dans le froid, comme le chant des insectes, comme la lumière de la lune, des paroles fortes et dures qui semblaient recouvrir toute la terre.

Nach suivait les paroles et le bruit des pieds nus frappant la terre, et son corps oscillait sans cesse. Au sommet de son cou, sa tête triangulaire tremblait. Lentement, Nach se replia en arrière, en basculant un peu sur le côté. Les enfants dansaient à moins de deux mètres de lui. Il resta ainsi un long moment, tendu et vibrant. Puis, soudain, comme un fouet il se détendit et frappa. Abel avait vu le mouvement, il sauta de côté. En même temps, sa baguette siffla et toucha le serpent près de la nuque. Nach se replia en soufflant, tandis que les enfants dansaient autour de lui. Gaspar n'avait plus peur, à présent. Quand Nach frappa dans sa direction, il fit seulement un pas de côté, et à son tour il essaya de cingler le serpent à la tête. Mais Nach s'était replié aussitôt, et la baguette souleva un peu de poussière.

Il ne fallait pas s'arrêter de siffler et de parler, même en respirant, pour que toute la nuit résonne. C'était une musique comme le regard, une musique sans faiblesse, qui retenait Nach sur le sol et l'empêchait de s'en aller. Par la peau de son corps, elle entrait en lui et lui donnait des ordres, la musique froide et mortelle qui ralentissait son cœur et déviait ses mouvements. Dans sa bouche, le venin était prêt, il gonflait ses glandes ; mais la musique des enfants, leur danse ondulante était plus puissante encore, elle les mettait hors d'atteinte.

Nach enroula son corps autour d'un rocher, pour mieux fouetter l'air avec sa tête. Devant lui, les silhouettes blanches des enfants bougeaient sans cesse, et il sentit la fatigue. Plusieurs fois, il lança sa tête en avant pour mordre, mais son corps retenu par le rocher était trop court et il frappait seulement la poussière impalpable. Chaque fois les baguettes sifflèrent en faisant craquer ses vertèbres cervicales.

A la fin, Nach quitta son point d'appui. Son long corps se déroula sur le sol, s'étendit dans toute sa beauté, étincelant comme une armure et moiré comme du zinc. Les dessins réguliers sur son dos paraissaient des yeux. Les osselets de sa queue vibraient en faisant une musique aiguë et sèche qui se mêlait aux sifflements et aux rythmes des pieds des enfants. Il redressa peu à peu sa tête, en haut de son cou vertical. Abel cessa de siffler et marcha vers lui, levant haut sa mince baguette, mais Nach ne bougea pas. Sa tête en angle droit avec son cou resta tournée vers l'image blanche de celui qui s'approchait, qui arrivait. D'un seul coup net, Abel frappa le serpent et lui brisa la nuque.

Ensuite il n'y eut plus du tout de bruit sur le plateau calcaire. Seulement, de temps en temps, le passage du vent froid dans les buissons et à travers les branches des acacias. La lune était haut dans le ciel noir, les étoiles ne scintillaient pas. Abel et Gaspar restèrent un instant à regarder le corps du serpent allongé sur la terre, puis ils jetèrent leurs baguettes et ils retournèrent vers Genna.

6

Ensuite tout changea très vite à Genna. C'était le soleil qui brillait plus fort dans le ciel sans nuages, et la chaleur devenait insupportable dans l'après-midi. Tout était électrique. On voyait tout le temps des étincelles sur les pierres, on entendait le crépitement du sable, des feuilles d'herbe, des épines. L'eau du lac avait changé, elle aussi. Opaque et lourde, couleur de métal, elle renvoyait la lumière du ciel. Il n'y avait plus d'animaux dans la vallée, seulement des fourmis et les scorpions qui vivaient sous les pierres. La poussière était venue ; elle montait dans l'air quand on marchait, une poussière âcre et dure qui faisait mal.

Les enfants dormaient dans la journée, fatigués par la lumière et la sécheresse. Parfois, ils se réveillaient, traversés par une inquiétude nouvelle. Ils sentaient l'électricité dans leurs corps, dans leurs cheveux. Ils couraient comme les chiens sauvages, sans but, à la recherche d'une proie peut-être. Mais il n'y avait plus de lièvres ni d'oiseaux. Les animaux avaient quitté Genna sans qu'ils s'en rendent compte. Pour calmer leur faim, ils cueillaient les herbes aux feuilles larges et amères, ils déterraient les racines. La petite Khaf faisait à nouveau provision de graines poivrées pour le départ. La seule nourriture était le lait des chèvres qu'ils partageaient avec le renard Mîm. Mais le troupeau était devenu nerveux. Il partait vers les collines, et il fallait aller de plus en plus loin pour traire les chèvres. Augustin ne pouvait plus approcher le grand bouc noir. Hatrous grattait le sol avec colère, en faisant jaillir des nuages de poussière. Chaque jour, il conduisait le troupeau plus loin, vers le haut de la vallée, là où commençaient les collines, comme s'il allait donner le signal du départ.

Les nuits étaient si froides que les enfants n'avaient plus de force. Il fallait rester serrés les uns contre les autres, sans bouger, sans dormir. On n'entendait plus les cris des insectes. On n'entendait plus que le vent qui soufflait, et le bruit des pierres qui se contractaient.

Gaspar pensait qu'il allait se passer quelque chose, mais il ne comprenait pas ce que ce serait. Il restait allongé sur le dos toute la nuit, près de la petite Khaf enroulée dans sa veste de toile. La petite fille ne dormait pas, elle non plus ; elle attendait, en serrant contre elle le renard.

Ils attendaient tous. Même Abel ne partait plus à la chasse. La fronde d'herbe autour de son cou, il restait couché devant la porte de la maison, les yeux tournés vers les collines éclairées par la lune. Les enfants étaient seuls à Genna, seuls avec le troupeau et les chiens sauvages qui gémissaient à voix basse dans leurs trous de sable.

Le jour, le soleil brûlait la terre. L'eau du lac avait un goût de sable et de cendres. Quand les chèvres avaient bu, elles sentaient une fatigue dans leurs membres, et leurs yeux sombres étaient pleins de sommeil. Leur soif n'était pas apaisée.

Un jour, vers midi, Abel quitta la maison avec sa fronde d'herbe au bout du bras. Son visage était tendu,

et ses yeux brillaient de fièvre. Bien qu'il ne le lui ait
pas demandé, Gaspar marcha derrière lui, armé de sa
propre fronde. Ils se dirigèrent vers le marécage où
poussaient des papyrus. Gaspar vit que l'eau du marécage avait baissé, et qu'elle était couleur de boue. Les
moustiques dansaient autour du visage des enfants, et
c'était le seul bruit de vie à cet endroit. Abel entra dans
l'eau et marcha vite. Gaspar le perdit de vue. Il
continua seul, enfonçant dans la boue du marécage.
Entre les roseaux, il voyait la surface de l'eau, opaque
et dure. La lumière jetait des éclats éblouissants, et la
chaleur était si forte qu'il avait du mal à respirer. La
sueur coulait sur son visage et sur son dos, son cœur
battait fort dans sa poitrine. Gaspar se hâtait, parce
que tout à coup il avait compris ce que cherchait Abel.

Soudain, entre les roseaux, il aperçut l'oiseau blanc
qui était roi de Genna. Les ailes ouvertes, il était
immobile à la surface de l'eau, si blanc qu'on aurait dit
une tache d'écume. Gaspar s'arrêta et regarda l'oiseau,
plein d'une joie qui gonflait tout son corps. L'oiseau
blanc était bien tel qu'il l'avait vu la première fois,
inaccessible et entouré de lumière comme une appari-
tion. Gaspar pensait qu'au centre du marécage il
gouvernait silencieusement la vallée, les herbes, les
collines et les dunes, jusqu'à l'horizon ; peut-être qu'il
saurait éteindre la fatigue et la sécheresse qui
régnaient partout, peut-être qu'il allait donner ses
ordres et que tout redeviendrait comme avant.

Quand Abel apparut, à quelques mètres seulement,
l'oiseau tourna la tête et regarda avec étonnement.
Mais il resta immobile, ses grandes ailes blanches
ouvertes au-dessus de l'eau brillante. Il n'avait pas
peur. Gaspar ne regardait plus l'oiseau. Il vit le jeune
garçon qui levait son bras au-dessus de sa tête, et au

bout du bras, la longue lanière verte commençait à tourner, en faisant son chant mortel.

« Il va le tuer ! » pensa Gaspar. Et il s'élança soudain vers lui. De toutes ses forces, il courait dans le marécage vers Abel, en bousculant les tiges des papyrus. Il arriva sur Abel au moment où la pierre allait partir, et les deux enfants tombèrent dans la boue, tandis que l'ibis blanc frappait l'air de ses ailes et prenait son envol.

Gaspar serrait le cou d'Abel pour le maintenir dans la boue. Le jeune berger était plus mince que lui, mais plus agile et plus fort. En un instant, il se libéra de la prise, et il recula de quelques pas dans le marécage. Il s'arrêta et regarda Gaspar, sans prononcer une parole. Son visage sombre et ses yeux étaient pleins de colère. Il fit tournoyer sa fronde au-dessus de sa tête, et lâcha la lanière. Gaspar se baissa, mais le caillou heurta son épaule gauche et le jeta dans l'eau comme un coup de poing. Un deuxième caillou siffla près de sa tête. Gaspar avait perdu sa fronde en luttant dans le marécage et il dut s'enfuir. Il se mit à courir entre les roseaux. La colère, la peur, et la douleur faisaient comme un grand bruit dans sa tête. Il courait le plus vite qu'il pouvait en zigzaguant pour échapper à Abel.

Quand il regagna la terre ferme, à bout de souffle, il vit qu'Abel ne l'avait pas suivi. Gaspar s'assit par terre, caché par les touffes de roseaux, et il resta longtemps, jusqu'à ce que son cœur et ses poumons aient retrouvé leur calme. Il se sentait triste et fatigué, parce qu'il savait maintenant qu'il ne pourrait plus retourner auprès des enfants. Alors, quand le soleil fut tout près de l'horizon, il prit le chemin des collines, et il s'éloigna de Genna.

Il ne se retourna qu'une fois, quand il arriva en haut de la première colline. Il regarda longuement la vallée, la plaine d'herbes, la tache lisse du lac. Près de l'eau, il vit la petite maison de boue et la colonne de fumée bleue qui montait droit dans le ciel. Il essaya d'apercevoir la silhouette de la petite Khaf assise près du feu, mais il était trop loin, et il ne vit personne. D'ici, en haut de la colline, le marécage semblait minuscule, un miroir terne où se reflétaient les tiges noires des roseaux et des papyrus. Gaspar entendit les jappements des chiens sauvages, et un nuage de poussière grise s'éleva quelque part au bout de la vallée, là où le grand bouc Hatrous marchait devant son troupeau.

Cette nuit-là, Gaspar dormit trois heures, lové dans un creux de rocher. Le froid intense avait engourdi la douleur de sa blessure, et la fatigue avait rendu son corps lourd et insensible comme une pierre.

C'est le vent qui réveilla Gaspar, juste avant l'aurore. Ce n'était pas le même vent que d'habitude. C'était un souffle chaud, électrique, qui venait de loin au-delà des collines de pierres. Il arrivait en suivant les vallées et les ravins, hurlant à l'intérieur des cavernes, sur les roches éoliennes, un vent violent et plein de menace. Gaspar se leva à la hâte, mais le vent l'empêchait de marcher. En luttant, penché en avant, Gaspar suivit un ravin étroit barré par des murs de pierres sèches effondrés. Le vent le poussa le long du ravin, jusqu'à une route. Gaspar se mit à courir sur la route, sans voir où il allait. Maintenant le jour était levé, mais c'était une lumière étrange, rouge et grise, qui naissait de partout à la fois, comme s'il y avait un incendie. La terre n'était plus qu'une nappe de poussière qui glissait dans le vent horizontal. Elle était irréelle, elle fondait comme un gaz. La poussière dure aux grains acérés frappait les rochers, les arbres, les herbes, elle rongeait de ses millions de mandibules, elle usait et écorchait la peau. Gaspar courait sans reprendre haleine, et de temps en temps il agitait les bras en criant, comme faisaient les enfants pour éloigner le nuage de sauterelles. Il courait pieds nus sur la route, les yeux à demi fermés, et la poussière rouge courait plus vite que lui. Pareilles à des serpents, les trombes de sable glissaient entre ses jambes, l'enveloppaient, tourbillonnaient, recouvraient la route en longs torrents. Gaspar ne voyait plus les collines, ni le ciel. Il ne voyait que cette lueur trouble dans l'espace, cette lumière étrange et rouge qui entourait la terre. Le vent sifflait et criait le long de la route, il poussait Gaspar et le faisait chanceler en frappant son dos et ses épaules. La poussière entrait par sa bouche et ses narines, le suffoquait. Plusieurs fois Gaspar tomba sur la route, arrachant la peau de ses mains et de ses genoux. Mais il ne sentait pas la douleur. Il fuyait en courant, les bras repliés devant lui, cherchant du regard un endroit où s'abriter.

Il courut comme cela plusieurs heures, perdu dans la tempête de sable. Puis, sur le bas-côté de la route, il vit la forme indécise d'une cabane. Gaspar poussa la porte et entra. La cabane était vide. Il referma la porte, s'accroupit contre le mur et mit sa tête à l'intérieur de sa chemise.

Le vent dura longtemps. La lueur rouge éclairait l'intérieur de la cabane. La chaleur rayonnait du sol, du plafond, des parois, comme à l'intérieur d'un four. Gaspar resta sans bouger, respirant à peine, le cœur battant très lentement comme s'il allait mourir.

Quand le vent cessa, il y eut un grand silence, et la poussière commença à retomber lentement sur la terre. La lueur rouge s'éteignit peu à peu.

Gaspar sortit de la cabane. Il regarda autour de lui, sans comprendre. Dehors, tout avait changé. Les dunes de sable étaient debout sur la route, pareilles à des vagues immobiles. La terre, les pierres, les arbres étaient couverts de poussière rouge. Loin, près de l'horizon, il y avait une drôle de tache trouble dans le ciel, comme une fumée qui fuyait. Gaspar regarda autour de lui et il vit que la vallée de Genna avait disparu. Elle était perdue maintenant, quelque part de l'autre côté des collines, inaccessible, comme si elle n'avait pas existé.

Le soleil apparut. Il brillait, et sa chaleur douce pénétra dans le corps de Gaspar. Il fit quelques pas sur la route, en secouant la poussière de ses cheveux et de ses habits. Au bout de la route, un village de brique rouge était éclairé par la lumière du jour.

Puis un camion arriva, les phares allumés. Le grondement de son moteur grandit, et Gaspar s'écarta. Le camion passa à côté de lui sans s'arrêter, dans un nuage de poussière rouge, et continua vers le village. Gaspar marchait sur le sable chaud, le long de la route. Il pensa aux enfants qui suivaient le bouc Hatrous à travers les collines et les plaines caillouteuses. Le grand bouc noir devait être en colère à cause du vent et de la poussière, parce que les enfants avaient trop tardé à partir. Abel était au-devant du troupeau, sa longue lanière verte balançant au bout de son bras. De temps en temps, il criait : « Ya ! Yah ! » et les autres enfants lui répondaient. Les chiens sauvages tout jaunes de poussière couraient en faisant leurs grands cercles, et ils criaient aussi.

Ils passaient à travers les dunes rouges, ils allaient vers le nord, ou vers l'est, à la recherche de l'eau nouvelle. Peut-être que plus loin, quand on avait franchi un mur de pierres sèches, on trouvait une autre vallée, pareille à Genna, l'œil de l'eau brillant au milieu d'un champ d'herbes. Les hauts palmiers se balançaient dans le vent, et là, on pouvait construire une maison avec des branches et de la boue. Il y aurait des plateaux et des ravins où vivent les lièvres du désert, des clairières d'herbe où vont s'asseoir les oiseaux avant l'aube. Au-dessus du marécage, il y aurait peut-être même un grand oiseau blanc qui volerait penché sur la terre comme un avion qui tourne.

Gaspar ne regardait pas la ville où il entrait maintenant. Il ne voyait pas les murs de brique, ni les fenêtres fermées par des rideaux de métal. Il était encore à Genna, il était encore avec les enfants, avec la petite Khaf et le renard Mîm, avec Abel, Antoine, Augustin, avec le grand bouc Hatrous et le chien Noun. Il était bien avec eux, sans avoir besoin de paroles, au moment même où il entrait dans le bureau de la gendarmerie et où il répondait aux questions d'un homme assis derrière une vieille machine à écrire :

« Je m'appelle Gaspar... Je me suis perdu... »

DU MÊME AUTEUR

PEUPLE DU CIEL *suivi des* BERGERS, *nouvelles extraites de* MONDO ET AUTRES HISTOIRES (Folio n° 3792)

RÉVOLUTIONS (Folio n° 4095)

OURANIA (Folio n° 4567)

BALLACINER

RITOURNELLE DE LA FAIM (Folio n° 5053)

HISTOIRE DU PIED ET AUTRES FANTAISIES

TEMPÊTE, DEUX NOVELLAS

Aux Éditions Gallimard Jeunesse

LULLABY. *Illustrations de Georges Lemoine* (Folio Junior n° 140)

CELUI QUI N'AVAIT JAMAIS VU LA MER *suivi de* LA MONTAGNE OU LE DIEU VIVANT. *Illustrations de Georges Lemoine* (Folio Junior n° 232)

VILLA AURORE *suivi d'*ORLAMONDE. *Illustrations de Georges Lemoine* (Folio Junior n° 302)

LA GRANDE VIE *suivi de* PEUPLE DU CIEL. *Illustrations de Georges Lemoine* (Folio Junior n° 554)

PAWANA. *Illustrations de Georges Lemoine* (Folio Junior n° 1001)

VOYAGE AU PAYS DES ARBRES. *Illustrations d'Henri Galeron* (Enfantimages et Folio Cadet n° 187)

BALAABILOU. *Illustrations de Georges Lemoine (Albums)*

PEUPLE DU CIEL. *Illustrations de Georges Lemoine (Albums)*

Aux Éditions Mercure de France

LE JOUR OÙ BEAUMONT FIT CONNAISSANCE AVEC SA DOULEUR

L'AFRICAIN (Folio n° 4250)

MYDRIASE *suivi de* VERS LES ICEBERGS

Aux Éditions Stock

DIEGO ET FRIDA (Folio n° 2746)

GENS DES NUAGES, en collaboration avec Jemia Le Clézio. *Photographies de Bruno Barbey* (Folio n° 3284)

Aux Éditions Skira

HAÏ

Aux Éditions Arléa

AILLEURS. Entretiens avec Jean-Louis Ezine sur France Culture

Aux Éditions Seuil

RAGA, APPROCHE DU CONTINENT INVISIBLE